HEYNE <

© privat

Christina Zacker ist Journalistin und Buchautorin. Gut 15 Jahre war sie als Redakteurin im Ratgeberteil verschiedener Zeitschriften tätig, zuletzt als Ressortleiterin und Textchefin einer Frauenillustrierten. Christina Zacker lebt in Portugal.

Christina Zacker

Kann denn Fado fade sein?

MEINE ABENTEUER IN PORTUGAL

WILHELM HEYNE VERLAG
MÜNCHEN

MIX
Papier aus verantwortungsvollen Quellen
FSC® C014496

Verlagsgruppe Random House
FSC-DEU-0100
Das für dieses Buch verwendete
FSC®-zertifizierte Papier *Holmen Book Cream*
liefert Holmen Paper, Hallstavik, Schweden.

Originalausgabe 07/2012

Redaktion: Dr. Annalisa Viviani, München
Umschlaggestaltung: Eisele Grafik-Design, München
Umschlagillustration: Isabel Klett
Satz: Fotosatz Amann, Aichstetten
Druck und Bindung: GGP Media GmbH, Pößneck
Printed in Germany 2012
ISBN 978-3-453-60247-2

www.heyne.de

p’ra gente da minha terra nova

Vorwort

Wie mich der Portugalvirus erwischte

»Also hört mal zu«, sagte unser Gastgeber Jörg zu der kleinen Gruppe von Journalisten, die für sechs Tage ein kleines Land im äußersten Südwesten Europas erkunden durfte. »Passt auf: Die sprechen hier immer so, dass es klingt, als seien sie leicht angetütelt. Wir haben in eure Routenhinweise die portugiesischen Ortsnamen reingeschrieben, aber ihr haltet es bei der Aussprache am besten mit Asterix und den Arvernern: Immer wenn ihr den Buchstaben ›S‹ geschrieben seht, sprecht ihr ein ›Sch‹. Kleiner Tipp, falls ihr das nicht könnt beziehungsweise damit euch das leichter fällt – und das gilt bitte nur für die Beifahrer: Mit ein paar Gläsern Wein sorgt ihr dafür, dass euch die Aussprache des ›Sch‹ keinerlei Probleme bereitet …«

Meine erste Begegnung mit Portugal. Und dem Portugiesischen. Asterix und die Arverner kannte vor gut fünfundzwanzig Jahren jeder (heute würde man vielleicht auf die »Scht'is« aus der französischen Filmkomödie verweisen, deren Dialekt ja ein ähnliches Sprachproblem aufweisen soll).

Als Reiseredakteurin landete ich damals zum ersten Mal in Portugal. Ich war vorher nicht mal an der Algarve gewesen – die kannte ich lediglich vom Hörensagen und hielt diesen südlichen Landstrich für eine portugiesische Variante von Ballermann & Co. Die Erkundungsreise mit Kollegen fand im Norden statt: im grünen Garten Portugals, dem Minho, und im – einzigen – Nationalpark Peneda-Gerês. Ein bisschen beschnupperten wir die Hafenstadt Porto, und als besonderen Höhepunkt verbrachten wir am Schluss noch zwei Tage in Lissabon (mit dem obligatorischen Fado-Abend). Und genau diese Tour, die im kleinen Wallfahrtsort Bom Jesus do Monte begann, führte dazu, dass mich der Portugalvirus erwischte.

Geübt haben wir das Ganze auf einer der ersten Stationen unserer Reise: mit dem Namen eines kleinen Wallfahrtsorts in der Nähe von Braga. Das Kirchlein nennt sich Bom Jesus do Monte (»Guter Jesus vom Berg«). Selbst Spanisch sprechende Kollegen hatten keine Chance, denn bei den Portugiesen klingt das in etwa so: »bmschuschdmont«.

So etwas kann ein Nicht-Portugiese erstens wirklich nicht verstehen und zweitens am besten mit einem gewissen Alkoholpegel aussprechen. Eben wie die Asterix'schen Arverner. Oder die Scht'is. Klar, dass wir das damals exzessiv übten. Auch mit Wein. Hatten wir viel Spaß dabei.

> *Kleine Notiz am Rande:*
> *Wir haben für die alkoholische Sünde samt Sprachexkurs selbstverständlich alle brav gebüßt: Denn wir sind zu Fuß zur Wallfahrtskirche hochgelaufen, ohne die Standseilbahn zu benutzen. So eine gibt es in Bom Jesus nämlich – wohl für die weniger Gläubigen, die den Fußmarsch über die sechshundert Stufen als Buße für etwaige Sünden scheuen …*

Unter deutschsprachigen Residenten in Portugal und in einschlägigen Länderforen liest man immer wieder: Jeder, der einmal nach Porto, Lissabon oder sonst wohin im Lande reist – selbst an die von mir bis dato verschmähte Algarve! – und seinen Aufenthalt genießt, ist angefixt.

Oder besser gesagt: infiziert. Vom sogenannten Portugalvirus befallen.

Ein Kurztrip – etwa drei Tage Städtereise Lissabon – soll schon ausreichen, um sich anzustecken. Mit einer leider unheilbaren Krankheit, die es – so scheint's – nur hier gibt und die dafür sorgt, dass man wiederkommt. Sich möglicherweise sogar danach sehnt, sich für immer hier im äußersten Südwesten Europas niederzulassen.

Viele haben sich diesen Traum erfüllt: Legal und angemeldet leben hier fast zehntausend Bundesdeutsche, dazu kommen noch Österreicher und Schweizer; zahlreiche Briten sowieso (weil die eine ganz besondere Beziehung zu Portugal haben!), Holländer, Russen und Ukrainer, Moldawier, Brasilianer und Angolaner – alle möglichen Nationalitäten, viele aus den früheren Kolonien Portugals. Insgesamt etwa eine halbe Million. Und selbstverständlich gibt es nicht ausschließlich legale *residentes*. Sondern eine ganze Reihe, die sich eben nicht »ordentlich« anmelden und in keiner Statistik auftauchen.

Nicht nur zehn Millionen Portugiesen, sondern zudem eine ganze Menge *estrangeiros* lieben also das kleine Land im äußersten Südwesten Europas. Und sie scheinen sich meist rundherum wohlzufühlen. Trotz Staatspleite, trotz Krise, trotz wirtschaftlich oft schwierigster Lebensverhältnisse.

Ob das damit zusammenhängt, dass die Portugiesen etwas kennen, das sie *saudade* nennen? Mit »Sehnsucht« oder »Heimweh« kann man dieses Wort zwar nur äußerst unzulänglich übersetzen. Aber vielleicht ist der Portugalvirus die Übertragung dieser *saudade* auf Besucher des Landes. Ob man hier »nur« Urlaub macht oder längere Zeit in Portugal verbringt: Kaum ist man wieder daheim, sehnt man sich zurück.

Mir ging es genauso. Nach diesem ersten Trip in den Norden Portugals kehrte ich immer wieder zurück. Was ich lange Jahre nicht schaffte, was mich aber immer reizte, war Madeira. Die Insel mitten im Atlantik, vom portugiesischen Festland knapp tausend Kilometer entfernt und sogar im Winter ein blühendes Paradies. Hier kam dann die Liebe ins Spiel. Im doppelten – ach, was sag ich: dreifachen! – Sinne …

Kapitel 1

Natürlich ist die Liebe schuld …

Es schneit. Und schneit. Seit Stunden wirbeln dichte weiße Flocken vor dem Fenster. Die Landschaft sieht ganz verzaubert aus. Alles ist mit einer weißen Decke aus Schnee bedeckt. Winterwunderland.

Nein, es handelt sich hier nicht um ein Weihnachtsmärchen. Sondern um meine erste Begegnung mit Madeira. Im weitesten Sinne zumindest.

Auf Madeira als Reiseziel bin ich durch Zufall gekommen. Natürlich ist allen Wissenden bekannt: »Zufälle gibt es nicht!«

Also gut, Tatsache ist: Eine gescheiterte Beziehung im herbstlichen Deutschland bringt mich dazu, möglichst einen Urlaub über Weihnachten in der Sonne zu planen. Dieses Jahr bitte keine Familie.

Keinen deutschen Christbaum, keinen Weihnachtsmarkt samt Glühwein und Bratwurst. Vor allem keine fürsorglich-neugierigen Menschen, die sich immer wieder nach meinem Befinden erkundigen.

Nach Madeira sind etliche preiswerte Flüge im Angebot. Und nachdem ich da schon immer mal hinwollte (der Portugalvirus!), gibt es nur eines: sofort buchen und dann nichts wie raus aus Kälte und Liebeskummer!

Ein traumhaftes Hotel hoch über dem Meer soll dazu beitragen, dass ich mich wieder wohlfühle. Ich möchte die »Insel des ewigen Frühlings« erforschen und wieder zu mir selbst finden.

Es ist ganz und gar nicht eingeplant, was dann passiert.

Ein ortskundiger Portugiese sorgt nämlich dafür, dass ich mich erneut verliebe.

Zunächst in Madeira, später in ihn. So fing alles an.

Das Winterwunderland vor meinem Abflug auf die atlantische Blumeninsel ist zwar hübsch anzuschauen. Aber ich kann dem heute so ganz und gar nichts abgewinnen. Denn leider sind nicht nur Häuser und Bäume, Parks und Gärten dick verschneit. Sondern auch alle Straßen. Die Schneepflüge räumen zwar zügig, aber in den Verkehrsnachrichten spricht man von Winterchaos und langen Staus. Mein Flug geht um neun Uhr morgens; das heißt: einchecken spätestens um halb acht. Das heißt weiter: Abfahrt zum Flughafen Stuttgart im Normalfall um sieben Uhr. Aber bei diesem Wetter? Werden wir überhaupt durchkommen?

Sicherheitshalber sollte man vielleicht mindestens zwei Stunden mehr einplanen. Hoffentlich klappt alles – ich bin mehr als nervös und gestresst. Das liegt nicht daran, dass ich unter Reisefieber leide. Ich habe einfach keine Lust, dieses Jahr Weihnachten in Deutschland zu verbringen. Mit all den unangenehmen Erinnerungen.

Die Fahrt zum Flughafen ist ein leichter Albtraum. Ständiger Blick auf die Uhr, ob wir rechtzeitig ankommen. Diese Sorge ist allerdings wirklich völlig überflüssig: Der Flug nach Funchal wird nicht nur einmal verschoben. Es wird 11 Uhr, 14 Uhr, 16 Uhr. Immer wieder werde ich vertröstet. Das fängt gut an. Aber endlich ist es so weit – ich bin unterwegs nach Madeira.

Ich erspare Ihnen den Bericht über die etwas länger als üblich dauernde Anreise. Es sieht so aus, als ob mein Madeiraurlaub nicht unter einem guten Stern steht. Wegen schlechten Wetters müssen wir nämlich auf Gran Canaria ausweichen. Erst am nächsten Morgen geht es weiter, und das Chaos an den Flughäfen auf den Kanaren und Funchal und danach mit dem Mietwagen ist eine Story für sich. Ich finde es außerdem überhaupt nicht angebracht, dass Madeira mich mit einem Regensturm begrüßt.

Erst als ich fast sechsunddreißig Stunden später als geplant endlich im Hotel in Ponta do Sol ankomme, finde ich ein bisschen zur Ruhe. Und treffe zum ersten Mal auf António, der hier im Hotel Manager ist.

Bei Liebeskummer badet man ja gern ein wenig in Selbstmitleid. Mir geht es zumindest so. Nach ein paar Tagen und weil auf Madeira wirklich alles passt – ja, da sieht es dann schon ganz anders aus.

Die Regenstürme sind vorbei, die Sonne strahlt vom knallblauen Himmel, kein Wölkchen ist zu sehen. Es ist sogar warm genug, dass ich am Weihnachtstag in den Pool springen kann. Dazu kommt die beeindruckende Landschaft: Die schmale Straße rund um die Insel, teilweise als Tunnel in den Fels gehauen, führt hoch über dem Atlantik entlang und bietet nach jeder Kurve einen grandiosen Ausblick. In der Inselhauptstadt Funchal lässt es sich bestens bummeln. Überall grünt und blüht es. Madeira ist wirklich herrlich. Gerade im Winter, und es erweist sich als perfekte Therapie gegen Liebeskummer.

Dass sich zudem ein netter Portugiese – der Manager aus meinem Hotel – um mich bemüht, krönt den Aufenthalt.

António hat eine kleine Inselrundfahrt mit mir gemacht.

»Darf ich dich zum Abschluss noch auf einen ganz speziellen Drink einladen?«

»Aber gern! Der typische Wein der Insel, also der Madeira, ist das aber nicht, oder?«

»Nein – das wäre ja langweilig, den kann man ja überall haben«, meint António. »Wir gehen in eine kleine Bar, die nur Einheimische kennen.«

In der Serra da Água, zwischen Ribeira Brava und São Vicente, links genau in einer unübersichtlichen Kurve, steht ein unscheinbares Haus. Eher ein etwas größerer Schuppen. Kein Mensch würde darin eine Kneipe vermuten. Es fällt allerdings auf, dass sowohl auf der schmalen Straße als auch auf dem zum Parkplatz umfunktionierten Hinterhof eine Menge Autos wild durcheinanderstehen. Alte und neue, sogar ein paar Luxusschlitten sind dabei. António stellt meinen kleinen Leihwagen dazu.

Im Schuppen ist die Hölle los. Ich bin die einzige *estrangeira*, rundherum nur Madeirenser. Es gibt eine winzige Theke, eigentlich nur ein Brett vor dem Eingang in einen kleinen Raum. Dahinter stehen zwei junge Frauen und ein älterer Mann. Ohne Pause produzieren die drei *poncha*. Einen Krug nach dem anderen.

Dazu isst man Erdnüsse, die man ganz frisch aus der Schale pult. Die Reste lässt man auf den Boden fallen. Genau wie Zigarettenasche und Kippen. Es stört niemanden – es gehört einfach dazu. Selbst wenn es aussieht wie bei Hempels unterm Sofa. Es wird geraucht, geredet, gelacht. Irgendwann holt jemand eine Gitarre raus, fängt an zu singen – und alle singen oder summen wenigstens mit.

Das erste Glas *poncha* schmeckt teuflisch gut. Leider auch

das zweite – oder waren es gar drei? Man hätte sich danach sicher nicht mehr ans Steuer setzen dürfen, aber nachdem alle anderen auch fuhren …

Poncha bleibt mir in bester Erinnerung. Nach dem ersten Glas gibt es nämlich den ersten Kuss.

> *Kleine Notiz am Rande:*
> Poncha *ist – selbstverständlich neben dem Madeirawein – das Nationalgetränk der Insel. Lecker, aber man sollte nicht mehr als maximal zwei genießen. Denn* Poncha *ist ziemlich stark.*
> *Man nehme als Zutaten für 1 Glas: den Saft von einer Zitrone, den Saft von einer Orange, zwei Esslöffel Honig, 2 cl weißen Rum sowie eine geheime Menge* aguardente de cana-de-açúcar. *Mit anderen Worten: ganz nach Gusto. Dann alles mit einem Holzquirl vermischen – fertig. Genießen.*

Ich habe wieder Spaß am Leben. Wie sagt man so schön? Auch andere Mütter haben hübsche Söhne …

Genau.

António ist ein netter Urlaubsflirt. Mehr habe ich nicht geplant, ich habe gar nichts geplant.

Mehr will ich auch nicht.

Was ich allerdings unbedingt will: wiederkommen.

Nicht wegen António, selbst wenn mir das keiner glauben wird. Sondern weil ich Madeira einfach wunderschön finde.

Mit meiner Freundin Anna fliege ich ein paar Monate später wieder auf die Insel. Und wie es der Zufall will (natürlich wissen wir alle: Zufälle gibt es nicht!), wohnen wir im selben Hotel – es ist einfach zu schön dort. Aber António arbeitet nicht mehr hier. Wo er abgeblieben ist? Wir sehen beide überhaupt keinen Grund, die anderen Angestellten hochnotpeinlich zu befragen.

»Ist nicht schlimm«, meine ich, »wir wollen schließlich die Insel erkunden, und das geht ohne Herrenbegleitung.«

Das findet Anna auch.

Allerdings: Bereits am zweiten Abend, als wir in einer Strandkneipe in Ribeira Brava bei *Gambas* und Wein sitzen, kommen zu vorgerückter Stunde noch ein paar Portugiesen ins Lokal.

António ist dabei, und diesmal funkt es gewaltig zwischen uns.

Anna spricht bereits vier Tage später davon, das Aufgebot zu bestellen. Ganz so schnell geht es zwar nicht, aber ich fliege in den kommenden Monaten mehrmals nach Madeira. Aus dem Urlaubsflirt wird eine Fernbeziehung, wir planen und überlegen, und letztendlich trifft António die Entscheidung: »Ich komme nach Deutschland!«

Es wird nicht einfach. Wir verstehen uns gut, unternehmen viel gemeinsam. António ist begeistert von meiner Heimat. Zumindest anfangs. Aber: Im Hotelgewerbe ist kein Job für ihn zu bekommen. Obwohl er mehrere Sprachen spricht, darunter auch Französisch, tut sich nichts, auch im nahen Frankreich nicht. António geht auf die Sprachenschule, aber Deutsch ist – wie Portugiesisch – wahrlich nicht leicht zu erlernen. Er will arbeiten, unbedingt – aber in seinem Beruf ergibt sich nichts. Über Wochen und Monate hinweg.

António jobbt im Straßenbau, in einer Gärtnerei; glücklich ist er nicht dabei. Mir geht es ähnlich: Mein »stolzer

Portugiese« ist traurig geworden, es ist nicht nur Heimweh, es ist *saudade*. Das Gefühl, das jeder Portugiese kennt, wenn er außerhalb seiner Heimat lebt. Wobei, das lerne ich später, als ich in Portugal lebe, *saudade* nichts mit Heimat zu tun hat. Sondern eher mit einem allgemeinen Gefühl der Sehnsucht – nach einer verlorenen Liebe, nach der glorreichen Vergangenheit, der großen Zeit Portugals.

»Schwer erklärbar«, meint António ebenso wie seine portugiesischen Freunde. Ich finde immerhin heraus, dass das Wort als unübersetzbar gilt – dass nur Portugiesen es kennen und wissen, woran sie leiden.

Es nutzt nichts, dass wir andere Portugiesen kennenlernen – obwohl einer von ihnen eine Kneipe hat und so für die unerlässlichen kulinarischen Heimatgefühle sorgt; er hat sogar Stockfisch auf der Speisekarte, er schenkt *Sagres* und *Superbock* aus – portugiesische Biere. Aber wenn sie dann zusammensitzen, haben sie alle gemeinsam *saudade*.

Es hilft wenig, dass António hin und wieder nach Hause fliegt. Wenn er zurückkommt, dauert es ein paar Wochen, und er schiebt wieder Frust. Weil er nicht in seinem Beruf, den er über alles liebt, arbeiten kann. Weil er zwar Deutschland mag, meine Freunde ebenfalls, aber mit der Sprache nicht klarkommt. Fast zwei Jahre geht das so. Auf und ab, Liebesglück und *saudade*.

Ein Lichtblick tut sich auf: Portugal richtet 2004 die Fußballeuropameisterschaft aus. António hat in Lissabon ein Spitzenangebot in seinem Job bekommen. Wir überlegen, dass wir den anderen Weg gehen, dass ich nach Portugal ziehe. Die Liebe ist bekanntlich eine Himmelsmacht. Sie sorgt dafür, dass wir nicht nur alles rosarot sehen und auf

Wolken schweben, sondern sie überwindet zudem so manche Ländergrenze. Zunächst von Madeira nach Deutschland, dann von Deutschland nach Portugal.

Warum eigentlich nicht?

Mir ist es zwar nicht völlig egal, wo ich wohne. Aber es hält mich nicht sehr viel in Deutschland. Meine Freunde sind weit verstreut, meine Familie lebt in Bayern – mehr als vierhundert Kilometer von mir entfernt. Ob ich also drei Stunden Flugzeit oder vier Stunden Autobahnfahrt auf mich nehme – das macht im Grunde keinen großen Unterschied.

Und meine Arbeit?

Den Nebenjob werde ich ohnehin bald kündigen. Der war von vornherein nur auf bestimmte Zeit angelegt. Meine Hauptarbeit, also journalistisch tätig zu sein, kann ich überall dort tun, wo es Computer und Internet gibt.

»Die gibt es in Portugal«, versichert António. Hätte es auch auf Madeira gegeben. Aber da hätte ich vielleicht nach ein paar Monaten den Inselkoller bekommen. Da ist mir das kontinentale Portugal eindeutig lieber. Wer weiß, was passiert wäre, wenn ich nach Madeira umgezogen wäre. Wir hatten das ja durchaus ins Auge gefasst.

Jetzt haben wir immerhin fast zwei Jahre zusammengelebt – Probezeit sozusagen. Was die Zukunft bringen wird, lässt sich eh nicht voraussagen. Beziehungen gehen auch in Deutschland gut – oder laufen schief. Sonst hätte ich António gar nicht kennen- und lieben gelernt.

Sind nicht aller guten Dinge drei? Erst entliebt, dann in Madeira verliebt und nun in António die große Liebe gefunden. Für Glück und ein gutes Leben gibt es keine Garantie. Emotionen können sich ändern, das weiß jeder, der ein wenig Lebenserfahrung hat.

Ich weiß: Ich würde mir selbst in ein paar Jahren Vorwürfe machen, wenn ich in Deutschland bliebe, wenn ich die Chance nicht beim Schopf ergreifen würde.

Für mindestens zwei Jahre bin ich finanziell abgesichert. António hat einen krisensicheren Job: Im Hotel- oder Restaurantgewerbe findet er immer Arbeit. Gerade in Lissabon. Wenn es da nicht klappt, dann eben an der Algarve.

Wir denken uns: Wer nicht wagt, der nicht gewinnt.

Portugal – wir kommen!

Kapitel 2

Countdown nach Portugal

Der Entschluss ist also gefallen: Auf geht's nach Portugal!

Nachdem ich endlich wieder meinen eigentlichen Beruf ausübe, nämlich als Buchautorin zu arbeiten, ist mir der Entschluss leichtgefallen: Wo ein PC mit Internetanschluss zu finden ist, kann ich recherchieren und schreiben. Will ich zwar oft nicht, aber das ist leider nicht die entscheidende Frage. Ich buche Flug und Mietwagen für zwei Wochen, rund um Ostern. Erstens, um meinen Liebsten zu treffen. Und zweitens, um eine hübsche Wohnung für uns beide zu finden.

In Deutschland fängt man langsam an, Ostereier zu verstecken, damit die Kinder etwas zu suchen haben. In Portugal dagegen versteckt man Wohnungen, damit António und ich etwas zu suchen haben. Gar nicht so einfach, eine einigermaßen erschwingliche Mietwohnung zu entdecken. Die Portugiesen mieten und vermieten nämlich nicht gern. Sie kaufen lieber. Was bedeutet: »Kinder«, die gern schon mal dreißig sind, wohnen bei den Eltern, bis sie heiraten und es sich leisten können, eine eigene Wohnung oder gar ein Haus käuflich zu erwerben.

Unser erster Anlauf: António schaut mal in die Zeitung. In die richtige. Nicht in seine Lieblingszeitung, die *A Bola* (»Der Ball«) heißt, und sich beinahe ausschließlich mit Fußball, und zwar in allererster Linie mit »seinem« Verein

SL Benfica beschäftigt. Kaum zu glauben, dass es in Portugal drei täglich erscheinende Sportzeitungen gibt, deren Hauptthema – natürlich – Fußball ist. Doch das ist eine ganz andere Geschichte …

Zurück zur Wohnungssuche. Ein paar Angebote finden wir im *Diário de Notícias.* Bloß müssen wir uns erst einmal darüber klar und vor allem einig werden: Was suchen wir genau? Wo wollen wir wohnen? In der Stadt – also Lissabon? Oder doch ein bisschen außerhalb? Und wenn außerhalb: eher westlich oder östlich von Portugals Hauptstadt? Nach einer kurzen Erkundungsfahrt in Richtung »östlich« ist für mich die Sache klar: Dort will ich auf gar keinen Fall hin. Hässliche Hochhäuser gibt es da, alles sieht etwas verwohnt aus, und grün ist es, zumindest auf den ersten Blick, so ganz und gar nicht. Insgeheim träume ich von einem Häuschen am Meer. Wenn es kein Häuschen wird, dann doch bitte wenigstens ein schickes Apartment mit dem viel gerühmten Blick auf den Atlantik. Oder wenigstens auf den Tejo, der in Lissabon in den Ozean mündet.

António meint: »Lass uns doch mal direkt in Lissabon schauen. So eine Wohnung mitten in der Stadt – da hätte ich es halt nicht weit zur Arbeit. Und danach, wenn wir wirklich wollen, können wir immer noch umziehen.«

Ich habe stark den Eindruck, dass mein hauseigener Portugiese nicht mehr so recht weiß, was alles in meiner deutschen Wohnung steht. Und was vor allem alles – nach dem Ausmisten und Verschenken – für den Umzug nach Portugal immer noch übrig bleibt. Mittlerweile bin ich in meinem Leben fast ein Dutzend Mal umgezogen. Ich bin sozusagen Umzugsexpertin. Als Studentin stemmt man das ja alleine, mit ein paar Freunden. Da braucht man noch keine Spedition.

Später dann, im Berufsleben, hat man dann manchmal die ausgesprochen angenehme Situation, dass ein Arbeitgeber einen unbedingt haben möchte, dass er nicht nur Makler und Wohnungssuche bezahlt, sondern dazu auch noch die Spedition für den Umzug. Mit anderen Worten: Man schleppt nicht mehr selbst. Man lässt schleppen.

Beim Umzug nach Portugal wird das genauso sein. Dennoch muss eben alles vorher aussortiert und der »Rest« gepackt werden. Das nimmt mir leider niemand ab.

Die erste Wohnung »mitten in der Stadt« befindet sich im Lissabonner Stadtteil Benfica. Ein kleiner Platz, in den drei Straßen münden.

Kein Baum, kein Strauch – und auch kein einziger freier Parkplatz weit und breit. Ich bekomme allerdings mit, dass sich António und der Vermieter ausführlich darüber unterhalten, ob wohl schon bald die Metro von hier zum Estádio da Luz führen wird. Das ist – rein zufällig – das Stadion von genau dem Verein, dem António zujubelt. Aber okay – als erste Option schauen wir uns die Wohnung an. Wenn sie innen einigermaßen ansehnlich ist …

»Einmal müssen wir ja anfangen«, seufzt António.

Es ist – ein Schock. Klein, obwohl es drei Zimmer sind. Keine Ahnung, wo ich da meine Möbel und vor allem meine circa 3000 Bücher unterbringen soll. Von Antónios Sachen ganz zu schweigen.

Meerblick? Keine Spur. Überhaupt ein Ausblick? Fehlanzeige.

Die nächste Hauswand ist gerade mal zwei oder drei Meter entfernt. So ist dafür gesorgt, dass die Wohnung ziemlich dunkel ist.

Einen Balkon gibt es nicht. Wozu denn auch? Das Meer

ist ja eh nicht zu sehen. Und dem Nachbarn auf den Teller zu schauen beziehungsweise sich selbst draufschauen zu lassen – das ist nicht mein Ding. Antónios glücklicherweise ebenfalls nicht. Allerdings reizt ihn die Nähe zum Stadion.

Das einzig Positive: Die Wände sind mit wunderschönen Fliesen bedeckt, da geht mir fast das Herz auf. Vor allem, weil es alte und wohl handbemalte *azulejos* sind. Beinahe werde ich schwach. Dann aber stelle ich mir vor, dass ich hier tagein tagaus leben und vor allem arbeiten soll.

Freundlich, aber bestimmt gebe ich bekannt: »Das ist nicht so ganz, was ich mir vorgestellt habe.« Also auf zum nächsten Besichtigungstermin.

Es geht gerade so weiter: Alles, was wir selbst aus der Zeitung fischen, ist ein Fehlschlag. Nichts dabei, wo wir uns auf Anhieb wohlfühlen, selbst wenn wir natürlich wissen, dass wir Kompromisse eingehen müssen. Man kennt das ja von der Wohnungssuche in Deutschland: Die Beschreibung in der Anzeige oder beim Telefonat mit dem Vermieter entspricht in den seltensten Fällen der Realität.

Eine Chance geben wir uns noch: eine Wohnung in Cascais. Der kleine Ort liegt zwar knapp zwanzig Kilometer von der Hauptstadt entfernt. Aber wenigstens direkt am Meer. Und es gibt eine sehr gute Bahnverbindung nach Lissabon. António erklärt sich bereit, Pendler zu werden. Nachdem es in der Stadt eh kaum Parkplätze gibt.

Unser Treffpunkt ist neben einem großen Supermarkt. Leicht zu finden, auch den Vermieter erkennen wir auf Anhieb. Ein alter Herr, der einen sehr sympathischen Eindruck macht. Wir sollen ihm folgen – er fährt voraus.

Ich lerne die typisch portugiesische Fahrweise kennen: mit Highspeed durch enge Gassen, über verkehrsreiche *rotundas* (ohne zu blinken, natürlich), bergauf und bergab. Und das alles von einem scheinbar seriösen Senioren in einem betagten Mercedes Benz. Wir kommen kaum hinterher, sehen ihn aber gerade noch direkt vor einer prachtvollen Apartmentanlage einparken.

Palmen wiegen sich im Wind. Balkone zeigen sich mit schmucken Markisen. Ein Gärtner huscht durch gepflegte Blumenrabatten. Ich meine, das Türkisblau eines Pools durch die Hecke schimmern zu sehen. Man könnte sogar vielleicht einen Blick auf ein Stückchen Atlantik erhaschen. Ach wie schön …

Die Realität holt uns wieder ein.

Die Wohnung, die zur Vermietung steht, befindet sich nämlich nicht in dieser herrlichen Anlage. Sondern gegenüber. Und da sieht es ganz und gar nicht wundervoll aus: mehrere Hochhäuser aneinandergereiht, gut zehn Stockwerke hoch, ein wenig heruntergekommen.

Anschauen kann mans ja mal. Immerhin sind es zum Meer und damit zum Strand zu Fuß nur knapp zehn Minuten, man hat den Blick auf die gegenüberliegenden Palmen – vielleicht ist es ja doch was. Positiv ist in jedem Fall, dass die Miete wirklich spottbillig ist. Im Gegensatz zumindest zu der Wohnung, mit der António in Benfica liebäugelte, die ein dunkles Loch war und trotzdem fast tausend Euro kosten sollte. Kaltmiete. Selbst wenn es hier im Gegensatz zu Deutschland viel weniger Nebenkosten gibt – das war dann doch zu viel. Bei dieser hier liegt der Mietpreis weit darunter. Und sie hat sogar einen Garagenplatz.

Aber schon beim Betreten des Hauses weiß ich: Das wird nichts. Hier werde ich mich nie und nimmer wohlfühlen. Wie in einem dunklen, riesigen Bienenstock sieht es hier aus.

Manche Wohnungen haben sogar Fensteröffnungen zur Treppe hin – merkwürdig irgendwie. Außerdem mieft es enorm: Kochen die heute alle Kohlsuppe? Ich mag *caldo verde* ja auch – aber in der Nase haben muss ich dieses leckere Süppchen ja nun nicht ständig …

Es ist also düster, riecht nicht gut – und als der Vermieter die Wohnungstür öffnet, trifft mich beinahe der Schlag: Der Architekt (oder war es der Vermieter selbst?) hat als besonders dekorative Variante der portugiesischen Fliesenkunst in die winzigen Räume riesengroß gemusterte, in Braun-Beige-Grün-Tönen gehaltene Fliesen anbringen lassen. Bis etwa Kopfhöhe. In jedem Raum.

Es gibt zwar einen Balkon, aber der ist winzig und schwebt über der viel befahrenen Hauptstraße. Und das Meer würde man nur sehen, wenn man auf Zehenspitzen auf der Brüstung balanciert. António und ich sind uns einig: »Das geht gar nicht!«

Langsam wird die Zeit knapp: Eine Woche ist nämlich schon vorbei, in vier Tagen ist Ostern. Bleibt uns also nichts anderes übrig, als einen Makler aufzusuchen. Ich habe allerdings eine natürliche Scheu davor, jemandem Geld in den Rachen zu schmeißen, der dafür »eigentlich« nichts tut.

António versteht gar nicht, was ich meine:

»Wieso willst du den Makler bezahlen?«, fragt er verblüfft.

Ich bin genauso verblüfft: »Weil das so üblich ist?«

»Ja aber – den zahlt doch der Vermieter.«

»Wie – den zahlt der Vermieter? Aber in Deutschland …«

»Wir sind nicht in Deutschland, *querida*. In Portugal ist das anders!«

Mir fällt ein Stein vom Herzen. Also auf – zum Makler!

Treffpunkt: ein kleines Café in Parede.

Mittlerweile haben wir davon Abstand genommen, uns in der Nähe von Lissabon eine Wohnung zu suchen. Sondern wir haben uns für die *linha* entschieden; das ist die Strecke zwischen Lissabon und Cascais. Nicht nur weil es hier ganz gute Angebote zu geben scheint, sondern weil das Meer so nahe ist, Einkaufsmöglichkeiten ohne Ende vorhanden sind (für den normalen Bedarf, wir reden hier nicht unbedingt von schicken Shoppingtouren) und António problemlos mit dem Vorortzug zur Arbeit kommt. So kann ich tagsüber mit dem Auto die Gegend erkunden und meine neue Heimat kennenlernen. Auch Parede liegt an der *linha*. Ein hübscher Ort, in dem alles zu finden ist, was man so braucht. Cafés, eine kleine Markthalle, *mini mercados*, Restaurants, Friseure, Lottogeschäft – kurzum: eine gewachsene Struktur, in der ich mich durchaus wohlfühlen könnte.

Und zum Meer? Maximal fünf bis zehn Minuten! Zu Fuß!

Ich sehe mich schon den abendlichen Wein mit Blick auf den Sonnenuntergang überm Atlantik schlürfen …

Pünktlich stürmt eine kleine, quirlige Dame ins Café Astória: Dona Clara, die Maklerin, mit der António gestern einen Termin vereinbart hat. Schnell bestellt sie sich noch eine *bica,* eine portugiesische Espressovariation, und dann geht es los. Sie hat eine ganze Menge zu bieten: Insgesamt vier Wohnungen werden wir uns allein heute Nachmittag anschauen. Wir fahren wieder im typisch portugiesischen Fahrstil hinter der Maklerin her: durch enge Gassen, über verkehrsreiche *rotundas* (ohne zu blinken, natürlich), bergauf und bergab. So gelangen wir nach der dritten Besichtigung nach São Domingos de Rana. Das liegt zwar etwas weiter weg vom Meer: mit dem Auto wohl zehn

Minuten. Dafür aber ist diese letzte Wohnung, die Dona Clara uns heute zeigt, endlich mal so, wie ich es mir vorstelle: »ein T3«, wie António und die Maklerin begeistert kommentieren. Ich zähle zwar vier Zimmer – was meinen die beiden bloß immer mit diesem »T und eine Nummer dazu«?

António klärt mich auf: »Hier zählt man nur die Schlafzimmer. Jede ordentliche Wohnung hat nämlich ein Wohnzimmer – *sala* –, eine Küche und natürlich das Bad. Mindestens eines. Ein T3 ist in Deutschland also eine Vierzimmerwohnung.«

Aha – wieder was gelernt.

Kleine Notiz am Rande:
Es gibt auch etwas für mich völlig Unerklärliches.
Nämlich ein »T0«.
Was – bitte schön – soll das sein?
Eine Wohnung mit keinen Zimmern? Ein noch zu bauendes Apartment? Ein Luftschloss?
Nein – so heißt in Portugal ein Einzimmerapartment mit Kochnische und Bad oder Dusche. Übrigens kennt man hier sogar halbe Zimmer: Das sind Wohnungen, in denen sich ein Raum ohne Fenster befindet. Oder ein Zwischengeschoss, etwa eine Galerie, die man nutzen kann. Das lerne ich aber erst ein paar Jahre später, als ich wieder mal umziehe …

120 Quadratmeter. Keine hässlichen Fliesen an den Wänden. Eine ruhige kleine Wohnanlage. Zwei kleine Balkone – na ja, der eine ist eher ein Mauervorsprung. Aber für ein paar Pflanzen reicht es. Auf dem anderen kann man zu zweit

sitzen. Sogar eine Mini-Grünfläche ist vor dem Haus, mit ein paar Bäumchen drauf, die sicher noch wachsen werden. Immerhin sind es Palmen – das ist doch schon mal was! Ich habe mein Portugal-Gefühl wieder.

Supermarkt und vor allem ein Café – unerlässlich für jeden Portugiesen und bald auch mich – sind zu Fuß gut erreichbar. Selbst wenn das Ganze eher eine »Schlafstadt« zu sein scheint: Hier könnte es mir gefallen.

Es kommt mir sogar richtig edel vor: allein die Schließanlage! Ich fühle mich beinahe wie in einem Luxusapartment im Nobelviertel Münchens. Ich habe noch nie eine Wohnung mit eingebautem Safe gehabt. Die Böden sind aus Marmor, wir haben zwei Bäder und ein extra Gäste-WC. Dunkle Holztüren mit geschliffenem Glaseinsatz, eine Traumküche mit allen Schikanen. Und einen offenen Kamin mit Marmorumrandung.

Leider merke ich nicht, dass der Kamin die einzige Heizung ist. António sagt ebenfalls nichts – der ist als Portugiese kalte Wohnungswinter gewohnt. Ich kenne das noch nicht, sondern bin der Überzeugung: Ich lebe ab sofort schließlich im Süden, da ist es doch wohl warm im Winter! Wenn jetzt, kurz vor Ostern, bereits sommerliche Temperaturen herrschen?

Das Beste – findet António – an der Wohnung in São Domingos ist allerdings etwas ganz anderes: Sie gehört einem ehemaligen Spieler von Benfica. Klar, dass diese Information für ihn ausschlaggebend dafür ist, dass wir sie nehmen! Bleibt nur noch zu klären, dass wir die Wohnung am liebsten leer – also unmöbliert – mieten würden.

»Hm«, Dona Clara, die Maklerin, wiegt den Kopf, »das ist jetzt ein bisschen ungewöhnlich. Normalerweise wird die

Einrichtung immer mitvermietet. Aber ich schau mal, was sich machen lässt.«

Sie greift zum *telemóvel,* und wir haben Glück. Endlich! Der Exspieler von Benfica freut sich, dass er Mieter gefunden hat. Und er ist anstandslos bereit, seine Möbel einzulagern. Allerdings müsste er dafür den Garagenplatz verwenden. Ob das schlimm wäre? Draußen seien, so versichert er, immer genügend Parkplätze frei. Wir sollen bloß mal sagen, was wir von der Einrichtung übernehmen wollen – sicher doch wenigstens die Küche, oder?

»Genau«, sind António und ich uns einig, »die Küchenmöbel und alle Geräte bleiben bitte drin. Aber alles andere kann in die Garage«

Okay. Kein Problem.

Auch Dona Clara scheint glücklich. Denn wie sonst soll ich's mir erklären, dass sie nicht nur António, sondern auch mich mit einer Umarmung und einem Küsschen verabschiedet? Genauso übrigens, wie sie uns beim nächsten Treffen mit einem *beijinho* begrüßt.

Den Vorvertrag machen wir am nächsten Tag. »Nicht vergessen«, sagt sie noch, »bringen Sie die erste Mietzahlung bitte gleich mit. Sozusagen als Bestätigung, dass Sie den Vertrag wirklich abschließen wollen. Aber keine Sorge: Damit ist die erste Miete schon beglichen.«

»Und die zweite Miete?«, fragt António.

Von welcher zweiten Miete spricht er?

»Na, das ist hier üblich«, erklärt er mir. »Du zahlst normalerweise bei Vertragsabschluss zwei Monatsmieten. Die erste wohnst du sozusagen gleich ab – im ersten Monat. Und die zweite im letzten Monat, also bevor du wieder ausziehst. Wenn wir also nicht hierbleiben sollten ...«

»Genau«, bestätigt Dona Clara. »Aber mit der zweiten Miete haben wir noch ein bisschen Zeit. Erst wenn wir den Vertrag mit allen Papieren zusammenhaben, ist sie fällig.«

Das dauerte dann allerdings noch geraume Zeit. Erst einmal mussten Kopien meiner Ausweisdokumente vorliegen. Dann aber war alles unter Dach und Fach. Endlich!

Ende April ging es allmählich los. Vier Wochen später wollte ich ja auswandern. Obwohl: So richtig auswandern ist es ja im Grunde nicht, wenn man innerhalb Europas den Wohnort wechselt. Falls man nicht gerade vom nördlichsten Punkt Skandinaviens ins südlichste Dörfchen Siziliens zieht. Manchmal kommt es einem viel fremder vor, wenn man von Bayern nach Hamburg geht oder von Köln nach Österreich.

Das Wichtigste ist jetzt die Spedition. Gar nicht so einfach, da nicht nur eine vertrauenswürdige zu finden, sondern eine, deren Preisvorstellungen nicht irgendwo im Nirwana angesiedelt sind. Mal eben so einfach mit einem gemieteten und selbst gefahrenen Transporter von Deutschland nach Portugal umzuziehen – das klappt bei vielen Möbeln und vor allem Büchern leider nicht. Es sei denn, António, ich und vielleicht fünf bis zehn Freunde fahren in einer Kolonne mit mehreren Transportern. Aber als Umzugskarawane will ich eigentlich nicht unterwegs sein.

Erster Kostenvoranschlag eines örtlichen Unternehmens: mal eben 10 000 Euro plus Mehrwertsteuer.

Eine schnelle Recherche im Internet ergibt: Es geht preiswerter. Viel preiswerter. Da existiert beispielsweise eine Umzugsbörse, auf der es wie bei einer Auktion zugeht. Nur umgekehrt. Das heißt: Das erste Angebot ist das höchste, und nach und nach steigern (oder besser: mindern) sich die Angebote, und es kommen preiswertere herein. Obwohl ich in Offenburg lebe, finde ich einen Umzugsunternehmer aus Berlin. Der reist zur Besichtigung an und erweist sich als echter Freak. Nicht nur, weil er seinen Hund dabeihat. Sondern auch, weil er vor der Besichtigung erst einmal die Inlineskater anschnallt und mit dem Vierbeiner eine Runde läuft.

Alles andere nimmt er ebenfalls locker. »Sie haben gar keinen richtig großen Umzug«, meint er nämlich.

»Habe ich nicht?«

»Nein«, sagt er. »Das sind höchstens sechzig Kubikmeter. Da haben wir schon ganz andere Ladungen gehabt.«

Okay – ich halte das zwar für viel, aber wenn er meint …

»Wir haben schon ganze Botschaften umgezogen – mit Akten, Büros und allen Privaträumen des Botschafters und seiner Familie. Aus Bonn nach Berlin.«

Ach, wen denn zum Beispiel so?

Leider ist Eckhard diskret und verrät weder Tratsch noch Klatsch. Obwohl er, wie er sagt, schon eine Menge zu erzählen wüsste. Bücher könnte er schreiben, sagt er. »Jetzt aber geht es erst mal um Ihren Umzug.«

Und der genaue Terminplan?

»Da stimmen wir uns noch per Mail ab. Ich komme auf jeden Fall mit einem Lkw und einem Hänger. Dann brauchen wir Leute zum Ein- und Ausladen. Hier und in Lissabon.« Darum kümmert er sich ebenfalls.

Sein Preis: unglaublich wenig. Vor allem im Vergleich zu dem Anfangsgebot. Heimlich checke ich mal im Internetportal seine Bewertungen. Schließlich will ich ja, dass alle meine Sachen heil ankommen. Aber da ist nichts Negatives zu finden. Ganz im Gegenteil. Und so steht der Entschluss fest: Mit dem machen wir den Umzug!

Anfang Mai geht es dann richtig los. Am Monatsende soll der Umzug stattfinden. Kurz vor der Europameisterschaft. Was natürlich reiner Zufall ist. António ist vor Ort in São Domingos de Rana, er wird den Spediteuren sagen, wo Möbel und Kartons verstaut werden sollen. Schließlich soll ja alles in den jeweils richtigen Zimmern stehen. Es wäre außerdem schön, wenn meine heiß geliebten Pflanzen nicht gerade tagelang in der prallen Sonne darben müssten. Ab 29. Mai hat António ein paar Tage Urlaub und fliegt nach Zürich; dann wollen wir mit meinem Autochen gemeinsam nach Lissabon. Wir wollen uns Zeit lassen, nicht rasen, sondern Strecke, Landschaft und Fahrt genießen. Langsam ankommen.

Warum António mit mir gemeinsam fährt?

Weil mal eben gut zweieinhalbtausend Kilometer ganz alleine im Auto erstens eine Riesenstrecke sind, und zweitens weil es allein schlicht und ergreifend langweilig ist.

Fünfundachtzig Kisten Bücher.

Und da wurde bereits »ausgemistet«. Von den anderen Sachen ganz zu schweigen. Man glaubt ja nicht, was sich so alles ansammelt im Laufe der Jahre.

Der Countdown beginnt.

Noch achtzehn Tage.

Jetzt geht es in die Endphase.

Alle Termine sind bestätigt.

Am Samstag und Sonntag, 22. und 23. Mai, wird gepackt und geladen.

Am Montag, 24. Mai, gehen die Jungs samt Truck und Hänger auf die Strecke. Sie rechnen mit zweieinhalb Tagen Fahrt, und da ist eine Sicherheitsspanne schon mit eingeplant: für Unvorhergesehenes wie Baustellen, Staus und Ähnliches.

Am Donnerstag, 27. Mai, wird in São Domingos de Rana ausgeladen.

Das Ganze ist so genau terminiert, weil in Deutschland Lkws an Sonn- und Feiertagen nicht fahren dürfen. Nach der ursprünglichen Planung hätte der Truck zwei Tage irgendwo in Frankreich herumgestanden. Das kostet unnötig Geld, und weil ich ja für meinen Umzug einen günstigen Preis ausgehandelt habe, stört es mich nicht, dass die Abfahrt in Deutschland einen Tag früher beginnt.

Noch fünfzehn Tage.

Mittlerweile feiere ich fast jeden Tag irgendeinen Abschied von Freunden, Bekannten, Kollegen. Unser Stammitaliener freut sich, denn er ist natürlich derjenige, bei dem wir uns immer und immer wieder treffen. Den werde ich wirklich vermissen; hierher komme ich seit fast siebzehn Jahren, irgendwie gehöre ich schon zur Familie. Stefano und Carlo sind mir samt Ehefrauen und Kindern ans Herz gewachsen. Dass Pasta & Co. in ihrem Lokal immer etwas ganz Besonderes sind, scheint beinahe nebensächlich. Trotzdem esse ich natürlich noch einmal alle meine Lieblingsgerichte. Hinterher immer einen Sambuca. Mindestens einen. Gut, dass ich in der Nähe wohne und zu Fuß nach Hause gehen kann …

Noch zwölf Tage.

Langsam werde ich ein wenig melancholisch: Einerseits

freue ich mich auf mein neues Leben, auf das Abenteuer in einem fremden Land, wieder einmal – und das in meinem Alter! – etwas ganz anderes anzufangen. Andererseits bin ich traurig, viele Freunde zurückzulassen. Selbstverständlich haben wir ein Gästezimmer in Portugal, natürlich versprechen alle, den Urlaub künftig bei uns einzuplanen und vorbeizukommen.

Dennoch ist etwas ganz anderes, als mal schnell um die Ecke zu flitzen und sich mit Freunden zu treffen. Oder drei Stunden auf der Autobahn »nach Hause« zu fahren, nach Bayern, wo meine Familie lebt.

Es ist schon merkwürdig: Drei Stunden Autofahrt steckt man locker weg. Der Flug nach Portugal dauert ebenfalls nur drei Stunden – dennoch ist es eine »richtige« Reise, die man nicht eben mal spontan antritt. Gar nicht »schnell mal eben« antreten kann, wenn man nicht gerade im Lotto gewonnen hat und einem deshalb die Flugpreise egal sein können.

Noch zehn Tage.

Ich hoffe, dass mein Blues nicht noch intensiver wird. Es war schon schlimm genug, als ich am Vortag in der Firma verabschiedet wurde. Heulend stand ich da. Hundertfünfzig Leute haben geklatscht und Reden gehalten und Geschenke überreicht. Niemals hätte ich gedacht, dass man in knapp eineinhalb Jahren so viel bewegen kann und so viele »Fans« hat. Dabei war das nur ein Nebenjob. Als mir dann die »alten Hasen« noch erzählt haben, dass noch niemals jemand so verabschiedet wurde, war es endgültig vorbei mit meiner Contenance. Obwohl das natürlich meinem Ego ein bisschen guttut. Muss ich zugeben.

Natürlich sind manche ein bisschen neidisch: Schließlich

wohne ich künftig da, wo andere Urlaub machen. Am Meer. Im Süden. Wo es immer warm und schön ist.

Noch neun Tage.

Ich zähle beinahe schon die Stunden. Komme mir vor wie bei der NASA. Sitze zwischen täglich höher werdenden Kistenbergen.

Ja, es sind wahre Berge: mittlerweile fünf, sechs Kartons übereinandergestapelt, und das an jedem freien Plätzchen. Der PC ist gerade noch erreichbar, und ich hoffe täglich, dass nicht irgendjemand irgendwelche Auskünfte von mir braucht, denn alle Aktenordner sind bereits verpackt.

Es macht keinen richtigen Spaß mehr, hier zu wohnen.

Die ersten Tage in Portugal wird es nicht anders sein – Kartons werden mich umgeben. Bis das alles ausgepackt und eingeräumt ist!

Aber: Die Sonne ist heller, die Luft ist wärmer. Und der Strand ist nur zehn Minuten entfernt. Da ist Lebensfreude schon beinahe garantiert.

António geht es genauso.

»Ich komme mir langsam vor«, sagt er, »wie ein Nomade. Ich lebe zwar schon in unserer neuen Wohnung, aber ich habe nur die Küche und ein Notbett. Außer Duschgel, Handtuch, ein paar Klamotten und Pulverkaffee ist nichts vorhanden.« Aber wenigstens Kaffee! Becher, Löffel und Zucker hat er sich von seiner Mutter mitgenommen. Zum Essen geht er in die Kneipe um die Ecke. Oder er isst in der Stadt.

Noch acht Tage.

Ich schaue mir immer wieder im Routenplaner an, wie wir fahren werden. Wir haben ein bisschen Zeit, wir müssen die zweieinhalbtausend Kilometer nicht in einem Rutsch durchfahren.

Post aus Portugal: António hat mir den Mietvertrag geschickt. Kein Vergleich mit Deutschland: nur eineinhalb Seiten, zehn Klauseln; offiziell festgehalten sind die erste und die letzte Miete und die Kündigungsfrist. Erst nach sechs Monaten können wir kündigen, vorher geht nichts. Es gibt keine Hausordnung. Keine Kehrwoche. Nachdem meine hausfraulichen Fähigkeiten (beziehungsweise die Lust dazu) sich ja eher auf Kochen und Weintrinken beschränken, kommt mir das sehr entgegen.

Noch sieben Tage.

Langsam wird mir wirklich bange. Nicht unbedingt, weil ich Deutschland verlasse und mein neues Lebensabenteuer beginnt. Aber jeder, der schon einmal umgezogen ist, weiß: Irgendwie findet man kein Ende. Alles, was ich selbst einpacken kann, ist eingepackt. Jetzt ist wirklich die Spedition am Zug. Ich kann nichts mehr tun. Trotzdem liegt immer noch so viel herum – die Packer werden noch eine Menge erledigen müssen. Vor allem Porzellan, Glas und Kleinkram. Aber gerade der macht viel Arbeit.

Heute wässere ich meine heiß geliebten Pflanzen nochmals gründlich, damit sie die lange Fahrt und die ersten Tage in Portugal gut überstehen.

Für António habe ich einen »ultimativen Umzugsguide« geschrieben, den maile ich ihm. Damit ich nicht ins totale Chaos gerate zwischen Kartons, Koffern, Kisten, wenn wir nach der langen Fahrt in Portugal im neuen Zuhause ankommen.

Manchmal bin ich schon (noch) sehr deutsch organisiert.

António meint: »Das wird sich geben! Mach dir keine Sorgen – du lernst schon, dass man nicht alles planen kann, dass ein bisschen südliches Lebensgefühl viel entspannender ist.«

Noch sechs Tage.

Ein bisschen muss ich noch arbeiten – ein paar Texte sind zu redigieren. Und dann geht es auf Abschiedstournee zur Familie. Das wird wohl noch mal ziemlich hart. Zwar unterstützen mich alle, freuen sich für mich und meinen neuen Lebensabschnitt. Ich habe bei Mutter und Schwester all jene Gerichte bestellt, die ich liebe. Die koche ich zwar in Deutschland selten selbst – aber ich bin mir sicher: In Portugal werde ich sie sofort vermissen!

Noch fünf Tage.

Endlich passiert etwas: Die Warterei ist gleich vorbei.

Ich sitze auf gepackten Koffern und Taschen, gleich kommen die Jungs von der Spedition. Das große Abenteuer beginnt. Jetzt geht es endgültig los: aus Deutschlands wildem Südwesten in Europas wilden Südwesten.

Zweieinhalbtausend Kilometer liegen vor mir. Plus die knapp vierhundert, die ich noch nach Bayern fahren muss, um mich von meinen Lieben zu verabschieden.

Noch vier Tage.

Ich bin bei meiner Familie in Bayern. Genieße es noch einmal, verwöhnt zu werden. Freue mich über gute Wünsche. Bin mir sicher: Ich werde die alte Heimat in der neuen nicht völlig vergessen. Geht ja gar nicht. Und es gibt ja Telefon und Internet. Da muss ich mich in Portugal als Erstes drum kümmern.

Bis jetzt ist es einfacher, als ich gedacht habe. Das große Flattern wird wohl kommen, wenn ich endgültig im Auto sitze und Richtung Portugal starte.

Noch drei Tage.

Die Familie hat mitgespielt: Ich darf meine Liste der Lieblingsgerichte »abessen«. Heute steht ein zünftiger bayerischer Schweinsbraten mit Kruste und Semmelknödel auf dem Plan. Und dazu natürlich ein Weizenbier!

Ich freue mich auf mein neues Leben, auf all die Erfahrungen und Menschen, denen ich begegnen werde. Am meisten freue ich mich auf António, den ich am Flughafen in Zürich abhole. Gemeinsam wollen wir uns auf die lange Fahrt quer durch Europa begeben.

Noch zwei Tage.

In Portugal hat offenbar alles geklappt. Der Lkw samt Hänger war pünktlich da, der Spediteur aus Lissabon, der beim Ausladen helfen sollte, stand mehr oder weniger pünktlich vor der Tür. António war völlig begeistert, in João auf einen Deutschen zu treffen, der perfekt Portugiesisch spricht.

»Hätte ich nie gedacht«, meint er, »der kennt alle Slangausdrücke. Null Akzent. Einfach toll. Du wirst sehen: Du lernst das auch schnell!«

Allerdings verweigert António am Telefon jegliche Auskunft darüber, wie es in der neuen Wohnung aussieht. Einziger Kommentar: »Es ist ein Chaos. Ein einziges Durcheinander. Ich möchte nicht darüber reden!«

Der letzte Tag.

Es geht los! Um 6.00 Uhr morgens starte ich Richtung Zürich.

António kommt mittags an.

Das Wetter ist traumhaft. Eine sonnige Tour. Vorgeschmack auf meine neue Heimat.

Von Zürich aus fahren wir gemütlich nach Lausanne, wo wir mit einem Freund verabredet sind. Hier verbringen wir die erste Nacht. Und wir bekommen eine Menge Tipps für die weitere Route. Fernando ist nämlich ebenfalls Portugiese, und man weiß ja (das heißt: Ich weiß noch nicht, das lerne ich jetzt!), dass Portugiesen jedes Jahr einmal nach Hause fahren »müssen«.

António und Fernando erklären unisono den Grund: »*Para matar a saudade* – um unsere Sehnsucht nach der Heimat, nach unserem geliebten Portugal zu stillen.«

All meine portugiesischen Freunde, die in Deutschland aufgewachsen sind, wissen zu erzählen, dass sie die großen Ferien stets in der Heimat verbrachten. Jedes Jahr. Und immer wurde mit dem Auto gefahren. Vollgepackt bis oben hin. Alle mussten mit: Babys, Kleinkinder, Schüler, Teenager, ja selbst Oma und Opa, Tante und Onkel, Cousin und Cousine.

Klingt fremd. Kommt mir kitschig vor.

Noch kann ich das nicht nachvollziehen.

Heute könnte ich es. Heute geht es mir genauso: Wenn ich nicht in Portugal bin, habe ich – *saudade*.

Kapitel 3

Endlich im »Gelobten Land«

Der erste Tag in Portugal.

Noch nicht direkt in meiner neuen Heimat, in São Domingos de Rana.

Noch nicht einmal in der Nähe von Lissabon. Sondern wir sind hoch oben im Norden: Am frühen Nachmittag haben wir die spanisch-portugiesische Grenze bei Vilar Formoso passiert.

Portugal heißt uns willkommen. Ganz offiziell. Mit einem riesigen Transparent quer über die Straße: »Welcome to the stadium of Europe«. Die EM wirft ihre Schatten voraus – und António begehrliche Blicke auf die Landkarte. »Wir können es leicht heute noch nach Lissabon schaffen«, meint er. »Dann würden wir schon in der neuen Wohnung schlafen ... keine Lust, einfach durchzufahren?« Ich weigere mich. Ich möchte nicht spätabends im Dunkeln in eine völlig chaotische Wohnung kommen.

Wir legen stattdessen einen Abstecher zur Serra da Estrela ein, das »Sternengebirge«. Hier, auf dem höchsten Gebirge von Kontinental-Portugal, liegt im Winter sogar Schnee. Ich staune: Es gibt auch ein Skigebiet. Von der Serra da Estrela aus reicht der Blick – so bilde ich mir ein – bis an den Atlantik: Meine neue Heimat liegt mir sozusagen zu Füßen ...

Erst am nächsten Abend erreichen wir São Domingos und

kommen wirklich an. Trotz der langen Fahrt quer durch Europa, trotz Chaos, Kisten und bevorstehendem Stress in den folgenden Tagen: Ich fühle, dass es mir gut geht.

Das gute Gefühl bleibt. Selbst wenn mich beinahe der Schlag trifft, als ich unser neues Heim betrete. Die Wohnung war doch bei der österlichen Besichtigung viel größer? Wo sind die 120 Quadratmeter, die wir gemietet haben? Der einzige Raum, in dem man sich wenigstens noch umdrehen kann, ist die Küche. Alles andere steht pickepackevoll: mit Möbeln, Pflanzen, unzähligen Kartons, Koffern, Taschen. Ungeordnet. Alles in den kommenden Tagen auszupacken und einzuräumen. Ich darf gar nicht daran denken …

War es nicht außerdem viel heller in den Räumen? Wieso ist diese Wohnung plötzlich so dunkel? Es liegt nicht an der Tageszeit. Denn es ist heller Mittag; es herrscht keine Abenddämmerung. Auch ist die Nacht noch nicht hereingebrochen.

Es liegt vielmehr daran, dass António plötzlich dazu neigt, sämtliche Vorhänge – und die sind alle blickdicht – auch tagsüber zuzuziehen. Muss eine portugiesische Eigenart sein, die er bisher vor mir verborgen hat. Ich verstehe das ja für die Tage, an denen wir auf unserer großen Fahrt waren und die Wohnung unbewohnt war. Musste ja nicht jeder das Chaos sehen. Und meine Pflanzen sollten ja auch nicht im grellen Sonnenlicht verdorren.

Aber jetzt sind wir da! Ich liebe Licht und Sonne, und ich kann mir nichts Schöneres vorstellen, als wenn die Fenster weit offen stehen und frische Luft hereinkommt. Wenn die Gardinen sich in einer leicht säuselnden Brise bauschen.

Allerdings ist der sogenannte *nortada* alles andere als ein solch laues Lüftchen. Der Nordwind bläst mit voller Wucht – und nachdem unsere Wohnung in genau seiner Richtung nach beiden Seiten Fenster hat, knallen mir die blickdichten Vorhänge samt Aufhängung und Stange nicht nur einmal zu Boden. Nichts da mit sanft wehenden Gardinen im abendlichen oder morgendlichen Wind. Kalt ist der *nortada* außerdem. So kalt, dass man in Cascais sagt: »Wenn dieser Wind weht, kann man getrost auf der Schattenseite einer Straße im Pelzmantel spazieren gehen. Auf der Sonnenseite dagegen läuft es sich besser im Bikini.«

Der Nordwind tobt tagtäglich nachmittags so stark ums Haus, dass ich Fenster und Balkontüren schließen muss. Und das im Spätfrühling. Lebe ich nicht im warmen Süden? Haben wir nicht bald Sommer? Irgendwas scheint da nicht zu stimmen. Ich ahne so ganz langsam, dass es wohl in Portugal manchmal kalt wird. Aber noch mache ich mir keine Sorgen.

Dafür gibt es zu viele Highlights. Schon an unserem zweiten Abend. António hatte sich entschieden, seinen Job in Lissabon aufzugeben, er fand sofort eine neue Stelle in Cascais. Ich hole ihn dort ab, und wir beschließen, den Abend in Ruhe ausklingen zu lassen. Sitzen in einer kleinen Kneipe direkt am Meer. Schauen auf den Atlantik. Hören die Wellen gegen das Steilufer brechen. Der Kellner macht auch bald Schluss, lädt uns noch zu einer Flasche *vinho tinto* ein, stellt dazu Oliven und *tremoços* auf den Tisch.

> *Kleine Notiz am Rande:*
> *Was* tremoços *sind? Eingelegte Lupinensamen. Der berühmteste Fußballer Portugals, Eusébio, liebt die*

kleinen gelben Dinger. Auf die Frage, welche Meeresfrüchte, also mariscos, *er am liebsten isst, antwortete er einmal:* tremoços *– die »Meeresfrüchte des Volkes«. Seitdem nennt man die leckere Knabberei nicht nur* marisco do povo, *sondern manchmal* marisco de Eusébio. *Jeder* benfiquista *weiß das – auch António natürlich. Er liebt* tremoços, *und mir schmecken sie ebenfalls.*
Ein Wirt, der auf sich hält, serviert übrigens nicht lediglich gekaufte Lupinenkerne, sondern verfeinert die tremoços. *Auf Madeira etwa, wo ich diese Knabberei zu Bier oder Wein in Antónios Bar lieben lernte, legt man sie nicht nur in Salzlake ein, sondern gibt ihnen mit Knoblauch, Petersilie, roten oder grünen Paprikastückchen, manchmal auch etwas Piri-Piri einen besonderen Kick.*
Als ich António auf Madeira besuchte, hat er mir einmal einen ganzen Fünf-Liter-Eimer selbst eingelegter tremoços *mitgegeben. Es war ein ziemlicher Akt, den am Ende tropfenden Eimer in Flugzeug, Bahn und Taxi heil nach Hause zu bekommen …*

Der Abend am Meer ist wunderschön. Auch weil es noch richtig warm ist (in Deutschland frieren sie bestimmt schon wieder mal). Natürlich ist nicht nur das portugiesische Wetter eine ausgesprochen positive Erfahrung. Vom Nordwind mal abgesehen, selbstverständlich. Dabei hatte man mich mehr als einmal vorgewarnt.

Es ist ja ziemlich einfach, Informationen aller Art aus dem Internet zu fischen. Als bei António und mir feststand: »Wir gehen nach Portugal!«, habe ich mich als Erstes ins World Wide Web eingeloggt. Ich surfte aber nicht auf langweiligen Informationsseiten mit Statistiken und trockenen Länderdaten. Sondern ich wollte gleich mitten rein ins Leben. Ich suchte und fand schnell ein Länderforum, in dem man sich mit Urlaubern und in Portugal Residierenden über das Land austauschen konnte. Daraus entstanden, so merkwürdig das klingen mag, in dem knappen halben Jahr bis zu meinem Umzug bereits Freundschaften. Erst einmal natürlich virtuell. Es gab nicht nur reinen Informationsaustausch, sondern auch witzige Unterhaltungen im Chat, originelle Diskussionen über alles Mögliche. Schnell kam daher die Idee auf, nicht nur im Internet zu chatten, sondern den einen oder anderen persönlich kennenzulernen.

Fast alle deutschsprachigen Menschen, die ich hier in Portugal kenne, habe ich über dieses Portugal-Forum kennengelernt. Direkt, etwa bei einem »offiziellen« Forumstreffen. Oder weil der eine oder andere einfach eine E-Mail schickte oder zum Telefonhörer griff. Oder weil man jemanden persönlich kennenlernte, der wiederum mit einem anderen befreundet ist.

Da gab und gibt es Menschen, die mir wirklich geholfen haben: mit wichtigen Informationen, guten Tipps, mit fundierten Hinweisen und Auskünften. Manchmal einfach nur mit lustigem, ernsthaftem, geselligem Beisammensein. Mit aufmunternden Telefonaten, wenn ich mal einen Durchhänger oder mich das Heimweh befallen hatte. Mit dem Austausch von Rezepten, lokalen Geheimtipps, der preiswertesten Quelle für guten Wein oder für portugiesische Spezialitäten. Daraus sind – nicht mit allen, aber mit einigen –

echte Freundschaften entstanden. Durch dick und dünn, mit Aufs und Abs.

Völlig neu ist für mich die Erfahrung, wie die Leute »im portugiesischen Ausland« zusammenhalten. Es soll zwar in manchen reinen *estrangeiro*-Kommunen und -Gettos, etwa an der Algarve, anders zugehen. Meine Erfahrungen hier in Lissabon und Umgebung, aber auch in anderen Regionen Portugals, sind anders: nämlich durchweg positiv. Selbst wenn man sich vorher kaum gekannt hat oder weit entfernt voneinander lebt: Wenn Not am Mann ist, wenn man jemanden wirklich braucht – dann ist der da. Ganz gleich, was vorher passiert ist. Diese Art von gegenseitiger Hilfe, von Zusammenhalt von im Grunde Unbekannten – das kenne ich von Deutschland nicht. Es mag daran liegen, dass man »in der Fremde« eher zusammensteht. Weil jeder eben – genauso wie ich – die Erfahrung gemacht hat, dass das Leben in einem anderen Land seine Sonnen-, aber durchaus auch seine Schattenseiten hat.

Es gab selbstverständlich andere Begegnungen. Virtuell und manchmal leider »im richtigen Leben«. Etwa mit jenen, die lediglich ihren Urlaub im »Gelobten Land« verbracht haben – gerne einmalig und dies maximal vierzehn Tage – und meinen, mitreden zu können. Die der Überzeugung sind, sie würden Portugal und vor allem »die Portugiesen« kennen. Sie wissen, dass man »denen« zeigen muss, wie man es besser macht. Da kommt es dann zu Beschwörungen wie: »Du wirst schon sehen, wie dein António wirklich tickt. Die Portugiesen sind doch alle Machos.« Oder: »Sind doch alle gleich – arbeiten wollen sie nicht, aber Touristen ausnehmen.« So etwas hört man gern, vor allem wenn man einen Liebsten hat, der ständig mit Touristen zu tun hat.

Es gibt Begegnungen mit jenen, die Jahr für Jahr hierherkommen, immer an denselben Ort, immer zur selben Jahreszeit, immer exakt für drei Wochen. Sie glauben ebenfalls, sich auszukennen. Sie wissen, dass es in einem überlaufenen Touristenort im August an der Algarve genauso zugeht wie in Grande Lisboa, also im Großraum Lissabon, wo António und ich unsere neue Bleibe haben. Von denen höre ich, dass sowieso alles überteuert ist. Dass einheimische Produkte eh nichts taugen und welche gewohnten Markenwaren man in Portugal nicht kaufen kann. Und immer wieder: »Die haben doch keine Ahnung hier, die sollten mal nach Deutschland kommen!«

Es gibt jene, die vor Jahrzehnten als Kinder oder Jugendliche hier gelebt haben, vielleicht die deutsche Schule in Lissabon besucht haben, und deshalb genau wissen, dass es selbst fünfundzwanzig, dreißig, vierzig oder mehr Jahre später genauso zugeht wie in der guten alten Zeit. Wehe, man widerspricht ihnen. Wehe, man hat etwas anderes gelernt oder gar persönlich erlebt. Das kann nicht sein, weil es nicht sein darf.

Es gibt aber auch solche, die seit vielen Jahren nach Portugal reisen, sich überall im Land umgeschaut haben, die Sprache beherrschen und wie ich vom »Portugalvirus« befallen sind. Die sich in Land und Leute verliebt haben, die Menschen so akzeptieren, wie sie sind, mit allen liebenswerten und weniger angenehmen Seiten. Die neugierig auf Neues sind und die auch beim hundertsten Besuch in Lissabon noch Unbekanntes entdecken. Selbst in Vierteln oder Gassen, durch die sie schon so viele Male gestreift sind. Sie freuen sich darüber und lassen andere gern an ihren Kenntnissen teilhaben. Von denen stammt dann so mancher Geheimtipp, den nicht einmal António kennt.

Es gibt die »alten Hasen«, die eingesessenen Residenten, die schon Jahre, oft Jahrzehnte im Land leben, und deshalb natürlich ihre Erfahrungen gemacht haben: Sie wissen, wo es langgeht. Sie kennen alle Tricks, mit denen man dem portugiesischen Amtsschimmel aus dem Weg geht, mit denen man seine gewachsenen Beziehungen, die hier *cunhas* heißen, nutzt, um sich das Leben zu erleichtern. Sie sehen manchmal ein bisschen von oben herab auf die Neuankömmlinge, die (noch) von allem so begeistert sind. Sie sagen: »Erst wenn du einen Winter in Portugal erlebt und überlebt hast, kannst du mitreden! Erst dann bist du ein echter *residente*!«

Was sie nur immer mit ihrem Winter haben? Ich begreife es nicht.

Der Gegenpart der »alten Hasen« sind die »Träumerlis«: Sie glauben, das Leben in Portugal sei wie im Paradies. Sie weisen darauf hin, dass eine *bica* nur 50 Cent kostet, das Glas Wein für 70 Cent und ein *imperial* für unter einem Euro zu haben sind und das Tagesgericht in so manchem Restaurant schon für fünf Euro. Und erst die Zigaretten! Viel billiger als in Deutschland. Leider vergessen sie, dass man von Kaffee, Wein und Zigaretten nicht unbedingt leben kann. Dass man ein Dach überm Kopf braucht, für das man das ganze Jahr Miete bezahlen muss – nicht nur in den Sommermonaten, in denen man sich sein Geld möglicherweise leicht mit Touristen und am Strand verdienen kann. Dass man vielleicht ein Auto braucht, tanken muss. Überhaupt ein bisschen mehr als nur am Existenzminimum leben will.

Bin ich ein »Träumerli«?

Ich konnte mir nicht vorstellen, dass es in Cascais und Umgebung ganz normale Häuser zu mieten gibt, die wenig Besonderes zu bieten haben und dennoch mehr als 3000 Euro

Miete kosten. Ohne Nebenkosten. Ich dachte, da hätte sich jemand verschrieben und vielleicht noch DM statt Euro gemeint. Und selbst das hätte ich ziemlich teuer gefunden für so manche eher heruntergekommene Behausung, die zur Miete angeboten wird.

Natürlich habe ich genauso wenig geglaubt, dass der Winter in Portugal kalt ist. Dass es in Wohnung oder Haus kälter sein wird als draußen. Ich hielt das für abschreckende Äußerungen von Leuten, die den »Träumerlis« eben ihre Träume austreiben wollten.

Eines allerdings macht mich dann doch stutzig: Warum laufen die Portugiesen spätestens ab São Martinho, dem Martinstag, also dem 11. November, in Winterkleidung herum? Völlig unabhängig davon, wie das Wetter ist. Da kann die Sonne vom Himmel brennen und sich kein Wölkchen am blauschimmernden Horizont zeigen – die Damen zerren den edlen Pelzmantel aus dem Schrank, die Herren ziehen dicke Anoraks an, die Kinder tragen Winterstiefel, Schal und Mütze. Alles nur, weil jetzt »offiziell« Winter ist?

Richtig kalt wird es, zumindest tagsüber, doch fast nie. Es sollen wohl in den vergangenen Jahrzehnten mal ein paar Schneeflocken in der Stadt gefallen sein. Die Temperatur sinkt im Großraum Lissabon jedoch kaum unter zehn Grad (plus, wohlgemerkt!). Auch nachts nicht. Aber richtig Schnee gibt es doch wohl nur in der Serra da Estrela.

Es soll – so berichten António und der portugiesische Wetterdienst – allerdings Regionen in Portugal geben, die durchaus Null- oder sogar Minusgrade haben. Ich ahne langsam den Grund für die dicken Klamotten: Könnte es daran liegen, dass man innerhalb des Hauses friert? António bestätigt meine Theorie: »Meine Mutter hat wie die meisten

Portugiesen keine Heizung. Also behilft sie sich auf andere Weise: Sie ist im Winter immer dick angezogen, natürlich auch im Haus. Teilweise schläft sie sogar in der Küche, weil das der einzig einigermaßen warme Raum ist.«

Touristen und Zugewanderte wie mich erkennt man übrigens daran, dass sie im Dezember im kurzärmeligen T-Shirt, ohne Jacke, dafür aber mit offenen Sandalen vor der (geschlossenen) Strandbar sitzen. Oder barfuß im Sand am Meer entlangbummeln …

Schon der Nordwind zeigt – und das im Sommer! –, dass es an der Atlantikküste ganz schön frisch werden kann. Als die ersten kalten Tage kommen – spät im Jahr, in Deutschland schneit es bereits –, merke allmählich auch ich, wie kalt unsere Wohnung seit ein paar Wochen ist. Und dass man sie einfach nicht richtig warm bekommt. Der Marmorkamin sieht zwar edel aus, ist jedoch eher nutzlos; er heizt, wenn überhaupt, nur einen einzigen Raum. Das Wohnzimmer. Und auch das überhaupt nicht ausreichend.

Draußen hat es nachts zwar immer noch gut zehn Grad. Und viel kälter wird es – behauptet António – auch tagsüber im schlimmsten Winter nicht. Aber die Luft ist feucht. Wir leben eben nah am Meer. Und die feuchte Kälte bringt mich dazu, bibbernd und in dicke Decken eingehüllt auf der Couch zu sitzen.

Nicht nur ich, alle alterfahrenen *residentes* sagen dasselbe: »Noch nie habe ich so gefroren wie in Portugal!« In Deutschland dreht man einfach die Heizung auf. Hier ist sie aber nur in Neubauten und luxuriösen Wohnungen vorhanden. Unser schönes Apartment kommt mir plötzlich gar nicht mehr so schick und edel vor.

António weiß, was zu tun ist: »Wir gehen jetzt erst mal Holz einkaufen.«

»Und wo bekommt man das?«

»In jedem Supermarkt!«

Glücklicherweise haben wir eine Filiale einer internationalen Supermarktkette in der Nähe. Tatsächlich: Es werden Säcke mit Holz und Säcke mit Pinienzapfen angeboten. Wir schlagen zu und nehmen beides.

Haben Sie schon einmal einen Kamin angeheizt? Vor Jahrzehnten habe ich als Kind meinem Großvater oft zugeschaut, wie er die Kohleöfen im Haus befeuerte. So ähnlich muss es doch auch mit dem Kamin gehen. Leider ist von Opas Anheiztechnik nichts in meinem Gedächtnis geblieben.

Kennen Sie Holz aus dem Supermarkt? Ich hatte in Erinnerung: Holz wird nicht in Plastiksäcken verkauft, sondern in größeren Mengen neben dem Haus gestapelt. Sieht man zumindest immer bei den Leuten, die einen Kamin ihr Eigen nennen. Holz zum Heizen muss außerdem trocken und abgelagert sein. Keinesfalls feucht. Wieso verkauft man dann in Portugal nasse Holzscheite?

Wo lagert man das Holz überhaupt? Keller und Speicher gibt es nicht; in der Garage stehen bekanntlich die Möbel des Vermieters. Auf dem Balkon würde Holz durch den Regen noch nässer. Es gibt nur eine Lösung: immer wieder aufs Neue Holz nachkaufen. Das ist nicht nur teuer, sondern auch unbequem.

Wissen Sie denn, welche Rauchwolken sich im Wohnzimmer entwickeln können? Man hat allenfalls mal in einem englischen Krimi gelesen, dass der Kamin im Schloss eines Lords rauchte. Das fand man bei der Lektüre vielleicht ganz romantisch. Ich kann mit Fug und Recht behaupten: Es gibt wenig Unromantischeres, als sich dem Liebsten hustend und keuchend durch dunkle Rauchwolken zu nähern. Die Sache mit dem gemütlichen Zusammensein, auch mit Kuscheln und Schmusen auf dem dicken Teppich vor flackerndem Kaminfeuer, schminke ich mir sehr schnell ab. Und nicht nur, weil der Marmorboden trotz Teppich unangenehm hart – und vor allem kalt! – ist.

Ist Ihnen klar, wie wenig ein Kamin wärmt? Man ist nur auf einer Seite warm bzw. heiß. Nämlich der, die dem Feuer zugewandt ist. Die andere, also Rücken oder Bauch, ist kalt. Fühlt sich immer leicht frostig an. Bleibt einem also nur übrig, sich wie ein Grillhähnchen ständig zu wenden.

Ich merke außerdem: Es gibt fast nichts Schlimmeres, als abends in ein Bett zu kriechen, dessen Laken und Decken feucht-klamm sind. Trotz dicker Bettsocken und molligem Flanellschlafanzug wird man nicht richtig warm. Niemals. Die ganze Nacht nicht. Und António weigert sich, meine Eisfüße in seiner Nähe zu dulden. Ihn friert es nämlich selber. Auch wenn er als Portugiese das eigentlich gewohnt sein müsste.

Hilfe! Wo kriege ich eine Wärmflasche her? Sollen wir nicht doch lieber eine Zusatzheizung kaufen? Wenigstens einen kleinen Ölradiator fürs Schlafzimmer? Einen Mini-Heizlüfter fürs Bad? Bitte bitte …

Das Merkwürdige: Ich bin immer noch guter Dinge. In Deutschland wäre ich bestimmt schon ausgerastet. Okay – dort wird es natürlich viel kälter. Aber wenn da mal die Heizung ausfällt, sind Vermieter oder Hausverwaltung schnell mit der Reparatur zur Stelle.

Meine gute Stimmung liegt daran, dass es eben nicht nur kalte Abende und Nächte in Portugal gibt. Sondern auch viele sonnige Tage. Es macht einfach Laune, und zwar hervorragende, wenn man im Dezember oder Januar sein Mittagessen im Freien, unter strahlend blauem Himmel und einer lachenden Sonne, direkt am Meer genießen kann. Gar nicht mal als Ausnahme, sondern ziemlich häufig.

Und noch etwas kommt dazu: die Menschen in Portugal.

Mir kommen alle Leute, die mir begegnen, einfach freundlich vor. Aufgeschlossener als in Deutschland. Vor allem auch an grauen und regnerischen Tagen, denn die gibt es hier natürlich auch.

Mit meinen paar Brocken Portugiesisch wurstle ich mich durch, den Rest mache ich mit Englisch. Natürlich gehört zu meiner alltäglichen Standardausrüstung ein *dicionário*. In jeder Handtasche. Und im Auto. Nur sicherheitshalber.

Dazu kommen immer wieder, von Anfang an, positive Erfahrungen. Kleinigkeiten.

Etwa, als ich feststelle, dass die Glühbirne im Autoscheinwerfer ihren Geist aufgegeben hat. Ich fahre zum *stationmarche*. Das ist der Autozubehör-Supermarkt, und da gibt es auch eine Werkstatt und Mechaniker. Das Wort für Glühbirne schlage ich selbstverständlich vorher nach: *lâmpada* heißt es. Allerdings brauche ich es nicht, denn der nette junge Mann am Annahmetresen spricht hervorragend Englisch.

Selbstverständlich kann man mir helfen.

»Wie lange dauert das ungefähr?«, frage ich. Denn etliche Autos samt darin sitzenden Kunden stehen vor mir; ich könnte die Wartezeit ja im Café um die Ecke verbringen, mit einem *meia de leite* und dazu einem süßen Teilchen.

Der nette junge Mann sagt: »Zwanzig Minuten müssen Sie höchstens warten. Fehlt noch was anderes?«

»Ach, da ich schon mal hier bin – schauen Sie auch doch gleich mal nach dem Ölstand, bitte!«

Der nette junge Mann nickt, schreibt alles auf, nimmt die Autoschlüssel in Empfang. Ich gehe derweil meinen Kaffee trinken, setze mich in die Sonne und genieße das Leben. So schön und vor allem entspannt könnte ich in Deutschland niemals warten. Vor allem nicht bei den in meiner Heimat üblichen kühlen Regensommern.

Nach gut einer halben Stunde (Pünktlichkeit ist im Süden bekanntlich kein angesagtes Pflichtprogramm) schlendere ich gemütlich wieder zurück zur Werkstatt. Mein Auto ist immer noch in der Wartungshalle. Zwei Männer stehen daneben.

Ich nehme neben dem Kaffeeautomaten auf den bequemen Wartesesseln Platz. Nach weiteren zehn Minuten kommt der nette junge Mann und entschuldigt sich. Es würde noch etwas dauern.

Mittlerweile habe ich den Preisaushang entdeckt und studiere die Liste: Die Handwerkerstunde kostet 19,90 Euro.

Eine weitere halbe Stunde vergeht.

Vielleicht sollte ich mal nach draußen gehen. Nachschauen, was denn eigentlich los ist. Mein Auto ist mittlerweile auf der Hebebühne.

Ich halte Ausschau nach dem netten jungen Mann, finde ihn auch.

»Wissen Sie«, sagt er, »wir haben da ein kleines Problem. Anscheinend ist nicht nur die Glühbirne kaputt, sondern irgendetwas in der Lichtanlage. Wir reparieren es aber notdürftig, damit Sie wenigstens heute Nacht einen intakten

Scheinwerfer haben. Aber Sie müssen leider zum Kundendienst des Autoherstellers.«

Ich schlucke – das wird bestimmt wieder teuer.

Eine weitere halbe Stunde geht ins Land.

Ich rechne sicherheitshalber schon mal aus, wie viele Stunden vergangen sind. Zwei sind es in jedem Fall. Macht also mindestens etwa 45 Euro. Plus Material.

Aber es gibt einen Kaffeeautomaten, und es gibt bequeme Sitzgelegenheiten. Was zu lesen könnte man vielleicht noch anbieten ...

Der nette junge Mann taucht immer wieder auf, lächelt kurz zu mir herüber. Verschwindet wieder.

Nach insgesamt zweieinhalb Stunden kommt er wieder, strahlend: »Wir haben alles reparieren können!«

Dann kommt die Rechnung: 14,67 Euro. Alles zusammen. Inklusive *IVA* (das ist die hiesige Mehrwertsteuer). Öl nachfüllen war übrigens nicht nötig.

Ich fasse es nicht. Aber der nette junge Mann klärt mich auf:

»Sie können ja nichts dafür, dass wir den Fehler nicht gefunden haben. Deshalb zahlen Sie nur die Glühbirnen und einen Unterbrecher!«

Letzteres entnehme ich später der Rechnung, denn das Wort für Unterbrecher kenne ich nicht mal auf Englisch. Mein portugiesisches Wörterbuch hilft mir glücklicherweise weiter.

Ich kann mir beim besten Willen nicht vorstellen, dass so etwas in Deutschland möglich wäre. Dort kostet es ja schon manchmal Geld, wenn man nur auf den Hof einer Werkstatt fährt.

Eines Tages kann ich mich selbst im Spiegel nicht mehr anschauen. In den Wochen vor der großen Tour nach Portugal bin ich nämlich nicht mehr zum Friseur gekommen. Nach vier weiteren Wochen mit Strand und Sonne, Meer und Wind sehen meine Haare einfach furchtbar aus. Da helfen weder Kuren noch Spülungen, und kleidsame Tücher beim Sonnenbaden sind nicht mein Ding. Noch habe ich ein bisschen Angst, zum Friseur zu gehen. Aber irgendwas muss mit meinen Haaren passieren.

Erster Versuch: selbst färben. Das machen ja viele. Außerdem, so rede ich mir das Ganze schön, ist es viel preiswerter als ein Friseurbesuch. Zudem sind Friseure bekanntlich Vertrauenspersonen, zu denen frau eine ganz besondere Beziehung hat, und da lässt frau ungern irgendeinen Unbekannten an sich ran. Man weiß ja nicht, was da passiert. Selbst ohne Sprachprobleme. Eine *coloração* aus der Packung dagegen kann man überall kaufen. Glücklicherweise auch in Portugal von all den weltweit agierenden Firmen, die ich aus Deutschland kenne. Bei meinem Friseur in Deutschland hatte ich mich schon sicherheitshalber erkundigt, was er mir empfehlen würde.

Trotzdem muss António mit. In jedem größeren Supermarkt gibt es die Abteilung *beleza*, was Schönheit bedeutet. Und genau da stehen wir nun. Das Angebot ist riesig, allerdings sind keinerlei englische oder gar deutsche Packungsaufschriften zu finden. Portugiesisch: Ja. Spanisch: ebenfalls. Und außerdem: Russisch. In kyrillischer Schrift. Keine Ahnung, was das soll.

António steht sich die Beine in den Bauch und liest langsam ungeduldiger werdend, aber spontan übersetzend Gebrauchsanleitungen vor. Er hat es gut. Er braucht so etwas nicht. Bei Männern sind graue Schläfen ja schick. Sogar ausgesprochen attraktiv. Nach wenigen Minuten kommt eine Angestellte auf uns zu: »Darf ich Ihnen helfen?« António erklärt, ich deute und zücke mein Wörterbuch. Alles kein Problem: Die junge Frau weiß genau, worum es geht, und berät mich bestens.

Ich entscheide mich für sehr helles Blond, weil das – so meint António – am besten aussähe. Außerdem findet er es toll, eine große Blonde an seiner Seite zu haben.

Das Resultat meines Selbstversuchs allerdings ist enttäuschend: Ich bin weißblond. In etwa so wie Brigitte Nielsen. Allerdings fehlt mir deren schönheitsoperierte Figur.

Zweiter Versuch: zum Friseur.

Es ist Samstagnachmittag, wir sitzen in Cascais auf dem Largo de Camões, rundherum Trubel. Geschirr- und Besteckgeklapper, fröhliches Geschnatter. Ich ärgere mich ein wenig, weil meine Sprachkenntnisse nicht so weit ausreichen, dass ich bei locker-fröhlichem portugiesischem Geplauder in einer Kneipe mithalten kann. Draußen an einem Tisch entdeckt mein gelangweilt durch die Gegend schweifender Blick vier Mädels vom gegenüber befindlichen Friseursalon. Die machen da gerade Mittag und außerdem den Eindruck, sie seien international und folglich der englischen Sprache mächtig.

Ich setze mich um, um ein wenig zu lauschen. Vielleicht kriege ich ja etwas mit. Das mag nicht die feine Art sein, aber es geht um Wichtiges: meine Frisur.

Die Friseurdamen sprechen Englisch etwa so gut wie ich Portugiesisch. Aber sie haben mitbekommen, dass ich neugierig bin. Dass ich mich für »ihren« Salon interessiere und eventuell eine Kundin sein könnte. Nach zehn Minuten müssen sie wieder zurück zur Arbeit. Beim Aufbrechen winken sie heftig in meine Richtung: Ich soll nachkommen. Ich bin wagemutig – schlimmer als nach meinem Selbstversuch werde ich nachher bestimmt nicht aussehen.

Der Salon gehört Marco Aldany, einem spanischen und ganz berühmten Haarkünstler, von dem ich persönlich noch nie gehört habe. Was sicher daran liegt, dass die spanische *Vogue* nicht zu den Zeitschriften gehört, die ich normalerweise lese. In der Ausgabe, die mir dort angeboten wird, entdecke ich Herrn Aldany allerdings in voller Pracht auf einem Foto bei der Arbeit.

Mit den Händen wild gestikulierend, mit ein paar Wörtern in der Landessprache zu den zwei Friseurinnen und einem *mestre* (einem Meister, der etwas besser Englisch spricht) erkläre ich, was ich will und wie ich es will. Dazu weise ich dezent auf mein ergrauendes Haar hin, das ich überdeckt wünsche. Alle nicken verständig und fangen an. Kaffee wird mir angeboten, ein Glas Wasser. Pediküre, Maniküre. Immer wieder versucht eines der Mädchen, ein Gespräch anzufangen, und wir stolpern kichernd durch einen mehr als rudimentären Smalltalk. Fünfundzwanzig Minuten muss die Farbe einwirken und dann das Ergebnis: strahlendes, verjüngendes Goldblond. Genau so, wie ich es mir vorgestellt habe. Ich bin happy!

Fazit: Friseurbesuch ist gar nicht so schwer. Nicht mal in Portugal. Aber ich habe begriffen, dass mir der alltägliche Umgang mit der Sprache ganz schön schwerfällt. Manches hab ich denn auch verstanden – einiges als Spätzünder ein paar Minuten später. So in etwa »Aha – das war damit gemeint!«

Was ich wirklich toll finde: Alle Angestellten, selbst der *mestre*, haben sich unheimlich bemüht, ganz langsam gesprochen, lachend im Wörterbuch nachgeschlagen. Ich will zwar nicht dauernd vergleichen, aber hin und wieder bleibt's nicht aus: In Deutschland kann ich mir eine solche Situation nicht vorstellen. Da wäre eine »Ausländerin« eher vor der Tür stehen gelassen worden.

Selbst nach vielen Jahren passiert mir immer wieder etwas Erfreuliches: Ich treffe tagtäglich auf Menschen, die mich mit ihrer entgegenkommenden Art überraschen, bei denen ich mich willkommen fühle. Etwa als ich feststelle, dass mein deutscher Reisepass demnächst abläuft. So lange wohne ich schon hier? Kein Problem: Nachdem ich Wohnsitz und Lebensmittelpunkt in Portugal habe, stellt mir die deutsche Botschaft problemlos einen neuen Pass aus. Vorsichtshalber schreibe ich per Mail an die Botschaft, Abteilung Passangelegenheiten.

Was brauche ich alles? Eine Abmeldebestätigung des (deutschen) Heimatortes. Meinen *Cartão de Residência*. Zwei biometrische Passfotos. Den alten Pass. Eine Geburtsurkunde. Das sollte zu schaffen sein.

Es soll allerdings – behaupten alteingesessene Residenten – in ganz Lissabon nur einen einzigen Fotografen geben, der genau die biometrischen Fotos anfertigen kann, die von der Passabteilung akzeptiert werden. Die Antwort von der deutschen Botschaft trifft prompt ein. Sogar mit angehängtem Lageplan, der den Weg zum Fotografen ausweist. In ganz Portugal gibt es übrigens nicht nur einen, sondern immerhin vier »zugelassene« Fotografen. Ich habe Glück, ein Fotostudio ist ganz in meiner Nähe.

Meine Freundin Bille muss mit. Sie ist gerade zu Besuch, und ich mache ihr den Termin beim Fotografen mit einem kleinen Stadtbummel und einer *sangria branca* in der Strandbar schmackhaft. Da lässt sie sich gern überzeugen.

Kleine Notiz am Rande:
Weiße Sangria ist eine ausgesprochen leckere Angelegenheit. Billes und mein Lieblingsdrink an heißen Sommertagen. Man nehme 1 Liter Weißwein, je 0,3 Liter Orangensaft und kohlensäurehaltiges Mineralwasser (oder weiße Limonade), eine in Scheiben geschnittene Zitrone, zwei halbierte und dann in Scheiben geschnittene Orangen, zwei grüne Äpfel (in kleinen mundgerechten Stücken), eine Zimtstange, eine Handvoll frischer Pfefferminzblätter und Eiswürfel. Nach Belieben etwas Zucker. Gegen Abend darf durchaus auch ein Schuss Rum oder Macieira dazugegeben werden. Alles vermischen und genießen!

Das Fotostudio nennt sich Tó – also die Abkürzung von António –, und im Laden stehen, wie wir schnell herausfinden, zwei Antónios. Ein sehr alter Herr, elegant, im Anzug, selbstverständlich mit Krawatte. Und sein Sohn, etwas legerer gekleidet. Wir werden nach hinten ins Studio gebeten. Die Fotos macht der Junior, Papa schaut zu und gibt gute Ratschläge. Alles ganz liebenswürdig, charmant, locker und freundlich. Bille zupft noch ein bisschen an mir herum, auf dass ich schön sei auf den Fotos und natürlich nachher im Pass.

Sohn António lugt durch den Sucher seiner Kamera und stellt fest: »Noch mache ich nichts. Noch passt nicht alles.«

Er fragt, ob auch er ein bisschen an mir herumzupfen dürfe. Das T-Shirt schlage an der Schulter noch ein paar Fältchen, die Bille trotz ihres scharfen Blicks übersehen hat. (Wenn ich da an meinen letzten Besuch beim Passfotografen in Deutschland zurückdenke! Dem war das völlig egal!)

Sohn António macht etliche Aufnahmen. Es ist nämlich gar nicht so einfach, »biometrisch korrekt« auszusehen, vor allem weil ich nicht lächeln darf, ernst schauen soll, aber leider dauernd grinsen muss. Endlich ist es vollbracht, Bille und ich suchen die schönsten Aufnahmen aus.

António junior zieht sich zurück, um unsere Auswahl auszudrucken. António senior leistet uns derweil Gesellschaft. Er erzählt aus seinem Leben, und so erfahren wir, dass er schon seit über fünfzig Jahren seinen Beruf ausübt. Dass er einmal in seinem Leben in der Spielbank war, dass er erst gewonnen und dann alles verloren hat. Wie er sagt: »Der Gewinn gehörte mir eigentlich gar nicht, er ist mir ja nur zugefallen. Also habe ich ihn wieder verzockt!«

Sohn António kommt wieder, zeigt uns die Fotos und fragt, ob er von uns sympathischen *senhoras* ein Freundschaftsfoto machen dürfe, er finde das einfach nett. Vater António hält das ebenfalls für eine gute Idee.

Bille und ich tauschen uns kurz per Blick aus: »Ja, gern!« So teuer kann das ja nicht sein, und es ist eine hübsche Erinnerung an ihren Besuch. Wir dürfen sogar den langweiligen, weißen Passfoto-Hintergrund tauschen, und zwar gegen einen blauen.

»So blau wie der Himmel in Portugal«, meint Vater António verschmitzt. »So blau wie die Augen der *senhoras*«, fügt er charmant hinzu.

Nach vielem Gekicher ist die Aufnahme endlich im Kasten.

Als ich bezahlen will, stellt sich heraus: Die Passfotos kosten sechs Euro.

Das Freundschaftsfoto ist ein Geschenk. Zwei Abzüge. Einen für jede von uns. Weil wir so nett sind. Einzige Bedingung: Wir sollen die beiden Antónios weiterempfehlen. Klar, dass wir dem Wunsch von Vater und Sohn nachkommen. Am selben Abend noch, da treffen wir nämlich ein paar *residentes*, deren Pässe demnächst ebenfalls erneuert werden müssen …

Ein paar Tage später ist mein Termin in der deutschen Botschaft in Lissabon. Alle Unterlagen habe ich beisammen, auch die Fotos sind auf den ersten Blick kein Problem. Allerdings fragt die Dame in der Passabteilung eindringlich nach: »Wo haben Sie die denn machen lassen? Die sind ja echt schön geworden. Gar nicht so typische Passfotos.«

»In Estoril bei Foto Tó. Warum?«

»Oh Gott, wer hat denn fotografiert? Der Alte oder der Junge?«

»Der junge António – warum?«

»Na, dann haben Sie Glück. Dann passt alles von den Abmessungen her. Wenn es Fotos vom alten Senhor António sind, stimmt oft was nicht!«

»Mag ja sein, aber dafür ist er sehr sympathisch«, sage ich und erzähle ihr die Story vom dem Foto-Geschenk.

Wir sind uns beide einig: Das gibt es nur in Portugal! Und ich bin froh, dass meine Weiterempfehlung jetzt sozusagen amtlich abgesegnet ist.

Kapitel 4

»Verlassen Sie sich auf uns – dann sind Sie verlassen« Abenteuer mit der PTelecom

Traumleben am Strand? Nichts da. Leider muss ich arbeiten, und das ist ohne Telefon und Internet unmöglich. Unglücklicherweise hat das nicht so geklappt wie geplant. Denn »Telekoms« scheinen überall auf der Welt gleich zu agieren: Es gibt Zusagen – und niemand kommt. Es gibt Versprechungen – die werden nicht gehalten. Es gibt Terminvereinbarungen – auf die könnte man auch verzichten. Aber sie kassieren alle, und das nicht zu knapp. Ob in Deutschland oder Portugal: überall dasselbe Spiel!

Am zweiten Juni kommen wir in Portugal an.

António sagt: »Es ist alles in Ordnung, *querida*. Jetzt haben wir erst mal ein paar Tage viel zu tun. Am Montag kommt dann die PTelecom (Portugal Telecom) und installiert dir alles. Telefon und natürlich Internet. Mach dir keine Sorgen.«

Ich weiß, bis dahin haben wir noch eine ganze Menge Kartons auszupacken. Insofern stört es mich nicht, dass ich ein paar Tage ohne Internet bin.

Bin ich abhängig vom World Wide Web? Natürlich nicht!

Die paar E-Mails kann man ja mal zwischendurch abrufen. Im Cybercafé.

Montagmorgen. António geht zur Arbeit, nicht ohne mich nochmals darauf hinzuweisen, dass heute die PTelecom anrücken wird, um Telefon und Internet einzurichten.

»Vergiss bitte nicht«, sagt er außerdem, »auch TV cabo wird heute angeschlossen. Schließlich geht in fünf Tagen die EM los, da muss ich mein Sportfernsehen haben!«

»Klar, Liebster, das verstehe ich. Ein bisschen Bammel habe ich nur, weil ich so gut wie kein Portugiesisch spreche.«

»Keine Sorge! Bei PTelecom und TV cabo sprechen bestimmt alle Englisch.«

Um sieben Uhr abends ist noch immer niemand da gewesen. Glücklicherweise kommt António pünktlich nach Hause. Er muss sofort bei der PTelecom anrufen. Selbst wenn es ihm schwerfällt. Denn die Installation von Sport TV – die hat selbstverständlich geklappt. Da kamen nachmittags zwei sehr freundliche und Englisch sprechende Portugiesen vorbei und haben alles perfekt installiert.

Man(n) könnte also, wenn man(n) wollte und von meiner Seite aus dürfte, sofort nachschauen, was sich denn alles in der Welt des Fußballs getan hat. António erreicht an diesem Abend niemanden mehr. Das will er aber am nächsten Morgen tun, gleich nach der ersten *bica*. Klar, dass wir alle Gespräche vom Handy aus führen, was erstens keine Umstände macht und zweitens bekanntlich ins Geld geht. Drittens muss das *telemóvel* auch noch ständig gefüttert, also nachgeladen werden, weil es ein Prepaid-Handy ist.

Die freundliche Dame im Callcenter bei der PTelecom

behauptet: »Ihr Antrag liegt uns vor. Und wir wären gestern auch zu Ihnen gekommen. Wie vereinbart. Aber Sie haben ja Ihren Vertrag nicht zurückgeschickt!«

Wir haben nie einen Vertrag zur Unterschrift zugeschickt bekommen. Weder in Antónios alte Wohnung noch in unsere gemeinsame neue.

Die freundliche PTelecom-Dame sagt daraufhin: »Na, das macht nichts. Dann fahren Sie halt schnell nach Lissabon in unsere Zentrale. Dort können Sie alles unterschreiben, und dann kommen wir in kürzester Zeit.«

Wir wohnen aber eher in der Nähe von Cascais. Und in der portugiesischen Hauptstadt ist die Hölle los. Alles voller Touristen und Fußballfans, denn bekanntlich fängt in fünf Tagen die EM an.

Die freundliche PTelecom-Dame schlägt vor: »Na, dann gehen Sie doch in unser Büro in Estoril. Oder in Cascais. Das ist leicht zu finden. Direkt an der *Marginal*.«

Wir düsen los und finden sogar einen Parkplatz. Praktisch direkt vor dem Gebäude.

Erst stellen wir uns in der falschen, dafür aber extralangen Schlange an. Die Uhr tickt. Es ist halb zwölf, António muss um 13 Uhr zur Arbeit.

Die Dame am Schalter sagt: »Sie müssen leider nach nebenan, denn ich bin nur für Rechnungen zuständig. Meine Kollegin ist für Verträge und Terminvereinbarungen zur Installation verantwortlich.«

Wir gehen nach nebenan. Da ist nur eine kurze Schlange. Wir werden von der freundlichen Dona Sofia empfangen: »Ich mache Druck«, schwört sie uns. »Aber zwei bis drei Tage kann es schon dauern.«

Ich raste sicherheitshalber aus. Auf Englisch. António tut

dasselbe, aber auf Portugiesisch. Wir weisen darauf hin, dass Telefon und Internet in unserem Haushalt nicht dem Vergnügen und dem Surfen oder gar Spielen im WWW dienen. Sondern, dass ich beides dringend zum Arbeiten brauche. Aber es ist nichts zu machen.

Wir suchen das nächste Internetcafé auf, und zwar eines, bei dem ich nicht nur surfen, sondern vor allem Daten up- und downloaden kann. Nach mehreren Anläufen finde ich eins in Cascais. Ich stelle fest: 340 ungelesene E-Mails warten auf mich. Toll.

Mittlerweile ist es Donnerstag. Nationaler Feiertag – Fronleichnam, Vatertag in Deutschland. Hier in Portugal heißt das *Corpo de Deus,* und die Väter feiern nicht. Selbstverständlich arbeitet trotzdem niemand, vor allem die PTelecom nicht. Deshalb kommt heute niemand. Auch am Freitag nicht. Am Samstag sowieso nicht – nicht weil Wochenende ist, sondern weil die EM beginnt. Möglicherweise haben die fußballnärrischen Portugiesen deshalb am Freitag schon »Vorfußballfieber«.

Genau eine Woche nach unserem Besuch bei Dona Sofia klingelt Antónios Handy. Die PTelecom ist dran und gibt bekannt, dass jetzt gleich jemand vorbeikäme. »Jetzt gleich« ist gut zwei Stunden später.

Dieser Jemand ist ein freundlicher älterer Herr, der nichts anderes tut, als die Dose in der Wand zu öffnen und ein Kabel hineinzustecken. Oder herauszuziehen. So genau sehe ich das nicht. Nach diesem Kraftakt will er wieder gehen. Diesmal rastet António aus. Auf Portugiesisch.

Der Mann von der PTelecom sagt: »Ich weiß von nichts. Ich soll hier nur den Anschluss legen.«

»Ich habe ein Komplettpaket bestellt«, schimpft António. »Man hat mir zugesagt, dass alles angeschlossen wird. Telefon und Internet, und dass alle Geräte mitgebracht werden. Natürlich und vor allem ein Telefonapparat.«

Der Mann von der PTelecom sagt: »Davon weiß ich nichts. Ich bin nur für die Leitung zuständig.« Dann fügt er hinzu: »Und überhaupt: Wenn Sie jetzt gleich zu unserem Laden an der *Marginal* gehen, dann können Sie sich da ein Telefon und das Zubehör fürs Internet holen. Dann funktioniert heute Abend alles.«

Dona Sofia im PTelecom-Laden hat eine lange Schlange vor ihrem Schalter. Diese dient dazu, etwaige vor Wut fast platzende Kunden ruhigzustellen. Denn beim Schlangestehen wird der Portugiese gemeinhin lammfromm.

Ich bin Deutsche. Bei mir nutzt das Schlangestehen wenig. Im Gegenteil.

Dona Sofia meint: Sie versteht das alles nicht. Sie hat alles so weitergegeben, wie António es ihr gesagt hat. Sie weiß, dass wir dringend Telefon und Internet brauchen. Sie hat sich sogar gemerkt, dass ich für meine Arbeit darauf angewiesen bin. Dona Sofia führt mehrere Telefonate (im Gegensatz zu uns hat sie nämlich ein Festnetztelefon). Dann sagt sie: »Sie können jetzt hier im Laden auf der Stelle ein Telefon kaufen. Das kostet 119 Euro. Und dann noch eine ISDN-Anlage. Und wenn Sie DSL wollen, außerdem noch den Anschluss. Alles zusammen kostet 377 Euro. Und wir kommen spätestens Ende dieser Woche und installieren alles!«

Puuh. Ein bisschen teuer. Aber wenn endlich alles funktioniert ... Auf Dauer ist es im Cybercafé teurer. Dort kennt man mich eh schon mit Vornamen.

Leider öffnet das Internetcafé in Cascais erst um zehn Uhr.

In Deutschland ist es da bereits elf, und das ist ein bisschen unangenehm, weil ich zugesagt habe, bis spätestens zehn Uhr vormittags Texte und Dateien zu schicken. Das einzig Gute: Gegenüber ist ein richtiges Café, in dem ich nicht nur eine *bica* schlürfen kann, sondern mir einen *galão* sowie *pasteis de nata* oder andere süße Leckereien gönnen kann. Eigentlich gönnen muss, so von wegen Nervenberuhigung in der Wartezeit.

Am Donnerstagmorgen klingelt Antónios Handy.

Die PTelecom teilt uns mit, dass gleich jemand kommt. Eine halbe Stunde später ist der Mann von der PTelecom (diesmal ein anderer) da und sagt: »Das ist ja nun alles gut und schön, Telefon und Fax funktionieren auch. Aber die ISDN-Anlage schließe ich nicht an. Dafür bin ich nicht zuständig.«

António fragt drohend: »Wer ist zuständig?«

Der Mann von der PTelecom sagt: »Das weiß ich nicht, ich jedenfalls nicht. Niemand von der PTelecom. Überhaupt müssen Sie da einen Informatiker kommen lassen, denn das Ganze wird ja wohl mit dem Computer verbunden.«

Wie bitte? Informatiker?

Wir fahren täglich an einem kleinen *centro comercial*, also einem Mini-Shopping-Center, vorbei. Da gibt es einen Computerladen mit Service. Ich frage nach: pro Stunde 89 Euro, und man weiß nicht, wie lange man brauchen wird.

António geht lieber zur Arbeit, weil ich einen kleinen Tobsuchtsanfall bekomme. Dann beruhige ich mich wieder, schenke mir – obwohl es erst knapp Mittagszeit ist – ein Glas Rotwein ein. Und überlege, was zu tun ist.

Alkohol beflügelt bekanntlich. Also setze ich mich an den

Rechner und installiere beziehungsweise konfiguriere alles alleine. Obwohl ich blond bin, obwohl ich aus Bayern stamme: Ich schaffe es.

Ich halte mich für ein Genie. Denn: Ich kann endlich von zu Hause aus ins Internet. Problemlos.

Was ich aber trotzdem nicht kann: DSL installieren. Internet mit ISDN – die Älteren unter uns erinnern sich – ist ziemlich langsam. Aber immerhin besser als gar nichts.

António ruft also wieder mal bei der PTelecom an. Telefon haben wir ja mittlerweile, also ist es nicht mehr ganz so teuer. Nationale Gespräche haben wir sogar frei. Die Hotlinenummer von der Telecom allerdings kostet etwas. An irgendwas müssen sie ja verdienen.

Inzwischen haben wir den 16. Juni. Das ganze Abenteuer fing genau vor zwei Wochen an.

Die freundliche Dame im Callcenter bei der PTelecom sagt: »Wir kommen morgen oder übermorgen!«

Am nächsten Tag bin ich allein zu Haus. Das Telefon klingelt. Ein Mann von der PTelecom ist dran – und spricht ausschließlich Portugiesisch. Immerhin verstehe ich so viel, dass ich begreife: Die PTelecom will am nächsten Tag vorbeikommen.

Der Mann von der PTelecom kommt, nach dem hier üblichen Anmeldungsanruf via Handy »kurz vorher«, gegen zehn Uhr morgens. Er bringt alle Gerätschaften für den DSL-Zugang mit. Das war es dann aber auch. Denn er sagt: »Ich konfiguriere hier nichts. Ich mache nur das Gerät an die Steckdose. Für alles andere bin ich nicht zuständig.«

António tobt, ich beschließe hingegen, mit dem Alkoholkonsum schon ein wenig früher, lange vor der Mittagszeit, zu beginnen.

Dann muss mein Liebster zur Arbeit, ich hole die Post aus dem Briefkasten. Und was finde ich? Im Briefkasten liegt ein Handzettel, auf dem eine Firma technischen Support für PC und Internet anbietet. Ein Zeichen! Messerscharf schließe ich: Die sprechen bestimmt Englisch. Und tatsächlich.

Die technische Hilfe kann bereits am selben Nachmittag anrücken. Sie kostet auch »nur« 54 Euro die Stunde. Alles könne man selbstverständlich konfigurieren und installieren.

»Alles auf Englisch?«

»Ja, selbstverständlich. Alles auf Englisch!« Und als kleines Extra: »No problem, senhora. We will manage!«

Der PC-Experte kommt gegen vier Uhr. Er sitzt eine Stunde am Rechner und sagt: »Ich kann das nicht. Mein Englisch reicht einfach nicht aus.«

Ich schlage vor, doch via ISDN ins Internet zu gehen und nach einer portugiesischen Anleitung zu suchen. Zwar findet der PC-Experte diese Idee ganz hervorragend, aber leider keine entsprechende Website. Also rufe ich per Handy (!) meinen alten Freund Micha in Deutschland an. Dann übergebe ich das Mobiltelefon an den PC-Experten, damit die beiden Computerspezialisten das Problem untereinander klären und möglicherweise sogar lösen. Die beiden Herren unterhalten sich fachmännisch.

Lange.

Es bringt aber nichts.

Der PC-Experte sagt: »Ich habe den Verdacht, dass Ihr Router nur für den deutschsprachigen Raum funktioniert. Sie wissen schon: andere Anschlüsse und so.«

Ich bin ein technischer Volldepp: »Aha – und was machen wir nun?«

Der PC-Experte schlägt vor: »Ich könnte einen portugiesischen Router anschließen. Den müssten Sie dann aber kaufen …«

Kurz entschlossen stimme ich zu. Denn wenn der hier noch drei Stunden sitzt und nichts findet und nichts konfigurieren kann, dann kostet das genauso viel wie ein neues Gerät. Der PC-Experte freut sich. Hat er doch etwas verkaufen können. Am nächsten Nachmittag um vier Uhr möchte er wiederkommen. Und dann ist hoffentlich alles in Ordnung. Er kommt auch, schließt an und – es funktioniert!

Kleine Notiz am Rande:
Der einzige kleine Wermutstropfen ist eine Mail von meinem alten Spezi Michael. Die kommt natürlich kurz nach dem letzten und erfolgreichen Besuch des PC-Experten an. Er hatte in fünf Minuten eine Seite auf Portugiesisch gefunden – »Google ist dein Freund!«. Da steht genau beschrieben, in der Landessprache, wie man mein altes Gerät konfigurieren müsste. Was soll's?!
Gönn ich dem PC-Mann und seiner kleinen Firma das Geschäft. Hätte ich nicht gedacht, dass ich die portugiesische Lebensart so schnell verinnerliche …

Leider bin ich Portugal noch mehrmals umgezogen.

Es war nicht immer dasselbe Spiel. Oh nein. Beim zweiten Umzug waren wir cleverer.

Sechs Wochen vor Einzugstermin stehen wir bei Dona Sofia bei der PTelecom in Estoril, um alles klarzumachen.

»Ist an der neuen Adresse ISDN verfügbar? Oder sogar DSL?«

Dona Sofia meint: »Das kann ich Ihnen so nicht sagen, das weiß unser Techniker erst, wenn er vor Ort ist. Manche Häuser in der Gegend haben DSL, manche haben nicht…«

Wir bekommen sogar schon unsere neuen Telefonnummern. Nicht offiziell. Das passiert erst, wenn der Techniker das Haus betritt und alles angeschlossen ist. Aber Dona Sofia sagt sie mir, weil: »Wir Frauen müssen so etwas immer wissen!« Und ich kann schon mal neue Visitenkarten bestellen und Familie und Freunde, Bekannte und Kollegen informieren.

Zum vereinbarten Termin, mit nur zehn Minuten Verspätung, ist der Techniker da. Er steigt auf Masten, spannt Kabel, verlegt Leitungen. Im Haus verbraucht er, so scheint es mir, gut ein Kilo Silikon, damit alles schön befestigt ist. Er stellt fest: DSL ist verfügbar. Abends berichtet António: Die PTelecom hat ihn angerufen. Morgen kommt ein Techniker und bringt die programmierte (!) ISDN-Anlage mit. Na bitte – geht doch!

Wir sind zum vereinbarten Zeitpunkt im neuen Haus. Es kommen: der Installateur für Bäder, WC und Küche. Der Elektriker für alle Lampen. Der Küchenbauer für Herd, Schränke und Arbeitsflächen. Der Fliesenleger für die Böden im Bad. Wer kommt nicht? Genau: der PTelecom-Techniker mit der ISDN-Anlage.

Seufzend greift António wieder mal zum Hörer. Nach fünf- bis sechsmaligem Weiterverbinden à la Karl Valentins »Buchbinder Wanninger« erfährt er: Der Auftrag wurde storniert.

»Von wem?«, brüllt António wütend in den Hörer.

Keiner der Wanningers weiß, warum, wieso, weshalb.

Eine Stunde später sitzen wir in unserem neuen Stammcafé. Wir regen uns nicht mehr auf. Es bringt ja nichts.

Antónios *telemóvel* klingelt.

»Ja bitte?«

»Hier ist der Techniker der PTelecom, ich stehe vor der Einfahrt zu Ihrem Haus. Wo muss ich genau hin? Ich soll doch heute die ISDN-Anlage anschließen.«

Wir stürzen unseren Kaffee hinunter und eilen zurück.

Der Techniker pusselt eine gute Stunde an der Anlage herum. Nichts funktioniert. Sogar noch weniger als vorher – denn vorher konnten wir wenigstens telefonieren. Dann bietet er uns mehrere Erklärungen an:

Erstens: Das Telefon ist kaputt. Kann aber nicht sein, es wurde gerade vom Hersteller gecheckt.

Zweitens: Die ISDN-Anlage ist defekt. Kann auch nicht sein, denn heute Morgen, beim Test in der Technikabteilung, ging sie noch.

Drittens: »é a vida« – so ist das Leben. Der Stoßseufzer aller Portugiesen. Kann zwar sein, ist aber nicht direkt mein persönliches Problem. Ich bin keine Portugiesin.

Der PTelecom-Techniker beschließt eine letzte Maßnahme: Stecker aus der Steckdose. Alles auf »reset«. Er weist mich freundlicherweise vorher darauf hin, dass alle gespeicherten Nummern gelöscht werden.

Ist mir egal. Er soll es trotzdem machen.

Nichts geht.

Dann eben noch einmal. Und noch einmal. Insgesamt vier- oder fünfmal.

Nun ruft er einen Kollegen an. Von seinem Diensthandy aus.

Während er mit ihm spricht und ihn um Rat fragt, läuft der Reset nochmals.

Es zeigt sich: Der Kollege des Technikers hat scheinbar telepathische Kräfte. Denn plötzlich geht es. Wir haben Telefon! Und zwar über die ISDN-Anlage.

Ein Wunder!

Der Kommentar des PTelecom-Experten?

»Das Ding wollte einfach ein bisschen mit mir kämpfen! Aber ich habe gewonnen!«

Manchmal aber zeigt sich: PTelecom kann auch ein Traum sein. Ein echter, kein Albtraum. Ich ziehe wirklich gern um. Kein Wunder also, dass ich ein paar Jahre später wieder einmal mit der PTelecom zu tun habe. Diesmal war es völlig unklar, ob es im neuen Heim ISDN oder gar DSL geben würde. Zur Not müsste ich halt via UMTS ins Netz. Aber das Haus ist so schön – genau wovon ich immer geträumt habe.

Dona Sofia gibt es immer noch. Ich will nicht behaupten, dass sie mich auf Anhieb wiedererkennt. Aber im Verlauf des Gesprächs …

Im Laden in Estoril gibt es Neuerungen. Man stellt sich nicht einfach in die Schlange, nein: Man zieht eine *senha*, eine Nummer. Es gibt zwei Farben. Blau und Beige. Ich finde Blau schöner, und ich habe Glück: Es ist die richtige Farbe. Und ich muss auch gar nicht lange warten.

Dona Sofia spricht Englisch. Sogar sehr gut. Leider weiß sie aber nicht, ob in dem kleinen Dorf, in das ich ziehe, DSL verfügbar ist.

»Kein Problem«, meint sie, »ich rufe einfach den Techniker in Colares an. Der weiß das sicher.«

Leider geht der Mann nicht ans Telefon.

»Warum«, fragt Dona Sofia, »wollen Sie eigentlich ISDN und DSL?«

»Ganz einfach«, sage ich. »So wie jetzt auch möchte ich beides haben, damit ich wenigstens auf eine Weise ins Internet kann, wenn eine Leitung ausfällt.«

»Wie jetzt«, runzelt Dona Sofia die Stirn, »Sie haben das jetzt auch schon?«

Ich nicke.

»Dann ist es erst recht kein Problem«, strahlt Dona Sofia. »Sie nehmen dann sowieso Ihre Nummer mit, und dann bekommen Sie auch DSL.«

Ich bin verblüfft. Ich ziehe doch in einen anderen Landkreis.

»Das macht nichts«, sagt Dona Sofia. »Das geht, und das machen wir!«

Ich fasse es kaum. »Es wird extra eine Leitung für mich verlegt?«

»Ja klar«, meint Dona Sofia. Dann will sie wissen, wann die Herren Techniker anrücken sollen. Und natürlich braucht sie die genaue Adresse.

»Alles kein Problem! Sie können sich auf uns verlassen!«

Meine Erfahrungen lassen mich das leicht bezweifeln. Doch diesmal tue ich der PTelecom unrecht. Vielleicht liegt es ja daran, dass Dona Sofia sagte: »Wenn die Techniker nicht pünktlich da sind, dann rufen Sie mich bitte an. Dann mach ich denen richtig Dampf!« Dona Sofia ist zwar klein und zierlich. Aber ich denke: Wie wohl alle Portugiesinnen weiß sie genau, wie man Männer auf Trab bringt und in den Griff bekommt.

Und siehe da: Pünktlich zum vereinbarten Termin standen zwei Techniker vor der Tür, kletterten auf den Masten und verlegten in weniger als einer Stunde alle Leitungen. Alles funktionierte. Geht also doch …

Kapitel 5

Was für eine Sprache!

Nie und nimmer hätte ich gedacht, dass ich meiner alten Lateinlehrerin mal Abbitte leisten würde. Wie habe ich damals ihren Paukunterricht gehasst. Aber sie hat dafür gesorgt, dass ich jetzt mit dem Portugiesischen ganz gut klarkomme. Zumindest immer dann, wenn ich etwas lese – in der Zeitung oder in den Kurzmeldungen bei den TV-Nachrichten. Sogar aus Werbeprospekten kann man lernen – hätte ich auch nicht gedacht. Da ist Verstehen (fast) kein Problem. Vieles kann ich mir eben vom Lateinischen herleiten. Und das andere reime ich mir zusammen. Für eine erste, wenn auch rudimentäre Verständigung reicht es.

Nun fragen Sie sich bestimmt: »Wieso wandert man in ein Land aus, dessen Sprache man nicht vorher gründlich gelernt hat?«

Der Grund ist ganz einfach: Die Liebe ist daran schuld. Wenn ich gewartet hätte, bis ich perfekt Portugiesisch kann, würde ich heute noch in Deutschland sitzen. Klar, wenn ich einen Job in Portugal hätte, wäre Vorher-Lernen unabdingbar gewesen. Aber da ich ja weiterhin für deutsche Verlage deutsche Manuskripte verfasse, denke ich: Sprache lernt man am besten im Land selbst. Das Lesen ist, wie gesagt, kein großes Problem – so für den »Hausgebrauch«. Der Rest wird dann schon kommen. Da bin ich mir sicher.

Außerdem habe ich durchaus vorher gelernt. Ich gebe zu: nicht sehr eifrig. Mit meinem Liebsten verständige ich mich ja auf Englisch. Dennoch hatte ich mir schon in Deutschland Sprachkurse auf CD und sogar interaktiv auf DVD besorgt. Und portugiesisches Fernsehen bestellt. Denn mein hauseigener Portugiese hatte schnell herausgefunden, dass man in Deutschland RTP international empfangen kann. Das wurde natürlich sofort angeschafft. Zugegebenermaßen nicht ausschließlich wegen meines Sprachunterrichts, sondern wegen Antónios Heimweh – und wegen Fußball. Ein unabdingbares »Muss« für beinahe jeden Portugiesen.

Ein bisschen von der Sprache habe ich also durchaus schon mitbekommen. Allerdings sprechen virtuelle Lehrer und auch Nachrichtensprecher sehr langsam und überdeutlich. Das ist im wirklichen Leben leider ganz anders. Die Portugiesen reden drauflos, ganz und gar nicht südlich gemütlich, sondern rasend schnell. Außerdem ziehen sie meistens die Silben zusammen, »vernuscheln« ganze Sätze und lassen bei der Aussprache den einen oder anderen Vokal weg.

Jetzt kann ich mir erklären, warum ich verzweifelt im Internet nach dem portugiesischen Konsulat in Stuttgart gesucht habe. Ich weiß nun: Die schwäbische Metropole schreibt sich auf Portugiesisch *Estugarda*, wird aber »schdugarda« ausgesprochen. Genauso wie Straßburg *Estrasburgo* heißt. Da muss man erst mal darauf kommen. Und jetzt ist mir auch klar, warum António immer sagt, er ginge jetzt in die »Küsch« – in die Küche nämlich: Das End-E spricht man oft genauso wenig aus wie das Anfangs-E.

Touristen und sprachunkundigen Neuankömmlingen geht es in Portugal wie wohl einem »Saupreißn« in der Münchner U-Bahn. Der versteht in Bayern wahrscheinlich genauso wenig wie ich in Portugal.

Beispiel gefällig? Fahren Sie mal mit der Vorortbahn von Lissabon nach Cascais. Ihre Unterkunft ist kurz vor der Endstation im kleinen Ort Monte Estoril. Sie wollen da raus? Ich möchte darauf wetten: Sie werden den Ausstieg verpassen! Zumindest dann, wenn Sie sich nur auf Ihre Ohren verlassen. Oder könnten Sie auf die Schnelle mitkriegen, was »monschdrihl« bedeuten soll? Bis man das verstanden hat, fährt der Zug schon weiter.

Einzelne Worte? Fehlanzeige. Irgendwie klingt jeder Satz wie ein einziges, riesenlanges Wort. Und das ist nicht nur in Bus und Bahn so. Sondern leider überall. Okay – freundlich ist man schon. Aber …

Beim Friseur verstehst du kein Wort. Du schaffst es gerade mal, ungefähr mitzuteilen, welche Frisur du dir vorstellst. Wie du es gerne hättest. Zeigst auf Bildchen in Magazinen, lernst – natürlich! – vorher die paar entscheidenden Worte aus dem Sprachführer auswendig, die bei einem Friseurbesuch einfach unerlässlich sind:

Waschen. Das ist einfach: *lavar*. Und es wird – halleluja! – genau so ausgesprochen, wie man es schreibt.

Schneiden (oder »nicht schneiden«) heißt: *cortar* (oder *não corte*). Das geht auch noch, weil ich im Sprachkurs gelernt habe: »c« vor »a«, »o« und »u« ist gleich dem deutschen »k«.

Föhnen. Das ist auch einfach: *secar*. Und ebenfalls leicht auszusprechen. Aber das war es dann schon.

Wie sieht es aber mit »Färben« aus? Was um Himmels willen heißt nochmals Blond? Und: Welches Blond genau will man eigentlich?! Nichts da mit *cor* (was Farbe heißt).

Sondern man sagt *tinta* (was ebenfalls Farbe heißt, aber die zum Malen und eben Haare färben, wohingegen *cor* eher die generelle Bezeichnung ist. Oh Mann!). Färben ist *pintar* (so etwa »anmalen« – na ja, gut. Über andere, speziellere Verben, die ebenfalls »färben« heißen, sagen wir hier besser mal nichts. Braucht man beim Friseur ja nicht.).

Blond heißt *louro* oder *loira,* wobei jeder Friseur auch »*blonde*« versteht, wenn man sich da mit dem »e« am Ende so einen leicht hingehauchten französischen Touch gibt. Wir erinnern uns: das unausgesprochene End-E.

Geplauder mit der Friseurin? Fehlanzeige.

Du sitzt stumm da. Dabei ist doch gerade der Friseur der Ort, wo man sich gern unterhält beziehungsweise mit Vergnügen lauscht, was die Sitznachbarinnen so alles zu erzählen wissen.

Rundherum schwirren Gesprächsfetzen. Freundliches Geplauder. Gelächter – und du verstehst nichts. Nicht einmal, wenn die behandelnde Fachkraft dich anspricht. Oder gar – was der liebe Gott verhüten möge! – dir eine Frage stellt. Die du natürlich nicht beantworten kannst, denn du hast keinen Schimmer und nicht die leiseste Ahnung, was sie dich gefragt haben könnte. Hat sie überhaupt wirklich mit dir gesprochen? Oder eher über dich? Bietet sie dir einen Kaffee an oder ein Glas Wasser? Was zu lesen (haha)? Möchte sie wissen, ob du dich wohlfühlst? Oder will sie was Wichtiges? Geht es etwa um grundsätzliche Entscheidungen bezüglich deiner Frisur, der Haarlänge, der Haarfarbe? Mein Gott, was mache ich bloß?

Wobei das Ganze ja schon damit beginnt, wie »Friseur« hier heißt. Nämlich *cabeleireiro*. Das kann ich schon kaum lesen – geschweige denn aussprechen. Vor allem nicht so, wie die Portugiesen das tun. Da nutzt keine Sprachschule in Deutschland etwas, und die Sprachkurse, die ich in Vorbereitung auf das Leben hier in Portugal nicht nur bezahlt, sondern auch angehört habe, sind keine wirkliche Vorbereitung auf das Sprachchaos, das mich »im richtigen Leben« erwartet. Wie ich vermutet habe: Hier lernst du Portugiesisch – und zwar, indem du dich voll ins Leben stürzt. Auf der Straße, im Café, im *mini mercado* oder auf dem bunten Bauernmarkt, wo es alles, wirklich alles gibt.

Immer mit *dicionário* wenigstens in der Handtasche dabei. Und du darfst keine Scheu haben, mal was falsch auszusprechen oder etwa grammatikalisch nicht richtigzuliegen.

Wenn mein Liebster nicht Englisch mit mir spricht, sondern Portugiesisch mit mir übt, tut er das akzentuiert und in einer extrem langsamen Sprechweise (und mit kurzen Sätzen!), damit ich einigermaßen gut mitkomme (und nicht so, wie er mit seinen Freunden spricht – da verstehe ich nämlich so gut wie nichts). Und so ist der erste und wichtigste Satz in Portugal (für mich und wohl jeden anderen *estrangeiro*, der dieser Sprache nicht mächtig ist): *Por favor, fale mais devagar*. – »Bitte sprechen Sie langsamer.«

Ein Zaubersatz. Denn zumindest kurzfristig wird die Sprechgeschwindigkeit heruntergefahren. Wie gesagt: kurzfristig.

Das Problem: Sobald man ein paar Bröcklein Portugiesisch kann (und das geht ja denn doch wundersamerweise relativ schnell), nimmt dein Gesprächspartner an, du seiest dieser Sprache wirklich mächtig, und schon geht es wieder los mit dem *rápido*. Selbst heute noch, nach acht Jahren Leben in Portugal. Bei mir ist das sogar extrem, denn ich neige auch im Deutschen zum Schnellsprechen und etwas

Nuscheln. Das gefällt den Portugiesen, da glauben sie gleich beim kleinsten Smalltalk-Sätzchen, ich würde perfekt in der Landessprache parlieren. Kann ich aber nicht, bei Weitem nicht. Und so stehe ich immer noch und immer wieder relativ hilflos einem Wortschwall gegenüber. Allerdings mittlerweile mit wesentlich mehr Selbstbewusstsein als anfangs.

Ich traue mich draufloszureden. Es kümmert mich nicht mehr, ob ich Fehler mache. Mir fehlt ein Wort, ein Spezialausdruck? Ich habe gelernt zu umschreiben und setze außerdem Gestik und Mimik ein. Und lerne auf diese Weise immer noch dazu.

Selbstverständlich gibt es in Portugal – wie überall auf der Welt – zudem noch Dialekte. Ein Hamburger hat ja Probleme, einen Bayern zu verstehen. Und als »Hochportugiesisch« sprechender Ausländer werden Sie beispielsweise schon im südlich von Lissabon liegenden Alentejo auf Verständigungsprobleme stoßen. Sie werden in den Dörfern dort nichts, aber auch gar nichts mitbekommen. Umgekehrt ist es natürlich genauso: So mancher Deutsche, der sich in dieser schönen, aber sehr ländlichen Region Portugals niedergelassen hat und meint, Portugiesisch sprechen zu können, stößt auf sprachliches Unverständnis, wenn er in der Hauptstadt oder noch weiter nördlich nur nach dem Weg oder der Uhrzeit fragt.

Glauben Sie übrigens nicht, dass Ihnen das Portugiesische leichter fällt, wenn Sie bereits Spanisch, Italienisch oder Französisch sprechen. Vom Lesen her und dem daraus folgenden Verständnis mag das stimmen, okay. Aber wehe, die Einwohner dieses hübschen kleinen Landes machen den Mund auf und sprechen mit Ihnen …

Ich lebe kurz nach der Ankunft im »Gelobten Land« in der Hoffnung (oder ist es eher im Wahn?), dass ich mit der Bitte um *mais devagar* – bitte langsamer! – auf Verständnis stoße. Dass ich nach dem Zaubersatz wenigstens jedes zehnte Wort mitbekomme und mir den Rest zusammenreimen kann. Das klappt ganz gut, wenn man weiß, worüber der andere spricht. Klappt leider gar nicht beim Friseur, denn da spricht man ja bekanntlich über alles Mögliche. Und es nervt enorm, wenn man so ganz und gar nichts mitbekommt, wenn António mit seinen Freunden und meinen neuen Bekannten plaudert. Ich kann ja auch nicht verlangen, dass die immer alle Englisch reden.

Nach gut einem Monat bin ich so weit: Ich weise meinen inneren Schweinehund, der gern das Leben genießt und lieber an den Strand will, in die Schranken. Und melde mich zu einem Sprachkurs an. Weil ich möglichst schnell möglichst viel lernen will, buche ich zunächst einen fünftägigen Crashkurs: Privatlehrerin, Mini-Gruppe (zunächst sind nur zwei Leutchen angemeldet). Das Ganze findet bei uns um die Ecke statt, direkt in São Domingos de Rana. Nach einer Woche ist mir allerdings klar: Ich bin nicht nur äußerlich, sondern leider auch innerlich blond.

Hier mein kurzes Sprachkurs-Tagebuch.

Tag eins

Montagmorgen um neun Uhr geht es los. Wir sind nun doch drei Schülerlein und eine Lehrerin, Ana Miranda, die Portugiesin ist, aber lange in Deutschland gelebt hat. Schon nach den ersten Minuten, in denen wir nämlich noch Deutsch sprechen dürfen, stellt sich heraus: Wir alle stammen *mais ou menos* (ein Begriff, den ich fast als Erstes gelernt habe, noch auf Madeira: »mehr oder weniger«) aus Bayern. Ich ja sowieso, und die beiden anderen aus der Oberpfalz beziehungsweise aus der Nähe von Linz, was zwar in Österreich liegt, aber sprachlich gesehen dem Bayrischen nicht unähnlich ist. Emma ist Grundschullehrerin und für ein Jahr mit ihrem Mann nach Portugal gekommen; Andreas macht in Portugal drei Wochen Urlaub und möchte eine Woche davon nutzen, um ins Portugiesische reinzuschnuppern.

Leider kann Andreas einigermaßen gut Spanisch, denn er hat ein Jahr in Mexiko und Peru gearbeitet, und das bringt uns Mädels dazu, ihn mit Argusaugen zu betrachten und ihm mit Luchsohren zuzuhören, und jegliche, aber auch jegliche spanische Anwandlung seinerseits bezüglich Wortschatz mit dem Ausruf »Angeber!« oder »Streber!« zu unterbinden. Das Schöne an der Sache: Er spricht manches portugiesische Wort so aus, dass wir so ganz nebenbei ein paar schlimme Wörter lernen, die feine Damen eigentlich nicht kennen sollten …

Jeden Tag von 9.30 Uhr bis 12.30 Uhr ist Unterricht. Auf Portugiesisch. Deutsch nicht erlaubt! Danach TPC, was leider nichts Unanständiges ist, sondern schlicht und ergreifend *Trabalhos Para Casa* heißt, übersetzt also »Hausaufgaben« – was das Leben am Nachmittag nicht gerade einfacher macht. Nichts da mit Freizeit oder gar Faulenzen am Strand! Andererseits kann man beim Telefonat mit Deutschland toll angeben, dass man heute TPC gemacht hat.

Resümee von Tag eins: Ich habe das Gefühl, Portugiesisch ist gar nicht so schwer. Ich kenne jetzt die Wochentage, die Monate und kann rein theoretisch bis 1000 und mehr zählen. Und die Uhrzeit weiß ich jetzt auch.

Tag zwei

Leider bekommen wir heute eine Liste mit unregelmäßigen Verben, die wir möglichst schnell können sollen. Und Ana Miranda hat angefangen, Fragen auf Portugiesisch zu stellen. Die sollen wir natürlich auf Portugiesisch beantworten. Ich merke deutlich: Ich bin doof.

Tag drei

Wir lernen Kleidungsstücke sowie »Essen und Trinken«. Dazu noch die Liste mit den unregelmäßigen Verben im Imperfekt. Andreas zeigt sich als Genie, während Emma und ich zu der Ansicht gelangen: »*Wir* sind ja nicht unter Druck, *wir* können uns ja Zeit lassen. *Wir* müssen ja nicht in einer einzigen Woche Portugiesisch lernen.«

Als TPC sollen wir aufschreiben und erzählen, was wir den ganzen Tag über gemacht haben.

Tag vier

Ana Miranda geht unsere Hausaufgaben durch. Ich hab meine zwar alleine gemacht, aber den hauseigenen Portugiesen drüberschauen lassen. Was Ana Miranda aber nicht direkt bemerkt, denn sie findet trotzdem eine Menge Fehler (da werde ich doch abends mal nachhaken!). Ich komme zu der Überzeugung: Leider bin ich nicht nur äußerlich, sondern auch innerlich blond, und vor allem in der Nähe des Hirns, so welches vorhanden sein sollte. Daran zweifle ich nämlich immer mehr. Und: Wieso kann ich mir einfach nicht merken, was 500 und was 50 heißt?

Tag fünf

Okay, okay – die Uhrzeit beziehungsweise das Fragen

danach ist kein Problem mehr, Früchte und Gemüse und Essen und Trinken (*claro*!) ebenfalls nicht. Über die Verben möchte ich vornehm den Mantel des Schweigens breiten. Dafür aber kenne ich die einzelnen Zimmer und die Einrichtung eines Hauses. Ana Miranda meint: Nach fünfzehn Stunden sind wir schon ganz schön weit! Und sie möchte wissen, wie wir weitermachen wollen, wenn wir überhaupt wollen. Ich will, und Emma auch. Also: Ab nächster Woche zweimal zwei Stunden. Leider gibt es deshalb auch gleich wieder TPC: Zehn Sätze sollen wir schreiben mit den vermaledeiten Präpositionen, die ich mir wohl im Leben nicht merken werde. Ich hasse es, aber vielleicht nutzt es ja doch etwas …

Aber jetzt ist erst einmal Wochenende angesagt – *fim de semana*. Und das möchte ich mit meinem Schatz genießen. Wobei sich Tó als ausgesprochen fieser Mensch entpuppt: Er hat nämlich angefangen, zu Hause mehr und mehr Portugiesisch zu sprechen, also muss ich sprachlich wirklich mitziehen.

So langsam wird das Leben in Portugal leichter, sprachlich gesehen: Smalltalk in der Schlange an der Kasse geht ebenso gut wie Einkaufen, Bestellungen im Restaurant, ja, ich traue mich sogar, hin und wieder ans Telefon zu gehen, obwohl ich die Nummer im Display nicht kenne und demzufolge befürchten muss, einen unbekannten und womöglich auch noch Portugiesisch sprechenden Menschen am anderen Ende der Leitung zu haben. Die Lehrerin allerdings habe ich gewechselt. Auf Empfehlung eines Bekannten, der schon länger hier wohnt und meinte: »Ich finde, du brauchst Einzelunterricht! Du willst ja möglichst schnell sprechen können – und das kannst du eher, wenn du nicht strikt nach Lehrbuch vorgehst, sondern genau das machst, was du im Alltagsleben wirklich brauchen kannst!«

So treffe ich auf Dona Carmo. Ein zierliches Persönchen, aber eine knallharte Lehrerin. Die mir aber nicht nur sprachlich sehr auf die Sprünge hilft, sondern vor allem auch mit den kleinen Feinheiten der Portugiesen im Umgang miteinander. Das ist nämlich eine Wissenschaft für sich. António kann mir da kaum weiterhelfen: Er hat zwar selbst lange Jahre im Ausland gelebt. Dennoch ist für ihn vieles selbstverständlich und damit schwer erklärbar. Vieles ist einfach »in einem drin«, von klein auf hat man es nicht anders gelernt. Bestimmte Gesten etwa. Da stutze ich manchmal schon.

Portugiesen zählen beispielsweise anders, wenn sie die Finger zu Hilfe nehmen. Hier fängt man nicht mit dem Daumen an und zählt wie wir Deutschen mit Zeigefinger und Mittelfinger »auf Drei«. Sondern es geht von hinten nach vorne: Der kleine Finger ist die Eins, der Ringfinger die Zwei, der Mittelfinger die Drei, der Zeigefinger die Vier, der Daumen die Fünf. Und den Daumen nimmt man zum Deuten. Als ich das zum ersten Mal gesehen habe, wusste ich gar nicht so recht, was das sollte. Und hielt es zunächst für eine individuelle, aber durchaus elegant wirkende Macke meines Liebsten. Bis ich merkte: Das machen die hier alle so.

Eine Geste lerne ich sehr schnell. Und zwar beim Besuch meiner »Schwiegermutter«, Dona Deolinda. Ich wundere mich zwar, warum sowohl António als auch sein Sohn Pedro nach dem Essen begeistert ihre Ohrläppchen reiben. Sicher so ein Vater-Sohn-Gag, denke ich, während ich mühsam einen portugiesischen Satz zusammenstopple, mit dem ich Dona Deolinda sagen kann, wie gut mir alles geschmeckt hat. Ich lerne: Ohrläppchen reiben ist das Zeichen für »hat gut geschmeckt«. Klar, dass ich das nun sowohl im eigenen Heim, wenn António kocht, bei Freunden, aber auch im Restaurant liebend gern anwende.

Richtig kompliziert aber wird es beim Verhalten im portugiesischen Alltagsleben, und ich bin meiner Lehrerin Dona Carmo bis heute dankbar, was sie mir da so alles neben dem Pauken von unregelmäßigen Verben und Präpositionen beibringt. Das ist beinahe wichtiger, als einigermaßen perfekt sprechen zu können. Zumindest dann, wenn man nicht in jedes Fettnäpfchen treten will – und davon gibt es reichlich. Zwar wäre jeder Portugiese zu höflich, einen anderen – zudem noch einen *estrangeiro* – darauf hinzuweisen, dass er sich da gerade danebenbenommen hat. Aber natürlich ist es besser, Fallstricke zu kennen und gar nicht erst zu stolpern.

Wichtig, aber kaum zu verstehen: *com licença*. Ich muss viele Male genau hinhören, und schaffe es nie, diese paar Silben zu erkennen und richtig einzuordnen. Sie wissen ja: die portugiesische Nuschelei. Meist kommt nur ein Gezischel bei mir an. Irgendwann aber klärt Dona Carmo mich auf: Es heißt so viel wie »mit Ihrer Erlaubnis« und entspricht unserem förmlichen »gestatten Sie bitte«. Die Portugiesen zischeln *com licença* ständig: wenn sie im Menschentrubel auf einem Zigeuner- und Bauernmarkt einfach nur durchkommen wollen, wenn sie neben einem in der U-Bahn Platz nehmen, wenn sie im Supermarkt an einem vorbeimöchten. Und das für mich Interessanteste: wenn sie ein Telefongespräch beenden. Sozusagen als Abschiedsformel à la: »Ich leg jetzt auf – gestatten Sie bitte!«

Dazu passt dann, dass jeder Portugiese es als grobe Unhöflichkeit empfindet (mir das aber nie sagen würde – das muss erst António tun), wenn man nach einem gemütlichen Abendessen seine Gäste zur Tür bringt und nach der immer etliche Minuten, auch schon mal eine Viertelstunde andauernden Verabschiedung einfach die Tür schließt, weil man glaubt, dass es eben jetzt doch endgültig das letzte »Tschüs, bis morgen!« war. Das darf man als gut erzogener Portugiese nämlich erst, wenn die Gäste außer Sichtweite sind. Und dann natürlich mit dem gezischelten *com licença* …

In Deutschland fand ich es immer schlimm, wenn Ausländer einfach geduzt werden – weil man sich nicht anders zu helfen weiß und man annimmt, so sei es für einen Sprachunkundigen leichter verständlich. Aber hier in Portugal? Da mutiert man als Normalbürger ganz schnell zur Exzellenz. Selbst als Ausländer. Die ersten Briefe, die an mich im Postkasten liegen, entzücken mich wirklich: Sie sind adressiert an *Excelentíssima Senhora Christina Franziska Maria* – ohne Familiennamen. Und von wem kommen solche Schreiben? Von meiner Bank. Oder von der edp (was die Stromwerke beziehungsweise Energieversorger sind). Oder von den *finanças*, dem Finanzamt – da könnten sich unsere Finanzbehörden in Deutschland mal ein Beispiel nehmen! Das Erstaunlichste – selbst ohne den vollständigen Namen kommt alles an!

Exzellenz ist man also schnell – und ebenso schnell lässt man hier den Familiennamen weg. Jeder weiß, wer Dona Maria oder Sô Vitor ist. Selbst wenn ich bei der Kurzform »Sô« (von *senhor*) viele Male und bis ich endlich nachgefragt habe, ein steif-britisches, aber natürlich portugiesisch genuscheltes »Sir« verstehe. Und mich über die Maßen wundere, was das denn jetzt soll.

Selbst in der Ausländerbehörde, die SEF heißt (*Serviço de Estrangeiros e Fronteira,* in etwa »Dienst für Ausländer und Grenze«), bleibt man höflich: Beim Beginn des ersten Besuchs bist du noch die *senhora estrangeira* – also »Frau Ausländerin«. Und das hat nichts, aber auch gar nichts Abwertendes. Man möchte nett und vor allem höflich sein, weiß aber deinen Namen nicht; also behilft man sich eben so.

Im Verlauf eines Behördengangs – ob bei Gemeinde, Post, Bank oder einer anderen offiziellen Stelle – werde ich dann offiziell zur *senhora Christina Zacker.* Und am Ende des Besuchs beziehungsweise bei Abschluss des amtlichen Vorgangs bin ich beim Sachbearbeiter endgültig zur *Dona Cristina* mutiert. So nennen mich aber auch Postbote, Marktfrau, Gas-, Wasser- und Stromableser. Die Bedienung im Café, wo ich täglich meinen *meia de leite* schlürfe, sowieso. Endlich habe ich es geschafft: Ich bin eine »gnädige Frau«.

Portugiesen lieben Titel: Eine ganz normale Lehrerin wird hier mit *senhora doutara professora* angesprochen. Anfangs ist das ziemlich verwirrend, bis ich mitbekomme: Das hat nichts damit zu tun, dass sie sich für eine Professorin und damit für etwas Besonderes hält. Sondern damit, dass *professora* im Portugiesischen schlicht und ergreifend »Lehrerin« bedeutet. Die Schüler übrigens zeigen wenig Respekt: Sie kürzen (und nuscheln) das einfach zu *stora* ab. Den »echten« Universitätsprofessor bezeichnet man übrigens genauer – als *professor universitário.*

Den ehrfürchtig anzusprechenden »Herrn Doktor« (*senhor doutor*) kenne ich ja noch aus meiner Kindheit. Den

»Herrn Ingenieur« (*senhor engenheiro*) eher weniger – und wenn, dann aus dem Skiurlaub in Österreich. Hier wie dort legt jeder großen Wert darauf, entsprechend angeredet zu werden. *Senhores doutores* gibt es in Portugal übrigens zuhauf. Das liegt aber nicht daran, dass hier jeder promoviert, sondern dass man sich bereits nach dem Staatsexamen (*licenciatura*) so nennen darf.

Nur am Telefon sind die Portugiesen alle gleich: Sie melden sich lediglich mit *estou* oder *estou sim* (ausgesprochen »schto« oder gar nur »to« – Sie erinnern sich: das Anfangs-E!). Das heißt lediglich »ich bin es« beziehungsweise »ich bin es – ja?«. Wer es dann ist – das muss man dann selbst herausfinden!

Wirklich monatelang bin ich der festen Überzeugung gewesen, dass António sich am Telefon mit der Kurzform seines Namens meldet. Die heißt nämlich ebenfalls »Tó« und wird genauso ausgesprochen wie das *estou*. Ich merke erst, dass es sich um das portugiesische »ich bin's« handelt, als der Techniker von der PTelecom sich bei seinem Kontrollanruf eben mit diesem *estou* meldet. Der Himmel bewahrt mich davor, diesen Herrn in einen Smalltalk zu verwickeln und darauf hinzuweisen, dass er ja wohl den gleichen Vornamen trägt wie »mein« António …

Portugiesen gelten wirklich als ganz besonders höflich. Zumindest die im Zentrum und im Süden des Landes. Seine Landsleute im Norden allerdings, so sagt António und manch anderer, der nicht von da kommt, seien ruppiger und neigten zu rüdem Sprachgebrauch. Den verstehe ich glücklicherweise allerdings nur rudimentär. Beim Fußball jedoch sind alle Portugiesen außer Rand und Band – ob im Norden oder Süden, ob auf dem Land oder in der Stadt. Ohne Ausnahme.

Kleine Notiz am Rande
Mit meinem Liebsten gehe ich ganz am Anfang mal ins Estádio da Luz – das Stadion des Lichts. Allzu hell leuchtete es da allerdings nicht: Erstens spielte »sein« Verein an diesem Tag nicht besonders gut; zweitens führte das dazu, wie ich mit leichter Verspätung, dann aber mit umso mehr Vergnügen feststellte, dass António die Situation höchst peinlich wurde. Rund um uns sitzen nämlich fanatische Benfiquistas (also Anhänger des SL Benfica, dem das Estádio da Luz gehört). Von denen wird die gegnerische Mannschaft, der FC Porto, der Intimfeind Benficas, aufs Wüsteste beschimpft. Ein paar Ausdrücke verstehe sogar ich: Filho da puta, *also Hurensohn, ist noch eines der harmloseren Schimpfworte. António beschwört mich, so etwas bitte niemals im Privaten zu gebrauchen. Nicht mal beim Autofahren.*

Wenn man ein paar Brocken Portugiesisch kann, hat man die besten Chancen, wirklich gut bei seinem Gegenüber »anzukommen«. Ich merke das daran, dass ich beim Treffen mit wildfremden Menschen, ob Männlein oder Weiblein, nach den ersten paar Worten auf Tuchfühlung gehen muss. Oder besser darf? Egal: Es ist schon ein wenig befremdend, selbst wenn man aus der Bussi-Bussi-Hauptstadt München kommt, dass einen sowohl Chefs (in dem Fall der von António) als auch Makler (bei unserer Wohnungssuche) oder Bankangestellte (nach Einrichtung des Kontos und Abschluss einer Versicherung) beim zweiten Treffen nicht mit Handschlag, sondern mit Küsschen begrüßen. Oder sie warten gar nicht mal das zweite Treffen ab – wie unsere

Maklerin –, sondern küssen schon bei der Verabschiedung nach dem ersten Treffen.

Beim förmlichen »Sie« dagegen bleibt man – merkwürdigerweise und für mich sehr ungewohnt – lange: Ich kenne jetzt, nach fast acht Jahren im Lande, etliche Portugiesen, denen ich herzlich verbunden bin – trotzdem siezen wir uns. Auch untereinander neigen die Portugiesen nicht sofort zum »Du«. Es gibt Nachbarn, die sprechen sich zwar mit Vornamen an; aber sie sagen nach zwanzig Jahren enger Nachbarschaft, mit gemeinsamen *sardinhadas* und anderen kulinarisch-festlichen Vergnügen, immer noch »Sie« zueinander. Da lauert für mich so mancher Fettnapf. Vor allem auch deshalb, weil ich ja mit meinem Liebsten Englisch spreche und wir Deutschen das »you« ja gern mit »Du« gleichsetzen.

Ebenfalls immer wieder erstaunlich für mich: Selbst innerhalb der Familie siezt man sich oft. António etwa sagt »Sie« zu seiner Mutter, Dona Deolinda findet das völlig normal. Und ich lerne, auch im Unterricht von Dona Carmo: Man zeigt Respekt und Ehrerbietung durch das »Sie«. Man zeigt das aber auch, indem man ältere Damen nicht lediglich mit Dona anspricht, sondern sie mit Senhora Dona tituliert.

Meine Beinahe-Schwiegermutter freut sich sichtlich, als ich das ausprobiere und beim nächsten Besuch Senhora Dona Deolinda zu ihr sage. Selbst wenn sie das natürlich mit einer abwehrenden, aber herzlichen Geste begleitet. Denn selbstverständlich darf ich »nur« Dona Deolinda, ja noch besser: wie ihr Sohn António *mãe* zu ihr sagen. Bei der förmlichen Anrede aber bleibt es.

Kapitel 6

Morgenstund' hat Gold im Mund – und manchen Fisch

Wer einmal im Urlaub hier war, weiß: In Portugal isst man offensichtlich eine Menge Fisch, und ebenso offensichtlich gibt es ein Riesenangebot.

Das Erstaunliche: Dieses Angebot gibt es überall. Nicht nur auf dem Fischmarkt oder in den riesigen Fischabteilungen der *hipermercados*. Selbst auf dem Wochenmarkt in kleinen Dörfern sind wenigstens ein oder zwei kleine Buden zu finden, in denen, auf Eis ausgelegt, frischer Fisch feilgeboten wird. Und wer in Portugal »noch mehr auf dem Land« wohnt, also nicht direkt an der Küste, kann damit rechnen, dass wenigstens einmal die Woche ein Fischverkäufer mit seinem Kühlwagen die Runde macht und seine Ware selbst an die entlegensten Höfe und *montes* verkauft. Selbstverständlich kann man bei ihm auch Bestellungen aufgeben. Wenn Fang und Angebot auf den Fischmärkten stimmen, wird entsprechend geliefert.

António hat mir erzählt, wie es früher in Lissabon war, etwa in den mehrstöckigen großen Häusern, mit ihren vielen Innenhöfen: Einmal am Tag kam der Fischhändler vorbei – wie auch der Obst- und Gemüseverkäufer –, ging die Straße entlang, in die Höfe hinein und rief – nein: schrie – seine Ware aus. Alteingesessene *senhoras* haben vielleicht bestimmte Fische oder Meeresfrüchte vorbestellt, alles andere war im »freien Verkauf« und hing wie heute noch davon ab, was der nächtliche oder frühmorgendliche Fang hergegeben hatte.

Heute wie damals geht man zum Fischhändler in den *mercado*. Die Supermärkte, gerade die größeren, haben stets eine ansehnliche Abteilung für frischen Fisch. Appetitlich auf zerstoßenem Eis angerichtet – das Auge isst in Portugal auch mit. Und jeder Portugiese, ob die als Köchin angestellte *empregada doméstica,* die selbst am Herd stehende Hausfrau oder ihr *marido*, der Ehemann, der eher fürs Grillen und damit die *sardinhada* zuständig ist, kennt sich mit Fisch und Meeresfrüchten, vor allem mit der richtigen Fangfrische und den besten Zubereitungsarten, hervorragend aus.

Die Verkäufer wissen genauso gut Bescheid: Welcher Fisch ist besser zum Grillen? Welchen nimmt man eher für eine *caldeirada?* Was eignet sich aus dem heutigen Angebot am besten für einen *arroz com marisco*, also Reis mit Meeresfrüchten?

Man berät sich gegenseitig. Wägt ab. Tauscht das eine oder andere Rezept aus und entscheidet sich schließlich zum Kauf. Dabei aber durchaus nicht stets für das Gericht, welches man ursprünglich kochen wollte. Es hängt eben immer davon ab, was im Angebot ist.

Einen Fischmarkt gibt es in allen Städten längs der Küste – ein buntes Treiben, bei dem sich nicht nur portugiesische Hausfrauen eindecken, sondern auch die Köche der umliegenden Restaurants für ihre Tageskarte einkaufen. Ich staune, was es da alles gibt, und so manchen Fisch kenne ich nur vom Hörensagen oder von Fotos. Nicht gerade die *linguada*

(Seezunge), meinen Lieblingsfisch. Oder die *dourada* (Goldbrasse), *carapaus* (Stöckermakrelen) und *atum* (Thunfisch). Aber *espadarte* (Schwertfisch), *robalo* (Seebarsch) und *tamboril* (Seeteufel).

Dazu gibt es noch so viel anderes: etwa *chocos* (Tintenfische) oder *polvo* (Krake), *garoupa* (Zackenbarsch), *lampreia* (Neunauge), *raia* (Rochen) oder *sargo* (Brasse). An Flussmündungen oder einer der Lagunen des *Alentejo litoral*, der Alentejoküste, vielleicht *enguia* – Flussaal, der gegrillt oder in einer köstlichen Fischsuppe gegessen wird. Und natürlich findet man *mariscos* – Meeresfrüchte: zum Beispiel *perceves* (Entenmuscheln), *sapateiras* (Taschenkrebse) und Muscheln in allen möglichen Variationen. Selbst die eine oder andere Languste ist zu finden.

Kleine Notiz am Rande:
Mir graust es zwar ein wenig, aber António meint: »Probieren musst du es einfach mal. Wir machen es so: Ich bestelle und gebe dir ein bisschen ab.«
Worum es geht? Um Tintenfisch.
Man wird im Restaurant nämlich gern gefragt: »Com tinta?« – »Mit Tinte?« Sehr ungewohnt für einen deutschen Gaumen. In Portugal gelten chocos, *die in ihrer eigenen Tinte gekocht wurden, als Delikatesse.*
Meine ehrliche Meinung? Ich muss es nicht haben. Aber: Wie so oft im Leben (und gerade im Restaurant) ist das natürlich Geschmackssache. Auch andere Speisen haben eine ungewöhnliche Art der Zubereitung. Lampreia *beispielsweise, ebenfalls ein Fisch, den wir in Deutschland unter der Bezeichnung*

»Neunauge« kennen, wird im eigenen Blut gekocht und dann auf Reis angerichtet. Solche Rezepte gibt es auch mit Fleisch: etwa Huhn oder coelho *(also Kaninchen). Vorsicht ist immer dann geboten, wenn auf der Speisekarte bei einem Gericht der Zusatz steht* à moda do Minho *oder* à cabidela. *Sogar Innereien wie Kutteln werden hierzulande, vor allem im Norden, gern auf den Tisch gebracht. Bei uns werden sie vorwiegend in Süddeutschland gegessen, auch wenn der Verzehr in den letzten Jahren stark zurückgegangen ist. Für die Bewohner von und um Porto herum sind sie aber eine Delikatesse – und sie tragen mit Stolz ihren Spitznamen* tripeiros *(Kaldaunenesser) …*

Portugiesen ohne Fisch? Undenkbar! Beinahe so unvorstellbar wie Portugiesen ohne Fußball. Fußball gibt es allerdings nicht täglich und nicht zu jeder Uhrzeit. Essen und Fisch aber wohl. Sogar zum (späten) Frühstück – etwa als *pasteis de bacalhau*, das sind frittierte Kartoffelteig-Stockfisch-Bällchen, und die schmecken hervorragend. Auch schon vor dem Mittagessen.

Vor allem frische Sardinen sind das A und O der Portugiesen. Ohne *sardinhas assadas* (gebratene Sardinen) kann der Portugiese nicht leben. Ganz besonders nicht in der »Saison«, wenn es nämlich überall im Lande, nicht nur auf Dörfern oder in Restaurants, sondern sogar in der Millionenstadt Lissabon fast überall nach *sardinhada* (gegrillten Sardinen) duftet.

Bösartige Menschen, die den Sardinen nicht viel abgewinnen können (leider gehöre ich manchmal zu ihnen, denn ich mag die kleinen frittierten *carapaus* einfach lieber), sprechen allerdings nicht von einem feinen Duft, sondern nennen es eher – übel riechend. Vor allem dann, wenn sie nach dem Essen die Teller von den Resten säubern und den Grill abkratzen müssen. Das ist leider meist meine Aufgabe. António zeichnet nämlich für die Vor- und Zubereitung verantwortlich. Eine Aufgabe, die volle Aufmerksamkeit erfordert und dazu führt, dass er nach dem Essen dringend einer ausgiebigen *sesta* bedarf. Den Grill von Sardinenrückständen zu befreien, ist eine unangenehme Sache. Da bleibt im Grunde nur eines übrig: Man schafft sich einen zweiten Grill an – für Fleischgerichte; und beim Fischgrill brennt man einfach bei der nächsten *sardinhada* die Überreste weg.

> *Kleine Notiz am Rande:*
> Sardinhas assadas – *gegrillte Sardinen – sind einer der sieben Gewinner des im Jahr 2011 durchgeführten Wettbewerbs* Sete Maravilhas da Gastronomia Portuguesa *(Sieben Wunder der portugiesischen Gastronomie). Auch ein weiteres Fischgericht, nämlich der* arroz com marisco, *also Reis mit Meeresfrüchten, gehört dazu. Beides leider nicht meine Favoriten in der portugiesischen Fisch-Meeresfrüchte-Küche. Aber man stelle mir bitte ruhig und beinahe zu jeder Tageszeit ein Tellerchen Garnelen in allen Größen auf den Tisch. Mit Knoblauch und einem Hauch Piri-Piri in Olivenöl gebraten, ein Hochgenuss. Danach darf es dann gern eine schlichte gegrillte Seezunge sein.*
> *Oder doch lieber einen* Polvo à Lagareiro? *Ein Krake, ebenfalls einfach nur gegrillt mit Knoblauch,*

Olivenöl und dazu batatas à murro. *Das sind kleine junge Pellkartoffeln, die mit der Schale serviert werden.* O murro *heißt »Faustschlag« – in der Küche werden die Kartöffelchen also mit einem kräftigen Fausthieb »angetitscht«.*

Früher waren Sardinen in Portugal beinahe ein Arme-Leute-Essen. In Deutschland allerdings sind sie das ganz und gar nicht. Denn es ist schwierig, dort frische Sardinen zu bekommen. Ohne unsere portugiesischen Freunde wären António und ich niemals in diesen speziellen Markt gefahren, der sich beinahe ausschließlich auf Fisch und Meeresfrüchte spezialisiert hatte. Da sollte es hin und wieder frische Sardinen geben.

Selbstverständlich wurden sämtliche Portugiesen im Umkreis von hundert Kilometern darüber sofort informiert. Klar auch, dass man sich mehr oder weniger den Fischhandel als Treffpunkt eingerichtet hatte und sofort eine *sardinhada* organisierte. Logisch also, dass gegrillte Sardinen seit meinem ersten Tag in Portugal einfach dazugehören.

Es ist so einfach – und so lecker. Man nimmt kleine Sardinen, die braucht man nicht einmal auszunehmen. Dann werden sie mit grobem Meersalz bestreut und fein säuberlich nebeneinander auf den Holzkohlengrill gelegt. Es dauert nur ein paar Minuten, dann sind sie leicht gebräunt und für jeden Portugiesen, ob groß ob klein, ob jung ob alt, einfach der ultimative Genuss. Mittlerweile mag sogar ich sie.

Ich staunte damals nicht schlecht, als António eine kleine *sardinhada* in unserer Wohnung veranstaltete. Ich bin es zum Beispiel gewohnt, Fisch fein säuberlich mit Fischmesser und Fischgabel zu zerteilen und zu verspeisen.

So machen es die Portugiesen nicht. Sie legen den Fisch auf ein Stück Brot und knabbern ihn von jeder Seite mit den Zähnen ab. Umgedreht wird mit den Fingern. So wie wir es mit einem Hühnerschenkel oder -flügel machen. Sind die Sardinen noch sehr klein, werden sie sogar komplett verzehrt. Nur bei etwas größeren lässt man zumindest das Rückgrat übrig. Als besonders lecker gilt das Stück Brot – das übrigens keine Semmel sein darf –, denn das Fischfett ist darin eingesickert. Ein bisschen ist es wie früher mit den Großeltern auf dem Jahrmarkt: Da habe ich am liebsten die Semmel gegessen, die von den Bratwürsten »übrig« blieb. Aber wie schon gesagt: Sardinen sind nicht so recht mein Ding. Doch es gab und gibt genug anderes …

Spontan habe ich mich mit einem guten Freund zum Mittagessen verabredet. Wir treffen uns in einem kleinen Restaurant mitten in einem Rieseneinkaufscenter in der Nähe von Cascais. Das ist auch so eine Sache, die ich von daheim nicht kenne: In Deutschland geht man ungern in einem »Kaufhausrestaurant« essen. Eigentlich nur im Notfall, wenn man wenig Zeit hat und sich eben nicht gerade Fast Food an der nächsten Burger-Kette holen will.

Hier in Portugal ist das anders. In jeder großen Shoppingmall gibt es unzählige kleine Lokale. Mit allen möglichen Spezialitäten, durchaus international: Da kann man indisch essen, chinesisch, japanisch, mexikanisch, sogar koscher. Aber eben auch gute einheimische Hausmannskost. Und genau da führt mich Jens, den ich beim Umzug nach Portugal noch als *Senhor João* kennenlernte, jetzt hin.

»Diesen Laden hier kenne ich, da esse ich oft zu Mittag«, sagt er. »Und wenn wir Glück haben, gibt es heute auf der Tageskarte eines meiner Lieblingsgerichte.«

Ich bin gespannt. Und siehe da: Auf der Tafel, an der alle Tagesgerichte angeschrieben sind, entdeckt Jens genau das Richtige: *lulas recheadas* – gefüllte Tintenfische.

Habe ich noch nie in meinem Leben gegessen. Ich kenne Tintenfisch leider nur als »panierte Ringe«, die starke Ähnlichkeit mit Kaugummi, eigentlich eher mit Reifengummi haben. Zäh und ohne Aroma, man schmeckt im Grunde nur die Panade und die Remouladensoße.

»Am besten«, meint Jens, »am allerbesten macht diese *lulas* meine Schwiegermutter. Überhaupt ist das ein Gericht, das selten im Lokal zu finden ist. Aber jede portugiesische Hausfrau kennt es.«

»Und womit sind die *lulas* gefüllt?«

»Mit den klein geschnittenen Tintenfischarmen, mit ein bisschen Reis und mit *chouriço* – du weißt schon, der scharfen portugiesischen Wurst. Aber jeder hat da ein eigenes Hausrezept.«

Ich bin immer noch gespannt. Und meine Vorfreude, die sich zugegebenermaßen erst in Grenzen hielt (die Tintenfischring-Erfahrung!), bestätigt sich: Die *lulas* werden mit Reis und einer leckeren Tomatensoße serviert – und sie sind seitdem eins meiner Leibgerichte.

Zum Glück erzählt Jens zu Hause, wie gut es mir bei unserem Mittagessen im Restaurant geschmeckt hat. Seitdem stehe ich auf der Verteilerliste seiner Schwiegermutter: Wenn sie *lulas recheadas* für die Familie zubereitet, macht sie immer ein paar extra: »*Para a sua amiga Cristina!*«, teilt sie ihrem Schwiegersohn kurz und bündig mit. Und Jens muss jedes Mal hoch und heilig versprechen, am nächsten Tag bei Dona Cristina vorbeizufahren und die *lulas* abzuliefern.

Meine kulinarischen *cunhas*, sozusagen. Meine kulinarischen Beziehungen. Und das bleiben nicht die einzigen.

Es ist fünf Uhr morgens. Der Weckton des Handys quält meine Ohren. Gestern waren António und ich in Cascais auf der *Festa-do-Mar*, an der Promenade. Musik, Essen und Wein, Lachen und Beisammensein mit guten Freunden. Es war zwar nicht so furchtbar spät. Aber trotzdem: Wieso klingelt es denn bitte schön um fünf Uhr in der Frühe? Was soll das?

Mir fällt es wieder ein: António hat mir eine Überraschung organisiert.

»Du wolltest doch mal mit Fischern rausfahren«, sagte er gestern Abend. »Ich habe bei meiner Arbeit vor ein paar Tagen Senhor Zé Carlos kennengelernt.«

»Und der ist Fischer?«

»Ja, der hat ein eigenes Boot und zwei Helfer. Und wir dürfen morgen früh mit raus aufs Meer!«

Um Viertel vor sechs sind wir am Markt in Cascais. Es ist immer noch nächtlich dunkel, man ahnt nur, dass es bald dämmern wird.

Senhor Zé Carlos und sein Gehilfe Luís treffen sich hier mit uns auf eine morgendliche *bica*, bevor wir »in See stechen«. Das muss auch sein, denn sonst werde ich nicht richtig wach. Den Fischern scheint es ähnlich zu gehen.

Der Rest der Bevölkerung auf dem Markt ist allerdings hellwach. Neben uns werden Gemüse und Früchte abgeladen: Die Marktfrauen arrangieren Tomaten und Paprika, Zwiebeln und Knoblauchzöpfe. Möhren und Rüben, Broccoli und Lauch, Orangen und Äpfel, kleine krumme Bananen aus Madeira, die ganz anders und aromatischer schmecken als die mir bekannten »schönen« geraden Früchte; die ersten Kirschen und Feigen, die letzten Erdbeeren; riesige violette Pflaumen, Melonen und sogar Ananas. Die Metzger legen das Fleisch in ihre Auslagen und wetzen ihre Messer. Der Olivenhändler zerrt große Fässer mit eingelegten grünen und schwarzen Oliven an seinen Standplatz. Der Käseverkäufer dekoriert noch ein bisschen seine Spezialitäten aus der Serra da Estrela. Blumenstände überbieten sich mit duftender Blütenpracht.

Menschengewirr und Geschrei – und diese Gerüche: Es duftet nach Kaffee, nach frischem Brot, Gewürzen, Käse. Nach allem, was im Angebot ist. Spannend, was jetzt schon alles los ist. Dabei hat der Markt noch lange nicht begonnen. Als wir uns kurz nach sechs auf den Weg zum Hafen machen, taucht aber schon die eine oder andere Kundin auf. Oder sind es Touristen?

Mestre Zé und Luís fahren mit uns ans *Docapesca*, den Fischerhafen in Cascais. Hier ist Parken gewöhnlich strengstens untersagt. Heute allerdings ist es uns gestattet: Wir sind in Sachen Fisch unterwegs. Das sieht auch der Parkwächter ein, der *mestre* Zé natürlich kennt und freundlich begrüßt. Hier am kleinen Hafen ist schon viel los: Straßenreiniger sind zu Fuß und mit kleinen Wägelchen unterwegs und machen an der Promenade alles sauber. Gestern haben wir mitgefeiert, und heute Abend geht es mit dem *Festa-do-Mar* weiter. Natürlich soll dann alles wieder ordentlich sein. Ein Schäferhund springt fröhlich bellend auf uns zu – er bewacht zusammen mit seinen beiden Herrchen die Bühne und vor allem das technische Equipment.

An der Mole warten etliche piratenmäßig aussehende Gestalten: So mancher hat kein eigenes Boot, sondern arbeitet mit einem anderen Fischer zusammen oder für ihn. So wie Rui – das ist der zweite Mann, den *mestre* Zé mit an Bord hat und der sich jetzt zu uns gesellt. Er ist schon umgezogen, *mestre* Zé und Luís holen das jetzt nach.

Der Himmel ist noch immer fast schwarz, nur am Horizont zeigt sich der erste, schmale rosa Streifen. Bald beginnt der neue Tag. Schön – wir werden den Sonnenaufgang auf dem Meer erleben.

Mestre Zé tuckert mit seinem Boot heran. Ein etwas größeres Boot – mit Satellitensystem, Radar, allem, was man eben zum Fischen braucht. Wir klettern über eine rutschige Steintreppe und ein schwankendes Brett an Bord – »Pass bloß auf die Kamera auf!« – und los geht's in Richtung *Boca do Inferno*. Das ist eine steile Klippe mit Einbuchtungen und Höhlungen, in denen das Meer gegen die Felsen tobt. Der »Höllenschlund« ist eine der Sehenswürdigkeiten in Cascais; die Stelle ist ein »Muss« jeder Tour, hier tummeln sich gewöhnlich die Touristen busweise. Jetzt ist alles noch still und leer.

Langsam wird es heller. In der Morgendämmerung können wir jetzt nach und nach die Angler erkennen, die direkt am *Boca do Inferno* auf den Felsen stehen und von dort aus ihre Leine ins Meer werfen. Der »Höllenschlund« sieht vom Meer aus fast harmlos aus. Der Atlantik zeigt sich ruhig, mit sanfter Dünung. Kaum zu glauben, dass fast jedes Jahr Menschen von hochpeitschender Gischt und riesigen Wellen in die Tiefe gerissen werden.

Unser kleines Schiff tuckert weiter.

Die Arbeit beginnt. Sechs- oder siebenmal hält *mestre* Zé

sein Boot an. Das erste Mal, um Tintenfische zu angeln. Zé Carlos lehnt lässig am Bootsrand, lässt durch seine Finger einen viele Meter langen Nylonfaden laufen. Er wartet geduldig. Plötzlich ruckelt es. Ein Tintenfisch!

António darf es ebenfalls versuchen. Luís zeigt ihm, wie er es machen soll. Aber leider ohne Erfolg. Zé Carlos und Luís erwischen immerhin acht Stück. Geringe Ausbeute.

»Die Fische machen jetzt im Sommer ebenfalls Ferien«, grinst *mestre* Zé. »Es gibt Fahrten, da haben wir viel mehr.« Aber er gibt auch zu: »Nachts ist es besser – wir haben von der heutigen Nachtfahrt noch einen Rieseneimer voller *chocos* da.«

Mestre Zé stoppt an ganz unterschiedlichen Stellen. Ziemlich geheimnisvoll, denn als Laie kann ich nicht erkennen, warum er genau dort anhält. Es sind weder Bojen noch andere Markierungen zu sehen.

»Alles Erfahrungssache!«, meint er. Muss wohl so sein, denn wir sehen andere Fischerboote, aber niemand kommt sich gegenseitig in die Quere.

Es geht ans Einholen der Kraken. An langen Seilen hängen immer im Abstand von ein paar Metern merkwürdige Behälter. Sie sehen ein bisschen aus wie griechische Amphoren, nur ohne Henkel und mit einem kleinen Loch im Boden.

»Die Dinger nennt man *alcatruz*«, lässt sich António erklären. »In ihnen suchen die Kraken über Nacht Schutz und nisten sich da praktisch ein. Wird das Seil dann hochgezogen, kommen sie nicht schnell genug heraus.«

»Und wie kriegt man sie jetzt raus?«

»Das wirst du gleich sehen«, meint António, »da gibt es einen Trick.«

Tatsächlich: Es geht wie am Fließband. Vierzig, fünfzig

Behälter holen Luís und Rui aus dem Wasser. Kurzer Blick ins Innere, und wenn sich ein Krake darin befindet: kleiner Spritzer aus der Spülmittelflasche, und der Tintenfisch räumt mehr oder weniger freiwillig das Feld.

Nicht in jedem *alcatruz* finden die Fischer Beute, aber in etlichen: insgesamt fast dreißig Kilo. Meist mittelgroße Kraken, aber auch zwei Riesenwesen, die mich lebhaft an Horrorgeschichten und Seemannsgarn erinnern. Die Kraken kommen erst mal in eine Reuse und werden dann auf der Rückfahrt zum Hafen getötet.

»Wenn wir das nicht tun«, sagt Zé Carlos, »dann leiden sie über viele Stunden hinweg. Kraken können nämlich ohne Wasser lange überleben. Diese Quälerei muss nicht sein.«

Zweimal holen Luís und Rui Schleppnetze ein. *Mestre* Zé ist nicht zufrieden. Es ist kaum etwas gefangen worden. Vielleicht fünfzehn oder zwanzig Seezungen, etliche Sardinen und im zweiten Netz, ganz gegen Ende: »Ein *raia*!«, freut sich Zé Carlos. »Damit hat sich unsere Ausfahrt doch noch gelohnt. Denn ein Rochen – das bringt richtig Geld! Mehr als alles andere zusammen!«

Der Rochen ist denn auch der Grund dafür, dass *mestre* Zé beschließt, nicht direkt am *Docapesca* anzulegen. Dort müsste er nämlich seinen gesamten Fang offiziell angeben – und damit auch versteuern …

»Den Rochen«, sagt er, »den hab ich praktisch schon verkauft. Ich weiß genau, an welches Restaurant ich ihn direkt gebe!«

Mestre Zé bereitet den Rochen für den Koch vor: Er nimmt ihn aus und filetiert ihn. Dann packt er alles zusammen und springt leichtfüßig ans Ufer.

»Luís«, ruft er seinem Gehilfen zu, »bring das Boot an den Ankerplatz. Wir treffen uns gleich in der *bodeguita*, *tá bem*?«

Vier Stunden sind wir insgesamt auf dem Meer. Danach treffen wir uns mit *mestre* Zé Carlos, Luís und Rui in der *bodeguita*, ihrer Stammkneipe. Hier sitzen sie zusammen, trinken ihren *café com cheirinho* und danach den ersten *vinho tinto*. Da kann es schon mal nachmittags werden.

Für sie ist jetzt erst einmal Feierabend, es ist »eigentlich« nicht spätmorgens oder vormittags. Sie haben ihr Tagwerk hinter sich, sind nachts einmal hinausgefahren und dann am frühen Morgen noch einmal.

Ein harter Job. Ein Knochenjob. Nicht unbedingt für *mestre* Zé, der »nur noch« am Steuer steht und nicht mehr so schuften muss wie Luís und Rui. Aber er ist schon siebzig, und alle drei müssen tagaus tagein hinausfahren. Nicht nur wie heute bei Sonnenschein und ruhiger See, sondern bei Wind und Wetter.

Heute war ein schlechter Tag – wie oft im Sommer.

Aber es gibt auch gute Tage: »Da holen wir Fisch für 4000 Euro heraus«, erklärt Zé Carlos stolz. »Heute waren es nur etwa 400 Euro.«

Trotzdem lässt er es sich nicht nehmen, António und mich zum Essen einzuladen. In der *bodeguita* – und es gibt Seezunge. Frisch aus dem Meer und frisch gegrillt. Meine kulinarischen *cunhas* Nummer zwei.

Mit dem Fisch hat es aber natürlich kein Ende. Niemals in Portugal! Die eigentliche Nationalspeise jedoch ist eine ganz andere Sorte. Mit Frische hat sie relativ wenig zu tun. Ganz im Gegenteil.

Stellen Sie sich vor: Sie kommen in den Supermarkt, freuen sich auf eine große Auswahl an frischem Obst und Gemüse, an unterschiedlichsten Käsesorten (die Portugiesen haben eine ganze Menge davon zu bieten) und an allen möglichen Sorten Oliven selbstverständlich. Sie stellen mit Genugtuung fest, dass sich die Fischabteilung von all jenen unterscheidet, die Sie aus Ihrer – vielleicht bayerischen, weit vom Meer entfernt liegenden – Heimat kennen. Da liegen Fische, die Sie nur vom Hörensagen kennen. Da gibt es eine Auswahl an Seegetier und Meeresfrüchten, die Sie wirklich staunen lässt. Und das alles zu Preisen, die sich so ganz und gar nicht damit vergleichen lassen, was man etwa in Deutschland dafür zahlen müsste.

Plötzlich steigt Ihnen ein strenger Geruch in die Nase. Wenn Sie unhöflich wären, würden Sie es schlicht und ergreifend auch Gestank nennen. Zum Glück haben Sie Ihren hauseigenen Portugiesen dabei.

»Puh – was ist das denn?«, stoße ich entsetzt hervor, als ich um ein Regal im Supermarkt biege und plötzlich vor mehreren Stellagen stehe, auf denen sich unansehnliche, ziemlich große Fischstücke stapeln. Irgendwie habe ich ja mal in Hauswirtschaftskunde gelernt, dass Fisch am besten immer frisch und vor allem nicht schlecht riechend in die Küche kommen soll.

António schaut völlig verklärt und fasziniert auf die stinkenden Fischstücke.

»Ach, ist das schön!«, seufzt er enthusiastisch. »Wie sehr habe ich in Deutschland *bacalhau* vermisst!«

Ich nicht.

Ein paarmal bin ich mit António ja im Spezial-Fischmarkt gewesen, bei dem sich alle Portugiesen aus der näheren und weiteren Umgebung eindecken. Vor allem der frischen Sardinen wegen. Es gab dort – allerdings ein einziges Mal – sogar *bacalhau*, und auch damals blickte mein Liebster verzückt auf dieses unansehnliche Nahrungsmittel. Selbstverständlich musste er davon kaufen, und durch ein kleines Missverständnis bezüglich der Menge (und des Preises) erstanden wir einen kompletten Stockfisch. Einen mittelgroßen. Zum Glück.

Nun stinkt ein mittelgroßer *bacalhau* naturgemäß nicht so bestialisch wie mehrere Hundert Stockfische, die aufgestapelt in einem Supermarkt liegen. Aber mir reichte es damals durchaus.

Ich war leider anderweitig beschäftigt und bekam nicht mit, wie der Stockfisch zerteilt wurde. Mit einem Küchenmesser geht es jedenfalls sicher nicht. In Portugal sehe ich nun, wie es die Portugiesen machen: mittels einer Kreissäge nämlich. *Bacalhau* ist so hart, dass man ihn anders nicht zerlegen kann. Zumindest dann nicht, wenn er in getrocknetem und gesalzenem Zustand ist. So isst man ihn aber natürlich nicht. (Selbst wenn mein Freund Otto behauptet, er habe irgendwann einmal bei einem Besuch in Nordportugal so etwas angeboten bekommen. Ich denke nach wie vor: Da wollte man ihn zum Narren halten. Wobei meine Freundin Nana letzthin erzählt hat, ihr Schwiegervater kenne das ebenfalls.) Man kann Stockfisch anscheinend servieren wie hauchdünne Schinkenscheiben. Man darf allerdings nicht vergessen, nachher entsprechend zu bechern …

Kleine Notiz am Rande:
Bacalhau *ist das portugiesische Nationalgericht schlechthin. Es ist nichts anderes als gesalzener,*

getrockneter Kabeljau. Es ist schon ein bisschen merkwürdig, dass in einem Land, das allein auf dem europäischen Kontinent bereits etwa 850 Kilometer Küstenlinie hat (mit den Azoren und Madeira sind es dann insgesamt etwa 1800 Kilometer), getrockneter Fisch so beliebt ist. Es soll für mindestens jeden Tag des Jahres ein Rezept geben, und jede portugiesische Hausfrau ist stolz darauf, etliche dieser Gerichte auch »aus dem Stand heraus« zubereiten zu können. Bacalhau *kann man gegrillt oder gekocht essen, es gibt ihn frittiert oder gebraten, als Salat, Vorspeise oder Hauptgericht. Es soll sogar Stockfisch-Dessert geben. Man isst ihn in ganzen Stücken oder* desfiado *(zerzupft). Er muss nicht gekühlt aufbewahrt werden – und genau deshalb findet man im Lebensmittelladen oder auf dem Bauernmarkt ganze Regale oder Tische voll, auf denen sich die Stockfische stapeln. Am besten geht man einfach der Nase nach. Man stößt dann unwillkürlich auf den oder die* bacalhau-*Händler.*

Meinen ersten *bacalhau* hatte António für mich zubereitet. In Deutschland. Nachdem der im Spezialgeschäft gekaufte Stockfisch endlich zerkleinert worden war, wurde er auf meine energische Bitte hin nicht etwa in der Speisekammer gelagert. Sondern wir wählten die zweite Möglichkeit, diesen Stinkefisch aufzubewahren: António wusste nämlich, dass man *bacalhau* durchaus einfrieren kann. Allerdings nicht im getrockneten Zustand. Sondern erst, wenn er entsprechend gewässert ist.

Ich musste den strengen Geruch also nur etwa achtundvierzig Stunden ertragen: Fischstücke in reichlich Wasser legen, das Wasser alle paar Stunden wechseln, und wenn der *bacalhau* richtig schön »aufgequollen« ist, kann man ihn portionsweise einfrieren. Perfekt. Dann stinkt er nicht mehr.

Zum »Eingewöhnen« für all jene, denen es vor Stockfisch eher ein bisschen graust und denen auf Anhieb ganz und gar nicht so zusagt, davon zu essen, ist das Rezept, mit dem António mich verwöhnte, hervorragend geeignet: *bacalhau à Brás* nämlich. Erfunden hat es ein Restaurantbesitzer gleichen Namens in Lissabon, und es sieht nicht einmal richtig »fischig« aus. Man verwendet dafür nämlich den »zerzupften« Stockfisch und brät ihn mit feinsten Kartoffelstreifen, Zwiebeln und Eiern in der Pfanne an. Schmeckt wirklich lecker, ich kann ihn guten Gewissens empfehlen! Ein Problem mag es außerhalb Portugals nur sein, *batata palha* zu bekommen. Diese »Strohkartoffeln« kann man hier in jedem Supermarkt kaufen. Überall sonst auf der Welt muss man leider selbst tätig werden – aber wer seine Liebsten verwöhnen will, tut das natürlich gern …

Eine richtig »schöne« Erfahrung mache ich dann allerdings an einem Heiligen Abend. Ich bin bei portugiesischen Freunden eingeladen – und was passiert? Es gibt das typische portugiesische Weihnachtsessen: gekochten Stockfisch.

Ohne besondere Beilagen. Es gibt lediglich Salzkartoffeln, ein paar Karotten, hart gekochte Eier und den in Portugal ebenfalls sehr beliebten Blattkohl. Wenigstens keine Kichererbsen dazu, das ist nämlich die eigentliche Beilage zum *bacalhau cozido*.

Okay – in Deutschland gibt es an diesem Abend in vielen Familien Kartoffelsalat mit Würstchen. Auch keine kulinarische Erleuchtung, sondern eben Tradition. Aber immerhin leckerer als gekochter Stockfisch. Finde ich. Dabei gäbe es – mittlerweile weiß ich das – so viele leckere Varianten und Rezepte: Insgesamt angeblich mehr als tausend. Also nicht nur eines für jeden Tag des Jahres.

An die *pastéis de bacalhau* (das sind frittierte Bällchen aus Kartoffelteig mit zerzupftem Stockfisch) habe ich mich sogar schon zum Frühstück gewöhnt. Die *pastéis* schmecken kalt oder warm, als Fingerfood oder »ordentlich« vom Teller. Aber wie wäre es mal mit *bacalhau à Gomes de Sá*? Dabei wird der Stockfisch mit Zwiebeln, Knoblauch und Kartoffeln schichtweise in einer Form wie ein Auflauf im heißen Ofen gebacken, danach mit Petersilie, hart gekochten Eiern und schwarzen Oliven dekoriert.

António entdeckte ganz in unserer Nähe sogar ein Restaurant, in dem stets am Sonntag ein Rezept serviert wurde, das seinen Namen, *bacalhau St*º *António,* trug: im Ofen überbacken mit Zwiebeln, Tomaten und Kartoffeln. Es war immer recht schwierig, da rechtzeitig einen Tisch zu reservieren: Nicht nur aus der Nachbarschaft, sondern sogar aus Lissabon kamen Gäste.

Kapitel 7

Tooooor! – im »Stadion Europas«

So ganz und gar nicht verstehen konnte ich bei meiner allerersten Reise nach Portugal, dass die Kollegen, ganz egal wo sie sich befanden, in jeder Bar und jedem Restaurant, selbst in der Hotelhalle, stets starren Blicks am Fernsehapparat hingen, sobald irgendeine Kickerei zu sehen war.

»Du bist eben kein echter Fußballfan!«, musste ich mir anhören, wenn ich mich beschwerte, wieso man unbedingt irgendwelchen Minivereinen, deren Namen niemand richtig kennt, beim Fußballspielen zusah.

Ja, Sie merken richtig: Ich war die einzige Frau auf dieser Rundreise.

»Es ist ja nicht mal eine wichtige Meisterschaft«, maulte ich.

»Wer Fußball mag, der schaut immer zu!«, wurde ich belehrt. »Bestell dir halt noch was zu trinken!«

»Bring uns auch noch gleich ein Bier mit!«

Okay, Jungs, wie ihr meint … so blieb eben mehr Wein für mich übrig. Das ist bekanntlich gut für die portugiesische Aussprache.

Als wir Jahre später in Portugal ankommen, sieht es in Sachen Fußball ganz anders aus. Schon beim Passieren der Grenze werde ich dezent darauf hingewiesen, dass wir uns jetzt im »Stadion Europas« befinden, und dass man uns hier herzlich willkommen heißt.

Gut – bei einer Europameisterschaft lasse ich mich überzeugen. Ein paar Argumente sprechen durchaus dafür, sich vom Fußballfieber anstecken zu lassen:

Erstens findet die ganze Veranstaltung in meiner neuen Heimat statt. Portugal ist schließlich Gastgeber, und da könnte man ein bisschen Interesse zeigen. Rein schon aus Höflichkeit.

Zweitens: Der hauseigene Portugiese namens António ist bereits seit Wochen im Fußballfieber und, weil das Ereignis immer näher rückt, mittlerweile kaum mehr vom Fernseher wegzuzerren.

Drittens: Alle Portugiesen und sogar viele Portugiesinnen im näheren und ferneren Umkreis tun exakt dasselbe. Fußball ist das Gebot der Stunde.

Viertens: Alle männlichen Freunde und Bekannten in der Heimat sind neidisch. Bei jedem Telefonanruf dasselbe. »Hast du ein Glück!«, bekomme ich zu hören. »Das muss doch toll sein, die verstehen doch zu feiern!«

Fünftens: Es gibt bereits auf unserer Fahrt durchs Land, also von Nordportugal bis Lissabon, zahlreiche Fahnen zu sehen. Kurz vor Beginn der EM steigert sich das: Kaum ein Fenster, kaum ein Balkon ist unbeflaggt. Überall weht *A Portuguesa*, in allen Größen. Von Minihandtuch- bis Bettlaken-Maß.

Sechstens: Ein bis zwei Tage vor Anstoß des Eröffnungsspiels packen Taxifahrer, Busfahrer, eigentlich alle motorisierten Portugiesen kleine Wimpel aus, die am Auto oder Motorrad, selbst an Fahrrad oder Kinderwagen befestigt werden. Diese Wimpel sind offiziell erlaubt und erwünscht. Was allerdings niemanden hindert, zusätzlich das Auto zu bemalen. Oder das klapprige alte Mofa mit großen Fahnen zu schmücken. Oder die Konterfeis der Spieler der *selecção* überlebensgroß auf Kofferraum oder Motorhaube oder Hardtop zu kleben.

Siebtens: Käppis, Shirts, Schals, Seidentücher, sogar Strandlaken in den portugiesischen Farben und/oder dem Emblem der EM werden zum unausweichlichen Muss. Schminkfarben sowieso.

Achtens: Das Polizeiaufgebot wird verstärkt, man zeigt Präsenz. Selbst die Angehörigen der GNR, der portugiesischen Gendarmerie, auch die Berittenen, zeigen das eine oder andere Fußballemblem an Uniform oder Zaumzeug.

Neuntens: Selbstverständlich sind überall Fernsehapparate und Großbildschirme sowie Leinwände fürs Public Viewing aufgebaut.

Zehntens: Dies deutet alles darauf hin, dass der Portugiese an sich absolut fußballnärrisch ist.

Ein wenig wusste ich über diese Fußballverrücktheit schon vorher. Schließlich bin ich seit gut zwei Jahren mit einem Portugiesen zusammen. Aber da war es wenigstens »bloß« immer ein Verein und hin und wieder mal eine internationale Meisterschaft mit portugiesischer Beteiligung. Da musste ich mich nicht darauf einstellen, ganze drei Wochen lang, Tag und Nacht, zu jeder Stunde, ja jeder Minute mit Fußball zu tun zu haben.

Das Verrückte: Es beginnt mir Spaß zu machen.

Es ist einfach faszinierend, was man hier auf die Beine gestellt hat und wie sich alle, wirklich alle mit der Rolle des Gastgebers identifizieren.

Die Anfahrt der *selecção* am Eröffnungstag wird zu einem Triumphzug: Das Team wohnt auf der »anderen Seite« des

Tejo und reist per Bus über die Ponte Vasco da Gama. Offizielle Motorräder der GNR brausen vorweg, Hunderte von Autos hinterher, *campinos* – also berittene Rinderhirten – stehen hoch zu Ross und in festlicher Tracht Spalier.

Auf dem Wasser, neben und unter der mehr als siebzehn Kilometer langen Hängebrücke: unzählige Boote, in allen Größen und Formen. Alle geflaggt, alle lassen das Signalhorn ertönen.

Zehntausende Menschen stehen dicht gedrängt in den Straßen auf dem Weg zum Flughafen (das Eröffnungsspiel findet in Porto statt) – jubelnd, begeistert. Gänsehaut-Feeling. Sogar »nur« am Fernsehapparat.

Das ändert sich allerdings rasch. Denn die *selecção* ist nervös und verliert das erste Spiel. Ein kurzer Moment der Trauer – und dann wieder Optimismus: »Es wird schon klappen – das erste Spiel besagt gar nichts!«, ist die einhellige Meinung von António, seinen Freunden, seinen Kollegen, allen Portugiesen.

Gefeiert wird weiterhin.

Der Sieg über das russische Team ist eine kleine Vorstufe. Richtig ausgeflippt wird kurz vor der Finalrunde: Die portugiesische Nationalmannschaft trifft auf Spanien. Der Erzfeind. Die Spanier mag man hier nicht leiden. Selbst wenn es die unmittelbaren Nachbarn Portugals sind – oder vielleicht gerade deshalb.

Kleine Notiz am Rande:
Die Portugiesen haben nie vergessen, dass sie mal unter spanischer Herrschaft standen. Das ist zwar schon Jahre beziehungsweise ein paar Jahrhunderte her. Und es dauerte auch nur sechzig Jahre. Aber sie

haben es im Gedächtnis behalten. Damit es ganz gewiss jeder in Erinnerung behält, gibt es sogar einen Nationalfeiertag. Am 1. Dezember.
Andere Nationen fangen da mit den festlichen Vorbereitungen der Weihnachtszeit an. Die Portugiesen nicht: Sie feiern Restauração da Independência.
Dass diese ganze Angelegenheit bereits im Jahr 1640 stattgefunden hat, spielt keine Rolle. Im Gegenteil. Das merkt man gerade an den Emotionen bei der EM deutlich.

António und seine Kollegen sind auf hundertachtzig, als ein paar Spanier im Restaurant auflaufen und dumme Sprüche ablassen. Geschlossen weigert man sich, die Herrschaften zu bedienen. Der *patrão* des Lokals hat zu diesem Verhalten eine ganz klare Meinung: Er ist Portugiese und versteht durchaus die Wut auf die Gäste aus dem Nachbarland. Mit den paar Spaniern macht er bestimmt nicht so viel Gewinn, als dass man nicht auf sie verzichten könnte …

Aber es ist schon gut, dass abends dafür ein gewaltiger Umsatz gemacht wird. Denn: Spanien verliert das Match. Nicht nur das: Die Spanier sind ganz raus und müssen nach Hause fahren.

Allgemeiner Jubel auf portugiesischer Seite.

Die Spanier sehen das möglicherweise anders, denn sie sind beleidigt – schließlich war es nur ein 0:1 für die *selecção*. Aber auch ein einziges Tor reicht manchmal zur unausweichlichen Niederlage. Beziehungsweise für den Sieg und die Finalrunde fürs portugiesische Team.

Der Jubel in Portugal ist heute Nacht nicht zu toppen.

Ein bisschen wird noch weiter gejubelt.

Ein paar Tage später, gegen den großen Gegner England, schafft die *selecção* einen grandiosen Sieg nach dem Elfmeterschießen.

Weil man mit den Briten, die man hier eigentlich ganz gern mag und denen man den Spitznamen *beefs* verpasst hat, im Grunde nur eine sportliche Auseinandersetzung hat – von keinerlei historisch negativer Vergangenheit vorbelastet –, werden die Busse aus Lissabon, voll mit niedergeschlagenen Engländern, auf der *Marginal* freundlichst begrüßt. Hunderte haben sich auf die Straße gesetzt, schwenken portugiesische und englische Fahnen. Es ist kaum ein Durchkommen – die zwanzig Kilometer lange Uferstraße zwischen Lissabon und Cascais ist eine einzige Partymeile.

Das wirklich Tolle: Die traurigen *beefs* feiern mit! Alle drücken die Daumen, dass Portugal weiterkommt.

Portugal kommt weiter. Im Halbfinale schlägt das Nationalteam die Niederlande.

Es ist ein bisschen peinlich, dass ich mit António an diesem Tag mit holländischen Freunden Fußball schaue. Aber auch die Holländer nehmen die Niederlage gelassen hin: Überall in Cascais, vor allem auf dem *Largo de Camões*, feiern portugiesische Fußballfans in orangefarbenen Shirts – und Niederländer tragen die Farben des Siegers.

Über den Rest der EM schweigt man lieber. Denn im Finale verliert die *selecção* gegen die Griechen. Und ich muss mir den ganzen Abend vorhalten lassen, dass der griechische Trainer der Deutsche Otto Rehhagel ist.

Ein paar Monate später.

Die portugiesische Nationalmannschaft bereitet sich auf ein internationales Spiel vor. Dies tut sie mit Vorliebe im alten *Estádio nacional*, das ganz in unserer Nähe ist. António ist fest davon überzeugt, dass man da einfach zuschauen kann.

»Ich weiß es ganz genau, immer ab siebzehn Uhr!«

»Man kann doch bestimmt nicht einfach hingehen«, wende ich ein. »Da gibt es gewiss Sicherheitsvorkehrungen!«

»Nichts da!«, bestimmt António. »Wir probieren das jetzt einfach mal aus.«

Ein bisschen merkwürdig ist es schon, dass wir auf Anhieb einen Parkplatz bekommen. Nicht nur das staatliche Fernsehen RTP1 ist anwesend, die beiden privaten Sender tvi und sport-tv haben ebenfalls Kamerateams geschickt. Außerdem anwesend: etwa dreihundert interessierte Zuschauer.

Man spart nicht mit fachkundigen Kommentaren, unterhält sich über den einen oder anderen Spieler, lobt und schimpft, insgesamt eine sehr entspannte Atmosphäre. Bei den Spielern ebenfalls.

Erst gegen Ende des Trainings wird es etwas angespannter. Es tauchen nämlich, als wenn sie auf der Lauer gelegen hätten, etwa zweihundertfünfzig begeisterte Teenies auf. Weibliche Fans des schönsten und süßesten Fußballers aller Zeiten: Cristiano Ronaldo.

Er ist bekanntlich Mitglied der *selecção*, und er kickt heute selbstverständlich höchstpersönlich mit.

Beim Training darf er natürlich nicht gestört werden, da achten sowohl Trainer Felipe Scolari als auch ein paar berittene Ordnungshüter der GNR darauf. Es halten sich auch alle daran, nicht den heiligen Rasen zu betreten. Sogar die Teenies, die wir spontan »Ronaldinchens« taufen.

Kaum aber ist das Training vorbei, bricht Gekreische und Jubel aus. Ich komme mir vor wie bei einem Konzert von Tokio Hotel (die waren nämlich schon mal in Lissabon) oder einer anderen gerade angesagten Boygroup. Die Jungs auf dem Rasen nehmen es gelassen hin, auch der Star. Sie sind es alle gewohnt, umschwärmt zu werden, geben sich lässig, verteilen brav Autogramme.

Ich persönlich kann mit CR, wie man ihn in »Fachkreisen« nennt, nicht viel anfangen. Mein Favorit ist eher der schöne Luís Figo, ich habe sogar einen Feigenbaum (*figo* heißt nämlich Feige) auf den Namen Luís getauft, und seither blüht, wächst und gedeiht er ohne Ende. Aber jeder nach seinem Geschmack.

Ich ahne allerdings nicht, dass diese Begegnung mit Cristiano Ronaldo und den »Ronaldinchens«, die ja eher auf größere Entfernung stattfand und keinesfalls eine persönliche Bekanntschaft mit CR beinhaltete, einige Zeit später zu merkwürdigen Vorkommnissen führen wird …

Die kleine Geschichte vom Training der *selecção* und dem »Treffen« mit Cristiano Ronaldo hatte ich im Portugalforum erzählt. Kaum gehen zweieinhalb Jahre ins Land, ist der Starfußballer noch beliebter. (Echte Experten bescheinigen ihm zwar durchaus fußballerisches Können, bemängeln aber, dass er zu einem übertrieben showmäßigen Gebaren auf dem Platz neigt.)

Das macht aber jungen Mädels nichts aus. Bei den »Ronaldinchens«, so kann man der Klatschpresse immer wieder entnehmen, ist er so beliebt, dass die offensichtlich keinerlei Mühen (und Kosten) scheuen, mit ihm in Kontakt zu kommen.

Ich fahre wieder mal zu Besuch ins Alentejo, zu meinen Freunden Doris und Ingolf. Das Wetter ist herrlich, ich freue mich auf ein paar Tage direkt am Meer. Der Strand an der *Lagoa St° André* ist die lange Anfahrt von Lissabon wert: kilometerlanger feiner weißer Sandstrand, kaum Touristen. Natürlich gibt es eine Strandbar, und der Wirt José ist mir auch wegen seines hervorragenden Essens immer wieder einen Besuch wert.

Gerade biege ich in die kleine Straße Richtung Meer ein, da klingelt mein Handy. Hm – eine Nummer aus dem Ausland. Vorwahl +45. Keine Ahnung, welches Land das ist, aber ich bin neugierig. Könnte ja wichtig sein.

Sicherheitshalber melde ich mich auf Englisch: »Hello?«

Gekicher.

»To whom you want to talk?«

Gekicher. Aufgelegt.

Dreißig Sekunden später: wieder dasselbe Spielchen.

Nochmals eine Minute später: Es klingelt wieder.

Diesmal melde ich mich auf die allgemein bekannte und beliebte portugiesische Art: »Estou, sim?«

Nichts.

»Quem fala?«

Nichts. Gekicher. Dann: »Fala fala.« Aufgelegt.

Mittlerweile habe ich die kleine staubige Straße zu Doris' und Ingolfs Haus erreicht. Ich biege ein, fahre den Hügel hinauf.

Das Handy klingelt. Diesmal kann ich leider nicht drangehen, denn die zahlreichen Schlaglöcher und sandigen Stellen erfordern konzentriertes Fahren. Allerdings gibt mir der Signalton des Handys bekannt: Jemand hat auf die Mailbox gesprochen. Natürlich höre ich sofort ab.

»Fala fala. Bala bala.« Gekicher.

Ich parke, gehe ins Haus und erzähle das Ganze meinen Freunden. Wir fragen uns, was das Ganze soll. Mein Handy klingelt wieder. Doris geht dran und meldet sich auf Portugiesisch: »Olá?«

»Fala, bala bala.« Und wieder aufgelegt.

Es klingelt erneut. Diesmal überlassen wir den Anruf Ingolfs sonorer männlicher Stimme. In der Hoffnung auf ein besseres Ergebnis. Pech gehabt – denn nun wird sofort aufgelegt. Es klingelt aber sofort wieder.

In diesem Moment meint Doris, die offensichtlich nebenberuflich als Prophetin arbeitet: »Ob da jemand Cristiano Ronaldo sprechen will?«

Ich habe keine Ahnung, wie sie auf diese Idee kommt. Aber ich melde mich ganz cool auf Englisch und frage sofort nach, wen die Kichergestalten sprechen wollen. Und ich bekomme Auskunft: »We have this number from a internetforum and we want to speak to Cristiano Ronaldo!«

Ich gebe bekannt, dass man CR auf meinem Telefon nicht erreichen kann, dass man die Anrufe daher bitte unterlassen möge.

Ich hoffe sehr, dass nun Ruhe einkehrt.

Das Telefon bleibt stumm, weder am Abend noch in der Nacht kommt ein Anruf mehr. Ich denke: Nun haben sie's kapiert. Doch meine Hoffnung ist vergebens.

Am nächsten Morgen um 7.26 Uhr geht es weiter: drei Anrufe, bei denen sofort aufgelegt wird, zwei weitere auf der Mailbox.

Ich überprüfe endlich, zu welchem Land die Vorwahl +45 gehört, und finde heraus: Dänemark. Das bringt mich aber nicht unbedingt weiter. Trotzdem herrscht etwa eine Stunde lang Telefonterrorpause.

Doris und ich fahren ins Städtchen, einkaufen und eine *bica* trinken. Kaum sind wir im Café angekommen, klingelt das Handy wieder.

Doris versucht es dieses Mal auf Französisch. Dasselbe Spiel: Gekicher, keine Reaktion auf Nachfragen. Auflegen.

Dann endlich haben wir eine Spitzenidee. Als es wieder klingelt, geht Doris dran und sagt mit erotisch tiefer Stimme: »Estou Cristiano Ronaldo. Quem fala?«

Verdutztes Schweigen. Die Damen scheinen geschockt und legen hektisch auf. Seitdem – himmlische Ruhe. Nie mehr ein Anruf aus Dänemark …

Nicht nur junge Däninnen sind fußballbegeistert. Und nicht nur Cristiano Ronaldo ist ein Star. Portugal hat eine ganze Menge guter Fußballer, und viele Spieler arbeiten im europäischen Ausland. So manch ein Portugiese bedauert das. Selbst wenn er stolz auf die Erfolge seiner Landsleute ist – lieber wäre es ihm, wenn die heimischen Vereine möglichst gut mit einheimischen Spitzenspielern bestückt würden. Fußball ist in Portugal nämlich nicht nur dann wichtig, wenn man Gastgeber der EM ist. Fußball ist hier immer wichtig. Lebenswichtig.

António zum Beispiel ist durchaus ein vielseitig interessierter Mensch. Politik ist für ihn ebenso ein spannendes Thema wie Kultur. Aber welche Zeitung kauft er? Eine Sportzeitung. *A Bola*, was auf Deutsch »Der Ball« heißt, und deren Hauptthema (ich erwähnte es schon) Fußball ist.

Hin und wieder kauft er *Record*, um die Informationen zum Thema vollständig abzurunden. Ebenfalls eine Sportzeitung rund um Fußball. Was António allerdings ganz gewiss nicht kauft, ist die dritte Zeitung im Bunde: Es gibt tatsächlich noch eine – täglich, auch sonntags erscheinende – Sportzeitung. Die nennt sich *O Jogo* – »Das Spiel«. Die hat bei uns sozusagen Hausverbot, denn sie gilt als Fanzeitung des FC Porto. Wer ein Anhänger von Benfica ist, duldet solch verwerfliche Lektüre nicht in seiner Nähe.

Man kann es sich schwer vorstellen, aber fast jeder Portugiese, der ein Fünkchen Leben in sich hat, ist Fußballfan. Es gibt drei große Vereine, und man überlegt sich am besten in der ersten Minute, in der man dieses Land betritt, welchem dieser drei »Großen« man fürderhin sein Leben widmen will. Das hindert allerdings niemanden daran, daneben noch einen örtlichen Verein anzufeuern und zu unterstützen. Da weiß man genau zu unterscheiden, Lokalpatriotismus ist sozusagen Ehrensache. Portugiesen übrigens »übernehmen« den Lieblingsverein oft von Vater und Opa.

Dennoch: Wer abends in der Kneipe sitzt, wenn der Fernseher läuft und Fußball übertragen wird, tut gut daran, klar und deutlich kundzutun, wem seine Gunst gilt. Wobei es interessanterweise kein Problem ist, selbst in einem Kreis von *benfiquistas* Anhänger des FC Porto zu sein. Das wird durchaus akzeptiert. Man muss dann als *portista* mit ein wenig Hänseleien leben (falls der FC Porto gerade eine schlechte Phase hat), aber das lässt sich ertragen.

Fußball läuft hier zwar voller Enthusiasmus, aber dennoch relativ entspannt ab. Kein Gedanke daran, dass Hooligans sich gegenseitig zusammenschlagen. Oder gezielt losmarschieren, um zu randalieren.

Benfiquistas ertragen es durchaus, wenn vereinzelt auftretende *sportingistas* (Anhänger von Sporting Lissabon, des dritten großen Vereins) Kritik an den »Roten« üben. Man weiß ja im Grunde, dass die glanzvollen Zeiten von SL Benfica schon ein paar Jahre zurückliegen. Man gibt es nur ungern zu. Und hin und wieder hat der Fußballgott ein Einsehen und schickt einen Trainer, der das Wunder schafft.

Es ist langsam wieder an der Zeit: Seit elf Jahren hat Benfica keine Meisterschaft mehr eingefahren. Seit elf Jahren müssen António und der Rest des Landes damit leben, dass andere – meist der FC Porto – die *Taca de Campeão Nacional de Futebol*, also den Meisterpokal gewinnen.

Wir sind unterwegs nach Grândola, einer Stadt im Alentejo. Fußball ist heute gar nicht mal das Thema, wir wollen zu einem Open-Air-Konzert. Dazu kommt es aber nur bedingt. António und seine Freunde zeigen sich unruhig. Musik ist zwar gut und schön, aber mit den Gedanken ist man woanders. Mit einem Ohr lauscht man nach draußen. Und als die ersten hupenden Autos im Korso durch die Straßen fahren, hält es niemanden mehr.

Man kann sich nicht vorstellen, obwohl die Feiern bei der EM ja schon mitreißend genug waren, was in dieser Nacht auf den Straßen in Lissabon los ist. Als wir von Grândola aus über die Ponte Vasco da Gama nach Lissabon zurückfahren, stehen wir praktisch unaufhörlich im Stau. Die Stadtautobahn – normalerweise drei- oder vierspurig – ist so gut wie zugeparkt. Nur in der Mitte ist eine schmale Spur gerade noch befahrbar, auf der wir entlangkriechen.

Zehntausende haben ihre Autos einfach abgestellt und wandern in Richtung *Estádio da Luz*, dem Heimstadion von

Benfica. Das Präsidium hat beschlossen: »Wir öffnen das Stadion für die Fans. Wir wollen alle gemeinsam feiern!« Überall jubelnde Menschen. Die Polizei ist präsent, greift aber nicht ein, freut sich mit, strahlt mit den Fußballfreunden um die Wette. Auf den Plätzen in Lissabon geht nichts mehr: Überall wird gesungen, gelacht, gefeiert, getanzt. Überall sieht man nur die Farbe Rot. Rote Fahnen, rote Hemden, rote Schals, geschminkte rote Gesichter. So manches Standbild wird ebenfalls rot verziert.

Kleine Notiz am Rande:
Nicht ohne Grund ist Benfica so beliebt. Der Verein war unter der Herrschaft von Salazar zwar nicht verboten – das hat sich nicht mal der Diktator erlaubt.
»Das Stadtviertel Benfica in Lissabon, wo der Sportverein herkommt, ist jedoch traditionsgemäß ein Arbeiterviertel«, sagt António.
»Wer auf sich hielt, unterstützte also nicht ›die Grünen‹, den Verein Sporting Lissabon, sondern war Anhänger der ›Roten‹?«
»Genau«, antwortet António. »Und noch etwas kommt hinzu: Für Salazar war Benfica im wahrsten Sinne des Wortes ein ›rotes Tuch‹. Denn die Vereinsfarbe ist dieselbe wie die der Kommunisten, die Vereinshymne beginnt mit demselben Wort wie der kommunistische Aufruf an das Proletariat aller Länder, nämlich mit ›avante!‹ *– Vorwärts!« Fußball war aber erwünscht, um das Volk ruhig zu halten. Selbst wenn die Fußballlieder, die während der Diktatur im Stadion gesungen wurden, oft auch eine*

zweite Bedeutung hatten – nämlich die von Freiheit, Aufbruch – und damit gegen die Diktatur gewandt waren.

»Für viele Menschen verbindet sich all das heute noch mit dem Verein«, fährt António fort, »und genau deshalb ist Benfica auf der ganzen Welt, überall wo Portugiesen sind, die Nummer eins.«

Für eine Strecke, die wir normalerweise in einer Stunde fahren, brauchen wir vier Stunden. Stop-and-go.

Wir hören im Autoradio, dass die Mannschaft gegen zwei Uhr nachts erwartet wird, denn der Sieg wurde auswärts erspielt. Wir erfahren, dass selbst am Flughafen von Porto, wo die Mannschaft *Benficas* in den Flieger steigen will, kein Durchkommen ist. Auch in der Stadt des erbittertsten Gegners: jubelnde *benfiquistas*.

Es wird vier Uhr morgens, bis die Spieler endlich ins Flugzeug steigen, eine gute Stunde später erreichen sie den Flughafen Lissabon. Die Fahrt im offenen Bus bis ins Stadion ist ein Freudenfest. Es müssen Hunderttausende auf der Straße sein.

Selbstverständlich ist am nächsten Tag, einem Montag, im ganzen Land ein Feiertag. Wer wirklich arbeiten muss, hat nur ein einziges Thema: Benfica ist Meister. Endlich wieder!

Selbst in den entlegensten Flecken auf der Welt wird gefeiert. Benfica ist der größte Sportverein der Welt – mit Fans in den ehemaligen Kolonien, in Afrika, Südamerika, Indien und China. Es ist schwer vorstellbar, aber ich sehe die Bilder im Fernsehen: Selbst dort wird gejubelt, weil »die Roten« nach elf Jahren wieder Meister sind.

Kapitel 8

Coruche & Corrida

Ribatejo – das ist der nordöstlich von Portugals Hauptstadt gelegene »Garten Lissabons«. Kleine Bauern gibt es ebenso wie reiche Großgrundbesitzer, in der Gegend gedeihen Reis und Weizen, Gemüse, Obst und Wein, Feigen und Oliven. Der Name bedeutet etwa »oberhalb des Tejo«, und hier liegt das kleine Städtchen Coruche, an einem Nebenfluss des großen Stroms, am Rio Sorraia.

Hier ist das Land, in dem man besonders viele *aficionados* findet. So heißen die Enthusiasten der *tourada*, des portugiesischen Stierkampfs. Ganz in der Nähe liegt die Distrikthauptstadt Santarém, wo die größte *praça de touros* in Portugal zu finden ist: eine Arena mit mehr als 13 000 Plätzen. Selbst das kleine Coruche kann noch mit knapp 7000 Sitzplätzen aufwarten. Mit anderen Worten: Um den Stierkampf kommt man hier nicht herum. Die Menschen leben von klein auf mit dieser Tradition.

Aus dieser Gegend stammt mein António. Wie für fast alle hier ist auch für ihn eine *tourada* eine völlig normale Angelegenheit, die zu Portugal gehört wie Fado und *saudade*, wie Wein und *bacalhau*, wie Fußball und der Atlantik.

Kleine Notiz am Rande:
Ich bin skeptisch. »Zwei Seelen wohnen, ach, in

meiner Brust«: Darin bin ich mir sozusagen mit Goethes »Faust« einig. Einerseits sind da der Tierschutz und die Ansicht: »Wie kann man nur den armen Stier so quälen?« Andererseits ist der Stierkampf eine jahrhundertelange Tradition. Außerdem wird der Stier in Portugal nicht wie in Spanien in der Arena getötet. Er darf durchaus überleben und wird dann für die Zucht verwendet. Und darüber hinaus möchte ich nicht einfach etwas ablehnen und verurteilen, ohne es selbst erlebt zu haben. Darum habe ich beschlossen: »Ich schau mir das mal an!« Noch dazu, wo ich mit António einen echten Fachmann an meiner Seite habe: Er war knapp fünfzigmal selbst als forcado *in der Arena – und er kennt natürlich jeden in Coruche, der mit Stieren und Stierkampf zu tun hat. Er erklärt mir mit Freuden, was da eigentlich passiert. Zum Beispiel, dass der Bulle nicht ernsthaft verletzt wird, denn der Stich in die Fettschicht am Nacken entspricht einem Nadelstich auf eine unempfindliche Hautstelle eines Menschen.*

Im Ribatejo findet man in fast jeder Gemeinde eine Stierkampfarena. Corridas finden aber auch im Alentejo statt oder in der Beira litoral – also zum Beispiel im Küstenort Nazaré – und sogar an der Algarve. Insgesamt gibt es knapp achtzig praças de touros *in Portugal, und sie sind alle gut besucht.*

Antónios Mutter hat uns eingeladen: Im August gibt es in Coruche die *festas-da-vila,* das Stadtfest. Weil ihr Sohn seit vielen Jahren keine Gelegenheit mehr hatte, hier mit Freunden und Bekannten zu feiern, nehmen wir die Einladung von Dona Deolinda bereitwillig an. António hat sich extra einen Tag freigenommen. Nicht ganz uneigennützig: Einerseits möchte er mir gern seine Heimat zeigen. Andererseits freut er sich darauf, bei den *festas-da-vila* alte Erinnerungen aufzufrischen. Ein Grund mehr, heute gemeinsam nach Coruche zu fahren.

Ein brütend heißer Sommertag. Dona Deolinda lädt uns natürlich zum Mittagessen ein. Ich bin zum ersten Mal bei der Mutter meines Liebsten, weiß aber zumindest schon aus dem Sprachunterricht: immer höflich sein, nicht gleich duzen, Respekt und Ehrerbietung zeigen. Nicht weil Dona Deolinda das verlangt, sondern weil das der normale Umgangston zwischen Portugiesen ist, insbesondere zwischen erwachsenen Kindern und ihren Eltern. Ein bisschen Bammel habe ich, aber ich denke auch: »Wird schon alles gut gehen!«

António kurvt rasant-portugiesisch durch enge Gässchen und dann in die Seitenstraße neben einer Kirche. Die Häuser hier sehen fast aus wie die Nebengebäude eines Klosters. Hier also wohnt seine Mutter? Da sind doch nur winzige Häuschen? Auf einer Straßenseite eine Reihe von vier, fünf Eingängen, alles ebenerdig, keine Fenster zur Straße hin. Ein paar Katzen schleichen zwischen den geparkten Autos umher. António parkt ein, hupt kurz. Stellt den Motor ab, und wir steigen aus. Schon kommt eine kleine, schwarz gekleidete Frau mit ausgebreiteten Armen aus einem der Häuser geeilt: Endlich, Dona Deolinda hat ihren António wieder. Ihren einzigen Sohn, den sie lange nicht gesehen hat.

Das Häuschen selbst ist ein Schock für mich. Selbst wenn ich weiß, dass Dona Deolinda sich hier wohlfühlt, dass sie im Monat nur 30 Euro Miete bezahlt, dass sie seit Jahrzehnten hier lebt und mit ihrem Mann hier glücklich war: Ich kann mir nicht vorstellen, hier auch nur ein paar Tage zu verbringen. Alles so klein, so dunkel, so ungewohnt.

Dona Deolinda geht voran: ein schmaler dunkler und langer Korridor. Links liegen aneinandergereiht alle drei Räume. Gleich am Eingang ihr Schlafzimmer. Ein wuchtiges Doppelbett, dunkle Möbel, Licht kommt nur durch ein winziges Fensterchen in der Haustür. Selbstverständlich ist alles perfekt aufgeräumt. Viel Nippes. Eine Menge Familienfotos, Andenken an Antónios Schulzeit und die Auftritte in der Arena, Souvenirs von seinen Reisen. Erinnerungen an die »guten alten Zeiten«. Aber auch an die schlechten: Antónios Vater ist schon lange tot; er war Kommunist und während der Diktatur Salazars nicht nur einmal im Gefängnis. Er wurde genau einen Tag nach der Nelkenrevolution, am 26. April 1974, entlassen, hat die Freiheit aber nicht lange erleben dürfen, sondern starb nach wenigen Jahren an den Folgen von Haft und Misshandlungen im Kerker.

Das Wohnzimmer ist der nächste Raum. Ebenfalls ohne Fenster. Auch hier: kein Stäubchen, alles wohlgeordnet, voll mit Möbeln und Truhen, in denen Dona Deolinda die Aussteuer für Antónios Tochter sammelt und aufbewahrt: wunderschön gestickte Decken, geklöppelte Spitzen, Glas, Porzellan. Sogar noch ungeöffnete Flaschen *bagaço* aus der Bar, die Antónios Vater einst hatte und die sie weitergeführt hat, wenn er wieder mal wegen kommunistischer Umtriebe verhaftet wurde. Alles hat sie aufgehoben, nichts weggeworfen, man könnte es ja noch brauchen.

»Darf es ein Schlückchen Schnaps nach dem Essen sein?« Vielleicht möchten António und ich ja auch einen *café com cheirinho*, da kommt der *bagaço* dann endlich zu Ehren ...

Direkt daneben: Antónios ehemaliges Kinderzimmer, hier

übernachtet seine Tocher hin und wieder, wenn sie die *avó* besucht. Hier gibt es endlich ein Fenster, aber es öffnet sich nicht nach draußen, sondern auf den nächsten Raum, die Küche. Zudem kommt ein bisschen frische Luft herein, denn es gibt eine Tür, die in den winzigen Patio führt.

Die Küche ist, das merkt man sofort, der Lebensmittelpunkt von Dona Deolinda. Fernseher und ein einigermaßen bequemer Sessel, mit Fußbank. Ein Gasöfchen für kalte Wintertage – es kann nämlich sehr kalt werden im Landesinnern, in Coruche. Hier steht der bereits für unser *almoço* gedeckte Tisch. Es gibt keinen Wein, sondern süßen, künstlich nach Erdbeere schmeckenden Saft, den Dona Deolinda aus einem Tütchen im Wasserkrug anrührt. Eine geblümte Plastiktischdecke, einfachstes Geschirr und Besteck, dünne Papierservietten. Nichts passt richtig zusammen – aber sie ist trotzdem stolz darauf.

Der Gasherd ist unter einem offenen Kaminabzug, Dona Deolinda kommt nur dann an die Töpfe und Pfannen, wenn sie auf einen Schemel steigt. Nicht nur weil sie sehr klein ist, sondern weil der Herd einfach ein Notbehelf ist: Früher gab es hier eine offene Feuerstelle, über der man das Essen zubereitet hat. António kennt das noch aus seiner Kindheit und Jugendzeit.

Spülbecken? Fehlanzeige. Heißes Wasser in der Küche? Ebenfalls Fehlanzeige. Irgendwelche Geräte, wie wir sie in unserer Wohnung und aus Deutschland kennen? Nur ein paar wenige. Ein Kühlschrank, klar. Im Patio, aber erst seit Kurzem, eine elektrische Waschmaschine. Das war's.

Ein Bad gibt es mittlerweile auch, wie António mir zeigt, und da kommt zum Glück heißes Wasser aus dem Durchlauferhitzer. Und glücklicherweise gibt es eine Toilette.

Ein paar Pflanzen stehen im Patio, Koriander natürlich, und das eine oder andere Vorratsregal. Vollgestopft mit allem Möglichen: Reis und Gewürzen, Knoblauchzöpfen und Zwiebeln, ein Fässchen selbst marinierter Oliven. Piri-Piri legt Dona Deolinda ebenfalls selbst in Öl ein.

In diesem kleinen Innenhof wäscht sie auch: Das Geschirr spült sie mit kaltem Wasser ab; für ihre Kleidung, für Handtücher und Bettwäsche hat sie zwar seit ein paar Jahren eine Waschmaschine, aber eigentlich geht sie lieber ins Waschhaus, denn da trifft sie Nachbarinnen und Bekannte, da tauscht man sich aus über den neuesten Klatsch im Städtchen.

Alles ist sauber. Peinlichst sauber. Kein Stäubchen, kein Fitzelchen Schmutz. Aber: Alles kommt mir sehr ärmlich vor.

Ich weiß, ich bin verwöhnt vom reichen Leben in Deutschland. Ich kannte noch das Haus meiner Großeltern: Da gab es keinen Luxus, anfangs kein Bad, auch wir Kinder wuschen uns in der Zinkwanne. Es gab keine Zentralheizung, wir halfen Opa, die Kohlen aus dem Keller zu holen und die Öfen jeden Morgen anzuheizen. Wenn Oma abspülte, musste sie erst Wasser aufkochen, und wenn großer Waschtag war, stand sie stundenlang in der Waschküche und leistete körperliche Schwerstarbeit, bis man sich endlich eine Waschmaschine leisten konnte. Aber das ist Jahrzehnte her. Heute kann ich mir so etwas beim besten Willen nicht mehr vorstellen.

Es liegt auch nicht an Portugal. Denn António und ich leben hier gut, wir können uns vieles leisten. Wir sind nicht reich – aber so wie seine Mutter leben? Ich könnte es nicht.

Ich bewundere die alte Frau, die genügsam ist, sich sichtlich wohlfühlt und unbändig freut, dass ihr Sohn zu Besuch gekommen ist. Sie hat seine Lieblingsspeise gekocht und nimmt mich mit offenen Armen auf. Sie bemüht sich, mich mit einzubeziehen, spricht extrem langsam, damit ich etwas verstehe.

Ich bin herzlich aufgenommen, und ihre Gastfreundschaft kennt keine Grenzen: Als Nachtisch holt sie schnell von der Nachbarin ein paar Orangen, die hat nämlich einen kleinen Garten vor der Stadt. In der *pastelaria* hat sie extra ein paar Kleinigkeiten eingekauft. Den Kaffee trinken wir eh da, und sie lässt es sich nicht nehmen, uns auf eine *bica* einzuladen.

António schreibt seiner Mutter unsere neue Telefonnummer auf. In überdeutlich großen und klaren Ziffern. Ich verstehe nicht, warum er ihr die Zahlenfolge immer und immer wieder erklärt, warum er genau nachfragt, wo er den Zettel hinlegen soll, damit sie ihn keinesfalls verliert. Damit sie weiß, wessen Nummer das ist. Warum schreibt er nicht einfach unseren Namen und unsere Adresse dazu?

Sie ist doch geistig völlig fit, oder? Ist sie auch. Aber: »Sie kann nicht lesen und schreiben«, sagt er. »Zahlen sind kein Problem. Aber weil sie unseren Namen und unsere Adresse nicht lesen kann, müssen wir uns anders behelfen.«

Ich bin fassungslos. Ich weiß wohl, dass es in Portugal und selbst in Deutschland viele Analphabeten gibt. Aber kennengelernt habe ich noch niemanden, der weder lesen noch schreiben kann. Wie kommt man im Alltagsleben zurecht?

»Beim Unterschreiben ist es leicht«, erklärt mir António. »Da reicht ein Fingerabdruck, das ist üblich. Denn es gibt gerade auf dem Land sehr viele ältere Leute, die nicht lesen und schreiben können.«

»Ja, aber warum? Es gibt doch überall Schulen? Auch früher schon?«

»Früher eben nicht«, sagt António. »Für die einfache Bevölkerung waren maximal vier Jahre Grundschule vorgesehen. Salazar war der Überzeugung: Das Volk muss dumm gehalten werden, sonst kommt es auf unsinnige Ideen, lässt sich vielleicht von den ›Roten‹, den Kommunisten, verführen. Deshalb waren nach der Revolution, also vor nicht mal vierzig Jahren, mehr als ein Drittel aller Portugiesen Analphabeten.«

Kein Wunder, denke ich, dass Portugal als das »Armenhaus« der EU galt. Vielleicht auch ein Grund, warum es heute wieder in der Krise steckt.

Kleine Notiz am Rande:
Meine Freundin Katharina im Alentejo behilft sich bei ihren Nachbarn, von denen ebenfalls so mancher nicht einmal die vier Jahre Grundschule absolviert hat, auf ganz besondere Art und Weise. Ihre Nachbarin und Putzhilfe Augusta war zum Beispiel telefonisch nicht erreichbar. Katharina fuhr an deren Haus vorbei, um Bescheid zu sagen. Leider ebenfalls vergeblich: Niemand war zu Hause. Sie musste ihren »Putztermin« aber absagen. Und sie wollte natürlich nicht, dass Augusta umsonst zu Fuß den langen Weg zurücklegte. Was also tun?
Katharina hatte eine geniale Idee: Sie zeichnete einen Putzeimer mit Besen und strich das Ganze durch. Sah aus wie ein echtes Piktogramm, sehr professionell. Und es klappte! Dona Augusta wusste Bescheid und kam nicht vergeblich zu ihrer Putzstelle.

Auf den Straßen im kleinen Coruche ist bereits kurz nach unserem Mittagessen die Hölle los. Keine Siesta, keine Ruhepause.

Da gibt es die alten Männer, in Schwarz gekleidet, die auf dem einen oder anderen Mäuerchen sitzen und alles ganz genau beobachten. Und kommentieren. Selbst die alten Damen lassen es sich heute nicht nehmen, in der Nachmittagshitze unterwegs zu sein. Viele haben einen Fächer dabei; die eine oder andere schützt sich mit einem schwarzen Regenschirm vor den sengenden Sonnenstrahlen.

Dona Deolinda allerdings verweigert sich: »Ich habe so oft Angst ausgestanden um meinen António«, meint sie. »In die Arena gehe ich sicher nicht mit. Schaut ihr beide lieber nachher noch mal bei mir vorbei!«

Die jungen Mädchen haben sich schick gemacht, schließlich ist heute ein freier Tag, und man muss weder in die Schule noch zur Arbeit gehen. Die Jungs führen ihre neuesten Sonnenbrillen vor, cool müssen sie aussehen, ständig Eindruck machen auf die Mädels. Der Höhepunkt kommt erst noch: wenn sie beweisen müssen (und wollen), wie viel Mut sie wirklich haben.

Heute ist nicht nur festlicher Trubel angesagt. Es gibt nicht nur Musik und Tanz, Flirt und Liebelei. Heute ist *corrida*!

Neben dem Markt parken Autos wild durcheinander. Alle Stellplätze sind bereits belegt, und die Hauptstraße ist gesperrt. Nicht nur ist die Durchfahrt für Fahrzeuge verboten, sondern sie ist sogar mit einer Art Bauzaun abgeriegelt. Lediglich über einige Seitenstraßen hat man direkten Zugang, aber auch da sorgen Holztore dafür, dass kein Unbefugter auf die Straße geht. Nach und nach wird es voll. Alt und

Jung sammelt sich an beiden Seiten des Zauns. Alle sind gespannt, aufgeregt. Voller Erwartung.

»Wieso ist das hier abgesperrt?«, will ich von António wissen. »Und was soll der Sand auf der Straße?«

»Weil hier nachher ein Stier durch die Straße getrieben wird – und jeder kann versuchen, mit ihm zu spielen.«

»Wie bitte – spielen? Ist das denn nicht gefährlich?«

António zuckt mit den Schultern. »Wenn man nicht aufpasst, schon. Aber es passen schon alle auf!«

»Ja, aber …?«

»Mach dir keine Sorgen, hier ist noch nie was passiert. Freu dich lieber: Wir beide gehen nachher in die *praça de toiros* – dein erster Stierkampf, *querida*!«

Schon beim Kauf der Eintrittskarten steigt die Spannung. Und die Stimmung. Direkt an der *praça de toiros*, neben der *bilheteira*, ist die Bar der *Forcados Amadores de Coruche*, der Gruppe, der einst auch António angehörte. Großes Hallo, denn man kennt sich. Immer noch, nach den vielen Jahren. Man lädt uns gleich ein, sorgt für einen Sitzplatz und dann – bin ich erst mal abgemeldet.

Es ist für einen perfekt Portugiesisch sprechenden Menschen schon schwer, mit einem Ur-Portugiesen durch eine fremde Stadt zu laufen, wenn der andere alle fünf Meter entweder einen alten Schulfreund oder eine Cousine oder sonst wen trifft.

Es ist bekannt, dass Portugiesen ein gewisses Sprachtempo haben. Schlimmer noch verhält es sich mit dem Portugiesen, der nach zehn Jahren zum ersten Mal wieder die *festas* »seiner« Stadt mitmacht. Er redet wie ein Schnellfeuergewehr.

Wenn man, wie ich, gerade nur in diese Sprache hineingeschnuppert hat, versteht man absolut nichts. Okay – vielleicht jedes zwanzigste Wort. Das aber reicht nicht aus, um auch nur irgendetwas mitzubekommen. Zum Glück treffen wir an der Bar einen Cousin Antónios, zweiten oder dritten Grades, der in München lebt und Deutsch spricht. Nicht Bayerisch. Aber das will ich auch nicht verlangen. Hauptsache, Alfredo bleibt in meiner Nähe.

Es ist faszinierend, dem bunten Treiben zuzuschauen. Da stehen alte und junge *campinos*. Sie wirken gar nicht wie echte Kerle, sondern eher ein bisschen lächerlich und damit irritierend auf mich: Sie haben ein grünes Mützchen auf, es sieht ein bisschen aus wie eine umgekippte Gartenzwerg-Zipfelmütze, mit einem ebenfalls grünen Bommel dran. Dazu rote Westen, weißes Hemd, schwarze Kniehose, schwarze Jacke. Prächtig mit Mustern verzierte weiße gestrickte Strümpfe, schwarze Schuhe mit Sporen.

»Das sind«, so klärt mich Antónios Cousin Alfredo auf, »Hirten zu Pferd. Heute tragen sie ihre Festtracht, im Arbeitsalltag sehen sie nicht so schick aus!«

»Und was tun die?«

»Sie sorgen dafür, dass der Stier in die Arena geht, und sie holen ihn am Ende der *corrida* auch wieder heraus.«

Mittlerweile drängt sich eine große Menschenmenge am »Bauzaun«, an der abgesperrten Hauptstraße von Coruche. Auch *campinos* sind zu sehen, hoch zu Ross – sie sind ganz und gar nicht so edel angezogen wie die, die sich an der *Tertúlia*, so heißt die Bar der *forcados* in Coruche, versammelt haben. Sie sind ja auch zum Arbeiten da!

Lässig sitzen sie im Sattel, ich fühle mich ein wenig an Cowboys aus einem Wildwestfilm erinnert. Allerdings tragen sie keine Revolver und keinen breitkrempigen Stetson. Sondern halten einen langen Stab in der Hand und tragen eine ganz normale Kappe auf dem Kopf. Keine Jeans, sondern graue Stoffhosen und Hosenträger. Aber wenigstens Stiefel. »Echte *botas ribatejanas*«, wie António mir versichert. Er kennt sich aus, er hat auch welche zu Hause, und die sind sein Heiligtum. Obwohl sie schon ein wenig abgetreten und fleckig sind. (»Das ist ja gerade das Gute und Echte daran!«)

Ich habe ja keine Ahnung von so etwas.

Die Hauptstraße in Coruche ist ein paar Hundert Meter lang. Plötzlich geht ein Raunen durch die Menge, vom anderen Ende hört man Gekreische und Gelächter, dumpfes Gestampfe: Der erste Stier jagt die Straße entlang, hält immer wieder mal an und schnaubt. Beugt den Kopf und sucht den Angriff – aber vergeblich: Die jungen Männer, die sich vor ihn wagen, laufen schnell – und sie springen flugs wieder über den Zaun, in Sicherheit, wenn ihnen das Tier zu nahe kommt.

Zwei *campinos* reiten gemütlich hinter dem Bullen her, treiben ihn langsam die Straße entlang. Am anderen Ende wartet ein weiterer »Cowboy«, öffnet das Gatter, und der Stier darf wieder in den Wagen und auf die Weide.

»War das jetzt alles?«

»Ja«, sagt António. »Ein, zwei weitere werden schon noch kommen, aber lass uns mal lieber in die Arena gehen.«

Schon neben der *praça de touros* hat sich mittlerweile eine Menge getan. Die *cavalheiros,* die Reiter und Stierkämpfer zu Pferd, sind eingetroffen. In riesigen Lkws haben sie ihre Pferde mitgebracht. Die Tiere werden schon hergerichtet:

Man knüpft schmucke Bänder in die Mähne, der Schweif wird kunstvoll geflochten. Sattel und Zaumzeug sind prächtig verziert.

»Haben die denn nicht nur ein Pferd dabei?« Ich weiß, es ist eine dumme Frage. Aber ich bin doch keine Expertin.

»Nein, natürlich nicht«, meint António. »Jeder hat mehrere Pferde, und je nach Phase der *corrida* werden sie gewechselt. Am Anfang reitet man vielleicht eines, das den Stier müde macht, also sehr schnell ist.«

Klingt logisch.

»Und wenn es dann ans Setzen der *bandarilhas* – der Pfeile mit Widerhaken – geht, muss der Reiter näher an den Stier heran«, erklärt António. »Da braucht er ein mutiges Pferd, eines, das extrem wendig ist und ausweichen kann.«

»Den Pferden stößt aber nichts zu, oder?«, hoffe ich.

»Ausschließen kann man das nie«, meint António. »Aber wie du gesehen hast, sind die Hörner des Stiers mit Lederkappen bedeckt. Nicht nur auf der Straße, auch in der Arena. Das dient dem Schutz der Pferde – und natürlich der Menschen.«

Nachdem ich weiß, wie spitz so manches Horn eines Stiers auf der Weide ist – schließlich sind wir auf dem Weg nach Coruche an etlichen vorbeigefahren –, leuchtet mir das ein. Es wird wohl also nicht zu solch grausigen Szenen kommen, wie ich sie aus dem spanischen Stierkampf (und zum Glück nur aus Filmen) kenne …

Nun weiß ich auch, warum die Pferde nicht gepanzert sind (wie in Spanien). Sie kommen zwar nah an den Stier heran. Aber sie tragen keinen spanischen *picador*, sondern einen Reiter, der sein Tier mit leisestem Schenkeldruck, mit minimaler Gewichtsverlagerung zur gewünschten schnellen

Reaktion bringt. Und ich lerne: »Für den portugiesischen Stierkampf gibt es ganz spezielle Pferde, die Lusitanos. Sie sind eine der ältesten Pferderassen auf der Iberischen Halbinsel. Berühmt für ihren Mut und weil sie wegen ihrer Schnelligkeit und Wendigkeit perfekt für Arbeit mit Stieren sind. Nicht nur in der Arena, auch auf der Weide.«

Langsam strömen die Menschen in die Arena. António hat nicht nur Plätze im Schatten besorgt (das sind, wie ich erfahre, die teureren), sondern auch direkt über der Stelle, an der die Stiere in die Arena gelassen werden. Ich sehe – durch die breiten Ritzen des Holzbodens – ein bisschen mehr als andere Zuschauer. Zum Beispiel kann ich genau erkennen, dass jedes Tier sofort nach dem Kampf vor Ort von einem Tierarzt behandelt wird, der die *bandarilhas* herauszieht und die Wunden versorgt.

Die Zuschauer bei der *corrida* in Coruche sind zum Teil festlich gekleidet. Nicht einfach nur Jeans oder gar Shorts und T-Shirt – daran erkennt man die (wenigen) Touristen. Sondern man sieht viele Männer im Anzug, Frauen in schicken Kleidern. Kinder sind dabei, viele Jugendliche. Das Ganze scheint ein Spektakel für Jung und Alt zu werden.

»Coruche zählt zu den Orten in Portugal«, meint António stolz, »bei denen sich alle gut mit Stierkampf auskennen. Hier gibt es etliche Züchter von Kampfstieren. Logisch also, dass sich zu unserem Stadtfest jedes Jahr die besten *cavalheiros* versammeln!«

»Hier kann es sich also keiner leisten, einen schlechten Kampf zu liefern?«

»Genau! Und es gibt heute auch nur eine einzige Gruppe von *forcados*«, sagt António stolz. »Anderswo gibt es manchmal zwei, die sozusagen miteinander konkurrieren. Heute sind ausschließlich meine Exkollegen da!«

Praktischerweise stehen ein paar dieser Exkollegen ganz in der Nähe. Sie erzählen die eine oder andere Anekdote über den einen oder anderen *cavalheiro*. Da ist der eine weniger beliebt, weil er seine Leute nicht gut behandelt. Und weil er gerne einen über den Durst trinkt und dann in der Arena eher schlechte Arbeit leistet (eine Promillegrenze für *cavalheiros* gibt es also anscheinend nicht!). Über den anderen lästert man, weil er angeblich wenig Mut hat und nie nah genug an den Stier herangeht. Große Komplimente werden an die eine oder andere Reiterin gerichtet, die hier genauso scharf beobachtet wird wie die Männer, der man aber auch dasselbe großzügige Lob gönnt, wenn sie eine gute *tourada* hinlegt.

Das Raunen im Publikum wird leiser. Verstummt. Endlich geht es los.

Eine Kapelle beginnt zu spielen. Richtig schmissige Musik, finde ich.

»Die spielen nicht nur am Anfang und am Ende, sondern das sind wirkliche Stierkampfexperten«, erklärt António. »Denn mit ihrer Musik geben sie den Stierkämpfern in der Arena Hinweise. Darauf, wie der Stier sich verhält. Oder sie versuchen, einen lahmen Bullen ein wenig anzutreiben und aufzustacheln.«

Ich finde das ziemlich spannend.

Nach der Eröffnungsmusik kommt die *cortesía* – eine Art »Vorstellung« aller Mitwirkenden: die *campinos*, die *cavalheiros*, die *matadores*, die *forcados*. Die Reiter sind prächtig gekleidet, in reich mit Gold oder Silber bestickte Samtröcke, und tragen einen Dreispitz. Sie sehen aus, als seien sie soeben vom Hofe des Königs oder aus der Truppe der drei Musketiere gekommen. Die *matadores* tragen knallenge Hosen. Ich frage mich immer, wie sie da reinkommen! Die Jacken sind prachtvoll gearbeitet, und die Kopfbedeckung – na ja, sieht ein bisschen aus wie die Ohren von Micky Maus, aber das sage ich nicht laut.

Auch die *forcados* haben reich bestickte Jacken, aber »normale« Kniehosen und grüne Zipfelmützchen. Nun erfahre ich endlich, was die beim Stierkampf eigentlich tun:

»Sie kämpfen nach dem *cavalheiro* einzeln, Mann gegen Stier, und das zu Fuß«, begeistert sich António. »Es ist eine Mutprobe – und zwar eine große. Denn du stehst allein da unten vor einem wütenden Brocken mit 500 oder 600 Kilo Gewicht!«

»Der hat dann keine Waffe?«, frage ich entsetzt. »Aber wie um Himmels willen stoppt er den Stier?«

»Das wirst du gleich sehen – mit den Händen und dem Körper. Wir heißen *forcados*, weil der Mann an der Spitze vom Stier zwischen die Hörner genommen wird. Wie mit einer Heugabel – deshalb nennen wir uns so!«

António ist in seinem Element. Man merkt: Hier ist seine Heimat. Er erinnert sich wehmütig an den Ruhm und Beifall, den er als junger Bursche geerntet hat.

Ich erinnere mich eher daran, dass er mir erzählt hat, wie er sich heimlich bei den *forcados* von Coruche angemeldet hat, weil seine Mutter – natürlich! – dagegen war. Und dass er aufgehört hat, weil ihm der Stier beim letzten Kampf den halben Oberschenkel aufgeschlitzt hat. Hoffentlich passiert so etwas heute nicht!

Die Corrida beginnt erst auf ein Zeichen des *presidente*. An diesem Tag und zu dieser Stunde ist er der wichtigste Mann in der Arena. Auf ihn richten sich alle Augen, er gibt das Zeichen zum Beginn und fürs Ende der *corrida*. Er wird stets auch um Erlaubnis gebeten, wenn der *cavalheiro* beispielsweise mehr als vier Pfeile setzen will oder wenn er den Kampf jemand Bestimmtem widmen möchte (vielleicht sollte ich mal laut »hier« rufen, denn so langsam beginnt mich die Sache zu faszinieren!).

Nach der *cortesía* verlassen alle Mitwirkenden die Arena – und dann kommt der »Protagonist« des Geschehens: Das Holztor unter uns wird geöffnet, und der Stier rast herein. 557 Kilo wiegt er, liest man auf der Anzeigetafel.

Der Reiter hinter der Bande an der gegenüberliegenden Seite der Arena beobachtet ihn genau. Wie bewegt sich der *touro*? Ist er angriffslustig oder eher müde? In welche Richtung schwenkt er öfter – nach rechts oder links?

Es ist der Job der *matadores*, die eng mit dem *cavalheiro* zusammenarbeiten, all diese Informationen noch deutlicher zu machen. Mit einem großen Cape, in grellbunten Farben wie Pink oder Gelb (nein: kein rotes Tuch!) gehen sie auf den Stier zu – und weichen wieder zurück. Sie zeigen dadurch an, wie der Stier »tickt« – auch wenn es trotzdem zu Überraschungen kommen kann. Das führt dann dazu, dass man so manch einen trotz engster Beinkleider einen uneleganten Satz über die Brüstung machen und sich dadurch in Sicherheit bringen sieht …

Jetzt tritt der *cavalheiro* auf. Die Reitkunst und die Wendigkeit des Pferds sind ein wunderbares Schauspiel. Reiter und Pferd wissen genau, was sie tun, wie weit sie gehen können und dürfen.

Schmetternder Trompetenklang – der *touro* scharrt mit den Hufen, senkt den Kopf, greift an. Der Reiter galoppiert ihm entgegen. Sekundenbruchteile vor den attackierenden Hörnern dreht sich der *lusitano* wie im Tanz zur Seite. Er scheint Spaß daran zu haben, den wilden Stier zu reizen, ihm immer wieder genau vor der Nase herumzutanzen. Der *cavalheiro* lockt den Stier ein zweites Mal, bringt ihn dazu, ganz nah am Pferd zu laufen, ihm zu folgen. Und wieder eine Drehung, ein Stopp – der Reiter beugt sich weit nach vorne und setzt mit einer eleganten Drehung seiner Handgelenke einen *bandarilha* in den Nacken des Tieres. Ein paarmal wiederholen Reiter und Pferd dieses aufregende und wagemutige Spiel. Dann ist die *corrida* zwischen Stier und Reiter zu Ende.

Die Kapelle spielt auf zur *pega* und gibt damit den *forcados* das Zeichen. Aus acht Mann besteht die Truppe. Einer wird vom *capo* zum Anführer für diesen Kampf bestimmt. Das Publikum ist totenstill. Alle schauen gebannt in die Arena. Auf diesen Kampf zwischen Mensch und Tier.

Ich umklammere Antónios Hand, der merkt das gar nicht, er lebt mit.

Der *forcado* steht dem Bullen allein gegenüber. Die Füße fest auf dem Boden, die Fäuste in die Hüften gestemmt. Schritt für Schritt geht er auf das Tier zu, erhebt sich auf die Zehenspitzen und ruft ihn: »*toiro*!«

Er ist unbewaffnet – nur seine sieben Kameraden hinter ihm helfen ihm. Aber erst, wenn er den Bullen allein angegangen ist. Immer wieder ruft er: »*toiro*! *toiro*!«

Und dann setzen sich gut 550 Kilo wuchtige Fleischmasse in Bewegung. Rasend schnell.

Ein Stöhnen geht durch die Menge.

Der *forcado* lässt sich zwischen die Hörner nehmen, hält den Stier fest. Der schüttelt sein mächtiges Haupt; wie eine

Puppe wird der *forcado* hin und her geschüttelt. Aber er lässt nicht locker.

Erst jetzt kommen die anderen zu Hilfe. Mit ihren Körpern überwältigen sie den Bullen. Ganz am Schluss kommt der *repuxador*: Er hängt sich mit seinem ganzen Gewicht an den Schwanz des Stiers und schränkt ihn so in seiner Raserei und Beweglichkeit ein.

Das Publikum tobt.

Mir läuft es kalt den Rücken herunter.

Danach steht das Tier ganz ruhig. Die *tourada* ist zu Ende, sein Kampf vorbei. Er wird aus der Arena geholt. Die *campinos* wollen ihn hinausgeleiten. Aber er will nicht. Da greifen sie zu einem fiesen Trick: Sie schicken eine Herde zahmer Jungtiere hinein – und denen folgt der Bulle dann willig.

Und das Publikum? Klatscht und jubelt. Geht mit. Hat die Aktionen des Stiers genauso mit Beifall und Zurufen begleitet wie Reiter und Pferd. Wie den *forcado*.

Ganz am Ende holen sich *cavalheiro* und *forcado* ihren Lohn: Sie nicken grüßend in Richtung *presidente*, gehen gemeinsam zu Fuß das Rund der Arena ab. Genießen den Applaus. Es regnet Rosen und kleine Blumenbuketts; Käppis, selbst Jacken werden ihnen zugeworfen (die werfen sie aber mit Schwung wieder zurück).

Die Stimmung ist eine Wucht. Ich bin *aficionada*. Eindeutig.

Kapitel 9

Die Wunder der Bürokratie

Ein portugiesisches Bankkonto muss endlich her!

Es nervt mich enorm, dass ich immer erst zum Bankautomaten muss, um mit der deutschen Kreditkarte Bargeld abzuholen. Zum Glück fallen bei meiner Bank wenigstens keine extra Gebühren für den Auslandseinsatz an.

Die Portugiesen haben alle eine Scheck- beziehungsweise Kreditkarte. Was heißt da: eine? Nur eine hat keiner. Alle haben viele. Das merkt man vor allem, wenn es aufs Monatsende zugeht und selbst das alte Mütterchen beim Bezahlen im Supermarkt eine Bankkarte zückt, weil sie kein Bargeld mehr in der Geldbörse hat. Manchmal passiert es, dass die dann »nicht geht«, die Karte also nicht akzeptiert wird.

In Deutschland wäre das einem richtig peinlich. Aber in Portugal? Kein Problem für das alte Mütterchen. Oder für den jungen Mann, für die Hausfrau samt halbwüchsigen Kindern, für den verdienten Senior. Man kramt nämlich einfach eine andere Karte aus dem Portemonnaie in der Hoffnung, dass die akzeptiert wird. Wenn ich Glück habe, klappt es, und ich stehe nicht noch weitere zehn Minuten länger an der Kasse an … Manchmal gelingt es erst bei der dritten oder vierten Karte. Manchmal auch gar nicht. Dann muss alles wieder storniert werden.

Mir ist es jedenfalls zu dumm, immer mit relativ viel Bargeld in der Tasche herumzulaufen. Kreditkarten werden nicht überall akzeptiert, schon gar nicht ausländische, und vor allem nicht bei deutschen Discountern, bei denen ich aus einem gewissen Heimwehgefühl doch relativ oft einkaufe. Genauso ist es mit der deutschen EC-Karte. In vielen Geschäften »geht« die nicht. Darum muss ich eben immer zum Automaten. Deshalb möchte ich endlich ein portugiesisches Bankkonto.

António findet das ganz gut, vor allem weil er hofft, dass ich mich dann um unsere Finanzen kümmere, sprich: alle Überweisungen der Haushaltskosten erledige. Mach ich gerne, Onlinebanking ist in Portugal nämlich ebenfalls kein Problem. Und die entsprechenden Fachausdrücke in der Landessprache werde ich schnell herausfinden.

In der Nähe unserer Wohnung sind etliche Bankfilialen. Banken scheinen hier aus dem Boden zu schießen wie anderswo Unkraut. Ich klappere sie der Reihe nach ab (in der richtigen Annahme, dass ich bei Bankern mit einer Mischung aus Portugiesisch und Englisch ganz gut durchkomme – was sich dann auch bewahrheitet).

Bei jeder Bank höre ich etwas anderes: Bei der einen möchte man eine Einlage von 100 Euro, bei der anderen 250, die dritte will 150 Euro. Alle wollen aber eines: meine *NIF*. Keine Ahnung, was das sein soll.

Manche fragen auch nach meiner *número contribuinte*. Das verwirrt mich nicht weniger.

»Was ist das denn überhaupt?«, frage ich meinen Liebsten.

»Das ist die Steuernummer«, bekomme ich zur Antwort. »Hat jeder Portugiese, und du brauchst die auch. Ohne

NIF geht hier nichts. Und du kannst auch kein Konto eröffnen.«

»In Ordnung. Und wo bekomme ich diese Nummer?«

»Bei den *finanças*.«

Schon wieder so ein Spezialausdruck.

»Aha, und wo sind die? Was ist das?«

»Ich habe ganz in unserer Nähe, direkt neben der Post, ein Büro der *finanças* gesehen«, meint er. »Das ist sicher eine Außenstelle des Finanzamts.«

Wir ziehen los. Leider ohne auf die Uhr zu schauen, und deshalb war unser Besuch vergeblich.

Geschlossen. Mittagspause. Bis 14 Uhr.

Um Viertel nach zwei ist dann endlich jemand da, aber auch unser zweiter Versuch ist nicht von Erfolg gekrönt. Mit größtem Bedauern teilt man uns mit, hier sei niemand zuständig für meinen »Fall«, weil das Büro nur eine Art Mini-Außenstelle sei. Für die Ausstellung von Steuernummern aber sei das »Hauptamt« in Carcavelos zuständig, das sei noch bis 16 Uhr geöffnet. »Und da hilft man Ihnen gern weiter!«

Kleine Notiz am Rande:
In Portugal hat jeder, ob groß oder klein, eine Steuernummer. Mittlerweile – seit März 2011 – müssen selbst Babys eine solche Nummer haben. Nur dann nämlich können Eltern Ausgaben für den Nachwuchs steuerlich geltend machen.
Diese Nummer behält der Portugiese sein Leben lang. Immer dieselbe, ganz gleich, ob er Angestellter ist oder Beamter, ob er nicht arbeiten muss (soll's ja geben) oder selbstständig ist. Jeder Portugiese kann

diese NIF, obwohl sie neunstellig ist, auf Anfrage auswendig problemlos herunterrattern.
Das erlebe ich täglich. Zum Beispiel im Supermarkt, wenn jemand nicht nur den Kassenbon, sondern zusätzlich eine »offizielle Rechnung« braucht. In solchen Fällen lautet die Frage nämlich unausweichlich: »Wie ist denn Ihr número contribuinte?«
Ohne erst lange auf dem entsprechenden cartão *nachzuschauen, kommt die Antwort wie aus der Pistole geschossen. Ich hingegen muss immer noch nachschauen, ich kann mir die Nummer bis heute nicht merken. Dabei habe ich sonst kein schlechtes Nummerngedächtnis. Telefonnummern – auch länger als neun Ziffern – sind kein Problem. Nur diese blöde NIF …*

Wir fahren also nach Carcavelos, finden auf Anhieb den *Serviços de Finanças* und sogar einen Parkplatz direkt vor dem Haus. Merkwürdigerweise gibt es hier heute keinen Automaten, aus dem man eine Nummer ziehen könnte. Man verständigt sich mit Blickkontakt und Handzeichen.

Wir stellen fest: Es sind nur drei Personen vor uns – das könnten wir also bis 16 Uhr schaffen. Man kann sitzen, es ist für Wartestühle gesorgt. Der Sitzplatz ist auch nötig. Denn wie in jedem Finanzamt auf der Welt arbeiten Beamte bekanntlich langsam. Das gilt auch für portugiesische Beamte, und das bedeutet, man verfährt nach dem Motto: »Wenn es heut' nicht geht, dann geht es eben morgen.« Beziehungsweise in drei Tagen, denn heute ist Freitag.

Wir waren dennoch nach etwa 45 Minuten an der Reihe, wobei uns auffiel: Die »Kundin« vor uns wurde in unziemlicher Hast, ja beinahe in Windeseile abgefertigt. Als wir direkt am Schalter sitzen, erfahren wir dann den Grund: »Unser PC-System ist leider abgestürzt. Wir können auf keinerlei Daten zugreifen und auch keine neuen anlegen. Bitte kommen Sie doch am Montag wieder.«

Das war Anlauf Nummer eins. Eigentlich nur ein halber Anlauf.

Anlauf Nummer zwei.

Das Wochenende ist vorbei, es ist Montag. António und ich sind extra früh aufgestanden und bereits um Viertel nach neun in der Behörde. Es sieht nicht gut aus. Die Menschenschlange reicht bis auf die Straße hinaus. Wir schauen uns kurz an, zucken resigniert die Schultern, parken gar nicht erst ein, sondern fahren lieber gleich ins nächste Café: *bica* beziehungsweise *meia de leite*, zwei *pastéis de nata,* und dann bringe ich António zum Bahnhof – er muss arbeiten. Der Glückliche. Mir bleibt das Finanzamt.

Anlauf Nummer drei mache ich also allein. Das wäre doch gelacht. Das muss doch zu schaffen sein.

Es ist mittlerweile Viertel nach elf. Die Schlange ist nur unwesentlich kürzer. Ich beschließe: »Da geh ich gar nicht erst rein! Heute muss es eigentlich nicht sein.«

Dann allerdings fällt mir ein, dass es einen kleinen Trick geben soll: António hat mir erzählt, dass es durchaus günstig und hilfreich sein kann, den Besuch in einer Behörde kurz vor oder kurz nach der Mittagspause zu erledigen. Vor dem Mittagessen will der Sachbearbeiter endlich zum Essen – und fertigt einen schnell ab. Nach dem Essen kommt er gesättigt und deshalb wohlgesinnt zurück – und ist deshalb eher bereit, Ansinnen, Anträge oder Ersuchen ohne Komplikationen oder gar Widerworte zu erledigen. Also: noch eine *bica* für mich im nächsten Café …

Anlauf Nummer vier. Ich bin kurz vor 12.30 Uhr da. Und siehe da – nur drei oder vier Leute sind vor mir. Punkt 12.30 Uhr werden die Türen geschlossen. Aber nur die Eingangstüren. Wer bereits im Flur steht, darf bleiben. Und soll auch noch bedient werden.

Es klappt tatsächlich. Ich lege der freundlichen Sachbearbeiterin meinen Reisepass und den Mietvertrag vor.

»Das reicht leider nicht aus«, behauptet sie. Ich kann meinen Ohren nicht trauen: »Haben Sie keine Rechnung von der edp? Oder von der PTelecom?«

»Wofür brauchen Sie denn das?«

»Na ja, als Beweis, dass Sie wirklich da wohnen«, erfahre ich. »Der Mietvertrag allein ist ja kein Beweis!«

Aha. Nein, ich rege mich nicht auf. Ich habe nämlich ein Riesenglück: Heute Morgen hatte ich den Postboten vor der Haustür getroffen, und er hat mir unsere Post gleich in die Hand gedrückt. Und da war – glücklicher Zufall! – die Rechnung der Stromwerke dabei. Die hole ich jetzt aus der Handtasche hervor.

»Na sehen Sie, Dona Christina, nun passt alles!«

Alle meine Daten werden in den PC eingegeben, der heute, vielleicht weil Montag ist, wieder problemlos seinen Dienst tut. Danach drückt man mir einen handgeschriebenen Zettel für die Kasse in die Hand: Knapp sechs Euro kostet das Ganze.

»Bitte zahlen, und dann kommen Sie wieder zu mir!«

Ich eile nach nebenan zur Kasse. Leider ist die zwischen 12.30 Uhr und 14.00 Uhr geschlossen. Mittagspause.

Mittlerweile bin ich mit portugiesischer Gelassenheit gesegnet. Solche kleinen Hindernisse oder Unterbrechungen stören mich nicht mehr. In diesen Fällen geht man eben einen Kaffee trinken. Oder einkaufen.

13.57 Uhr. Ich stehe wieder vor der Kasse des Finanzamts. Und bekomme einen Riesenschreck, denn vor der Tür drängt sich eine Menge von Zahlungswilligen. Drei Minuten später wird geöffnet, und dann staune ich wirklich: Vier Schalter sind besetzt, und es wird sehr effizient gearbeitet. Fünf Minuten später habe ich nämlich alles bezahlt und gehe mit der Quittung zu »meiner« Sachbearbeiterin.

Dass auch hier etliche Menschen anstehen – was kümmert's mich! Ganz auf portugiesische Art und Weise suche ich Blickkontakt, wedle mit der Quittung und darf nach vorne. Im Austausch gegen die Quittung bekomme ich ein anderes Zettelchen. Darauf steht meine Steuernummer. Rein theoretisch hätte ich das auch selber kritzeln können.

Den *cartão contribuinte* selbst, also die kleine Plastikkarte, auf der Name, Steuernummer und das zuständige Finanzamt vermerkt sind, schickt man mir zu. Angeblich innerhalb von zehn Tagen. Mal abwarten. Ob das wohl klappt?

Jetzt werde ich ein wenig übermütig. Es scheint ja heute ein guter Tag zu sein. Nachdem die Steuernummer-Angelegenheit so problemlos geklappt hat, könnte ich doch auch gleich zur Bank …

Das Schicksal meint es gut mit mir, denn direkt vor der Bankfiliale ist ein Parkplatz frei. Das Schicksal bleibt mir gewogen. Denn in der Bank finde ich eine perfekt Englisch sprechende Dame, die mir weiterhilft. Auch hier will man nicht nur meinen Pass und den Mietvertrag sehen und selbstverständlich die neu erworbene Steuernummer, sondern man legt Wert darauf, den Wohnsitz zu überprüfen. Anhand der Rechnungen von Stromwerken, Wasserversorgern oder der PTelecom. Nach knapp einer Dreiviertelstunde ist jedoch alles erledigt – und ich habe endlich mein portugiesisches Bankkonto. 100 Euro musste ich einbezahlen, bekam die Zugangsdaten fürs Onlinebanking, und meine Bankkarte kommt nächste Woche!

Abwarten. Aber vielleicht klappt es ja.

Kleine Notiz am Rande:
Ich musste zwar 100 Euro einzahlen, und zwar direkt am Bankautomaten, unter Mithilfe der Bankangestellten. Kaum ist das Geld aber auf dem Konto gutgeschrieben – und das geht hier in Portugal wirklich innerhalb von Minuten, das habe ich online später ein paarmal gecheckt! –, konnte ich wieder darüber verfügen. Das habe ich natürlich ebenfalls ausprobiert. Schließlich wollte ich ja noch ein bisschen shoppen. Und nachdem ich ja noch keine Bankkarte hatte …
Am tollsten finde ich allerdings, dass keine Gebühren erhoben werden, wenn ich bei einer fremden Bank Geld abhebe. Ich kann außerdem an jedem beliebigen Bankautomaten meinen Kontostand einsehen. Man kann sich nämlich auf Wunsch nach der Abhebung einen Beleg ausdrucken lassen, auf dem das Restguthaben auf dem Konto zu sehen ist.
Überhaupt sind die multibancos, *so nennt man die Automaten hier, eine tolle Sache. Man kann damit viel mehr machen als lediglich Geld abheben. Überweisungen, Handy aufladen, Steuern bezahlen –*

alles einfach über den Bankautomaten. Kein Wunder also, dass an bestimmten Tagen im Monat viele Leute in der berühmten langen Schlange anstehen: wenn die Renten ausbezahlt werden beispielsweise. Wenn die Miete fällig ist oder bestimmte Steuern zu begleichen sind. Solche Dinge erledigt der Portugiese nämlich aus Prinzip erst unmittelbar vor Ablauf der Zahlungsfrist.

Die Wunder nehmen kein Ende. Beide Karten, sowohl die vom Finanzamt als auch die von der Bank, liegen eine Woche später in meinem Briefkasten. Obwohl ich von so manchem Residenten weiß, dass er nach neun Jahren noch auf den offiziellen *cartão de contribuinte*, also das Plastikkärtchen mit der Steuernummer, wartet und all die Jahre mit dem Papierzettelchen durch die Gegend läuft. Aber immerhin: Der Wisch wird überall anerkannt. Rechnungen stellt man, wie überall auf der Welt, einfach gern aus. Auch ohne Plastikkarte.

Ich traue mir ja eine ganze Menge zu, aber vor Steuern und Finanzamt habe ich einen Heidenrespekt. Deshalb ist mir klar: Ich brauche einen Steuerberater. Glücklicherweise ist mir ein sehr kompetenter *contabilista* empfohlen worden. Eigentlich heißt das ja »Buchhalter« auf Portugiesisch, aber ein *contabilista* ist eben auch für Steuerberatung und vor allem die Abgabe von Steuererklärungen zuständig.

Das erledigt man in Portugal schon seit vielen Jahren übers Internet. Aber das traue ich mir einfach nicht zu. Es ist zwar alles wesentlich einfacher als zu Hause, aber all diese Fachausdrücke … und vor allem: Ich weiß natürlich nicht, welche Formulare für mich zutreffen. Nein, auf so etwas lasse ich mich gar nicht erst ein. Senhor Pedro, der *contabilista,* muss mir da zur Seite stehen.

Manches allerdings muss man aber doch selbst erledigen – das kann mir auch Senhor Pedro nicht abnehmen. Deshalb habe ich noch eine Begegnung mit den *finanças,* aber eher indirekt. Bürokratisch ist es trotzdem.

Es ist alles so kompliziert, auf den ersten Blick: Weil ich nicht zweimal Steuern bezahlen will – einmal in Deutschland, einmal in Portugal –, muss ich einen speziellen Antrag einreichen. Und zwar für jeden meiner Auftraggeber einen. Alles kein Problem, es sind ja nur zehn. Also zehnmal das Ganze, in dreifacher Ausfertigung.

Die Anträge kann man sich aus dem Internet von der zuständigen deutschen Behörde herunterladen, und freundlicherweise wird das Exemplar für die portugiesischen *finanças* gleich in der Landessprache ausgefertigt. Danach geht alles seinen bürokratischen Lauf.

Amtsschimmel gibt es überall, vielleicht sind es in Portugal halt eher Amtsesel: Wenn ich Glück habe, ist nach läppischen drei bis sechs Monaten die entsprechende Freistellung da. Hoffe ich, hofft mein *contabilista,* hoffen die Buchhaltungen meiner zehn Auftraggeber.

Leider reicht diese Hoffnung aber nicht.

Das *Ministério de Finanças*, also sozusagen die portugiesische Regierung persönlich, teilt mir per Einschreiben mit, man hätte gerne einen schriftlichen Beweis, dass ich wirklich in Portugal wohne. Der *cartão de contribuinte* reiche da nicht aus.

Was nun?

»Da gehen Sie bitte zur *junta da freguesia*«, meint mein Steuerfachmann.

Gemeindeverwaltung

»Äh …«, stöhne ich. »Meinen Sie wirklich, ich muss da selbst hin? Könnten da nicht Sie …?«

»Das ist die Gemeindeverwaltung, das schaffen Sie schon«, sagt Senhor Pedro. »Lassen Sie sich bitte eine beglaubigte Bescheinigung ausstellen, dass Sie hier wohnen, wo Sie und seit wann Sie dort wohnen.«

In Cascais residiert die *junta da freguesia* in einem hübschen rosafarbenen Gebäude, verziert mit Stuck und Balkönchen. Direkt neben dem Fischereihafen, mitten in der *zona touristica*. Zahlreiche Cafés und Lokale sind in der direkten Nachbarschaft, damit man sich die Wartezeit verkürzen kann, falls man etwa warten muss. Sogar einen kleinen Strand gäbe es, aber dafür reicht es von der Zeit her sicher nicht.

Man muss natürlich auch bei der *junta da freguesia* eine *senha* ziehen. Ich habe Nummer 69, die Nummer 59 ist eben aufgerufen. Gut, dass ich noch in die Apotheke muss. Ich trödle ein wenig, immerhin sind zehn Nummern zu überbrücken. Hätte ich eigentlich doch an den Strand …

Als ich nach einer guten Viertelstunde wiederkomme, ist erst die Nummer 60 dran. Nach fünf Minuten werde ich aufgerufen.

»Wie bitte? Was ist denn jetzt … so schnell?«

Die Erklärung folgt umgehend: Man hatte vergessen, dass Anzeigeschild weiterzuschalten.

Ich erkläre einer Senhora Helena Maria Mendes auf Portugiesisch, was ich möchte, unter Zuhilfenahme des Schreibens vom Finanzministerium. Ich weise darauf hin, dass ich bereits im ersten Halbjahr meinen festen Wohnsitz hierhin verlegt habe. Eine Kleinigkeit, aber wichtig, weil ich ab dem zweiten Halbjahr in Portugal meine Steuern bezahlen möchte.

Die Bestätigung kostet zwei Euro – und sieht wirklich schick aus: ganz offiziell mit Siegel und Stempel. Das sollte dem portugiesischen Finanzminister genügen. Eine Kopie hebe ich mir sicherheitshalber auf, falls die deutschen Behörden auch mal so etwas wollen (wollten sie später auch, aber mittlerweile geht das alles elektronisch).

Damit hat die Bürokratie für heute ein Ende.

Bis zum nächsten Mal.

Kapitel 10

Frango & Fado

Die CD steht schon seit Jahren in meinem Regal. Ein kleines Souvenir von meinem ersten Aufenthalt in Portugal. Ich hatte fast schon vergessen, dass ich sie noch habe. Meine damalige Begegnung mit Fado hat einen nicht wirklich tiefen Eindruck hinterlassen.

Es ist mir ein bisschen peinlich, was ich von António zu hören bekomme: »Ach, wie schön«, strahlt er begeistert, als er in meiner Wohnung in Deutschland ein wenig in meiner Musiksammlung stöbert, »du hast ja sogar Fado.«

»Hm – habe ich?«

»Ja klar, und sogar von Amália, der größten *fadista* überhaupt!«

Es gelingt mir mit Mühe und Not, nicht rot zu werden. Ich schaffe es ohne größere Probleme, den Eindruck zu erwecken, dass die CD der »Königin des Fado«, wie António Amália Rodrigues nennt, in meine Sammlung internationaler Musik gehört. António wäre, glaube ich, nicht so begeistert, wenn er wüsste, wie es damals bei meinem ersten Fado-Abend in Lissabon zugegangen ist …

Es hat sich am letzten Abend unserer journalistischen Portugal-Tour zugetragen.

Unser Gastgeber möchte uns verwöhnen und lädt zu

einem Abend mit typischer portugiesischer Musik in eine *casa do fado* ein. Wir haben hervorragend gegessen und ein wenig *vinho verde* getrunken. Das ist natürlich gelogen: Es war eine ganze Menge *vinho verde*.

Immerhin ist es unser letzter Abend nach einer schönen gemeinsamen Tour durch Portugal, ein Land, das viele von uns vorher nicht kannten. Wir haben eine ganze Menge gesehen, uns alle bestens verstanden und gemeinsam viel Spaß gehabt. Das haben wir begossen und gefeiert. Sind jetzt bester Laune und guter Dinge. Bedauerlicherweise sind wir allerdings nicht sehr ernsthaft gestimmt: Meine Journalistenkollegen und ich sind an diesem Abend ein wenig schräg drauf.

Keiner von uns spricht ein Wort Portugiesisch, deshalb werden wir »vorgewarnt«: Fado sei, so sagt man uns, eine oftmals sehr traurige Musik. Es gehe in den Texten oft um Liebesschmerz. Oder um die *saudade*, die unstillbare Sehnsucht der portugiesischen Seele. Oder das Schicksal, das jeder trägt und zu meistern versucht. Alles eher ernste Themen. Man sagt uns auch, dass Fado für Portugiesen beinahe heilig sei, dass man also den Auftritt eines *fadistas* nicht stören dürfe und vor allem, dass man keinesfalls – falls wider Erwarten eine fröhliche Melodie erschallen würde – im Rhythmus der Musik mitklatschen solle.

Nun gibt es ja oft Situationen im Leben, in denen man, selbst wenn sie noch so viel Zurückhaltung erfordern, einen Lachkrampf bekommt. Das geschieht manchmal bei den seriösen Nachrichtensprechern im Fernsehen, aber auch in der Kirche und auf Beerdigungen. Es kommt auch in Konferenzen, Seminaren und Meetings vor.

Uns geht es an diesem Abend so.

Zwei *fadistas* treten auf, und zu meiner Schande muss ich gestehen: Wir hören nur ein paar Minuten scheinbar andächtig zu, dann überkommt uns ein unwiderstehlicher Zwang zu kichern. Wir kriegen uns nicht mehr ein, die ersten Gäste an den Nebentischen zischen bereits und blicken strafend zu uns hinüber. Wenigstens zeigen wir gerade noch so viel gutes Benehmen, dass wir diesen Unwillen bemerken und beinahe fluchtartig das Lokal verlassen, weil der nächste Lachanfall droht. Genau da kaufe ich vor dem Hinausgehen noch schnell die CD, die António viele Jahre später bei mir findet.

Ich habe sie, glaube ich, höchstens einmal angehört. Eher ein halbes Mal. Ich fand: Fado ist fade. Mit dieser Musik konnte ich absolut nichts anfangen.

António ist jedenfalls sehr angetan vom Beweis meines Musikgeschmacks. Meint er doch, ich hätte die CD gekauft, weil ich Fado gut finde. Ich kläre ihn lieber nicht auf. Meine Notlüge dient einem harmonischen Abend, und weil ich guten Willens bin, höre ich mir die Musik und vor allem den Gesang von Amália mit ihm gemeinsam an.

»Ich habe Amália selbst erlebt«, erzählt er bewegt. »Sie ist damals auf der Expo 1998 aufgetreten. Es war ihr letzter Auftritt. Ein Jahr später ist sie gestorben. Es gab drei Tage Staatstrauer, Hunderttausende haben ihr die letzte Ehre erwiesen. Sie ist die einzige Frau, die im *panteão nacional* in Lissabon beigesetzt wurde.«

Ich entschließe mich, ehrlich zu sein.

»Ich kann mit dieser Musik nicht viel anfangen«, gebe ich zu. »Fado und Portugal gehören zusammen, das ist mir schon klar. Aber wenn man die Texte nicht versteht …«

»Weißt du«, sagt António, »hier in Deutschland bedeuten diese Melodien für mich einfach Heimat. Bei uns kennen alle Fado, selbst junge Leute singen die Lieder. Du wirst sehen, *querida*, eines Tages fühlst du den Fado!«

Es trifft sich gut, dass António ein paar Wochen später Geburtstag hat, und ich ihn mit einem Geschenk aus seiner Heimat überraschen kann: In der Alten Oper in Frankfurt findet nämlich ein Fado-Abend statt. Ehrensache, dass ich heimlich Eintrittskarten besorge und wir hinfahren.

Es ist ein Auftritt von Mariza und Carlos do Carmo – beide Namen sagen mir nichts. Noch nicht.

»Mariza«, klärt António mich auf, »ist eine ganz junge *fadista* – sie gilt als Nachfolgerin Amálias. Und sie hat von der BBC den Preis als beste Künstlerin der Weltmusik bekommen. Aber so richtig gehört habe ich sie auch noch nicht.«

»Und Carlos do Carmo?«

»Das ist einer der *fadistas*, die sich nicht mit dem Regime Salazars arrangiert haben«, erklärt António. »Er wurde deshalb verhaftet – und ist auch wegen seines Widerstands gegen die Diktatur beim Volk sehr beliebt. Er muss um die siebzig sein – und immer noch ein großer Star, auch international!«

Ich staune über das Publikum in der Alten Oper.

So viele Deutsche sind hier versammelt. Kennen und mögen die alle Fado? Dann merke ich, dass Portugiesen im Publikum in der Überzahl sind. Überall portugiesische Satzfetzen, selbst an der Kleidung merkt man: Das ist ein festlicher Abend für die *emigrantes*, für die portugiesische Gemeinde in Deutschland. António ist glücklich, Portugiesisch sprechen zu können, sich mit Landsleuten zu unterhalten. Kurz vor dem Konzert bekommen wir mit, dass selbst der Botschafter Portugals, João Diogo Nunes Barata, für diesen Abend aus Berlin angereist ist. Er sitzt in der ersten Reihe.

Eine junge Frau kommt auf die Bühne: hochgewachsen, extrem kurzes blondes Haar; ein prachtvolles Abendkleid, ein filigranes schwarzes Fransentuch. Begleitet wird sie von drei Musikern. Der eine spielt die *guitarra portuguesa*, der andere die klassische Gitarre, der dritte Bassgitarre. Sie spielen die erste Melodie an. Es wird totenstill im Saal. Man könnte die berühmte Stecknadel fallen hören.

Mariza beginnt zu singen.

Ich habe nicht geahnt, dass Fado so beeindruckend sein kann. António hat recht: Ich muss die Worte nicht verstehen. Diese Musik geht mir direkt ins Herz. Ich fühle sie.

Ich weiß nicht, was passiert ist. Ob es an der Umgebung liegt, an den Menschen, an den vielen Portugiesen, die hingerissen lauschen. Oder an António, der mit Tränen in den Augen – und zwar nicht als Einziger – neben mir sitzt. Ich weiß nur: Fado ist nicht fade. Fado ist – Portugal. Die Seele der Portugiesen. Jetzt verstehe ich.

Kleine Notiz am Rande:
Zwei Jahre später leben António und ich bereits in Portugal.
Mitte August gibt es im Anfiteatro Keil de Amaral *im Rahmen der sommerlichen Veranstaltungsreihe* Lisboa em festa *ein Konzert von Mariza – eines von nur zweien, die sie in diesem Jahr in ihrer Heimat gibt. Das Amphitheater liegt im Monsanto, dem größten Park Lissabons. Die Bühne ist mit einer*

»durchsichtigen« Kuppel überdacht. Dahinter beziehungsweise darunter liegt Lissabon: heute vor einem klaren Nachthimmel. Wir haben einen grandiosen Ausblick auf die beleuchtete Ponte de 25 Abril und den Cristo Rei, die Christusstatue am südlichen Ufer des Tejo.
Das Konzert beginnt um zehn Uhr abends. Das ist normal in Portugal. Schon zwei Stunden vorher kommen die ersten Zuschauer. Am Ende werden es, lese ich am nächsten Tag in der Zeitung, etwa 25 000 sein. Der Eintritt ist frei, Lissabon lädt – wie bei vielen sommerlichen Veranstaltungen – seine Bürger und die Besucher der Hauptstadt zu dieser Abendveranstaltung ein.
Mariza betritt die Bühne; sie erzählt, dass sie heute seit Langem wieder einmal in Lissabon auftritt und sich freut, ihre Heimat zu sehen und ihr Publikum zu spüren. Ihr Konzert dauert gut eineinhalb Stunden – danach geht sie von der Bühne hinunter ins Publikum, singt dort weiter.
25 000 Menschen singen mit, weil Mariza darum gebeten hat: »Ich habe für euch gesungen, singt ihr jetzt für mich.«
Es sind kaum Touristen da, dafür Portugiesen jeden Alters, vom Kleinkind bis zur Uroma. Und alle, alle singen mit.
Der ganze Abend, das Konzert, die Stimme von Mariza, der Fado und die einmalige Atmosphäre – ein Erlebnis, das ich in diesem Leben nicht missen möchte und nicht vergessen werde.

Bauernmarkt. Hier gibt es wirklich alles.

Ein kleines Mädchen springt auf einen Verkaufstisch: »*Sou cigana – compra! Só cinco euro p'ra cada casaco!*« – »Ich bin Zigeunerin – kaufen Sie! Nur fünf Euro für jede Jacke!«

Die Leute lachen, kaufen, handeln mit der Kleinen. Sie macht mit wie eine Erwachsene. Freut sich über jedes verkaufte Stück.

Frisches Brot und frischer Fisch. Torten und süße Leckereien. Käse in allen Variationen und Sorten, Schinken vom normalen Schwein, aber auch vom besonders leckeren *porco preto*, dem iberischen schwarzen Schwein. Hausgemachte *chouriços* und natürlich: *bacalhau*. Feigen, Erdbeeren, Ananas, Mangos, Äpfel und Birnen, Pfirsiche und Nektarinen. Karotten und Kartoffeln, Zwiebeln und Knoblauch, Okra und Auberginen, Avocados und Süßkartoffeln, Bohnen, Zucchini, Paprika, Spinat, Lauch, alle möglichen Salatköpfe. Kurzum: alle Früchte- und Gemüsesorten, die man sich nur vorstellen kann.

Lebende Tiere wie Kaninchen, Hühner, Gänse, Enten. Geschnatter und Gegacker, Fiepen und Rascheln. Geschrei und Verkaufsgespräche, Rufen und Lachen. Gebote und Angebote, Handeln und Handschlag, mit dem der Verkauf besiegelt wird. Tausende von Eiern, gestapelt in wahren Kartonage-Bergen.

Eine ganze Zeltstadt nur für Haushaltswaren: Töpfe, Pfannen, Grills, Besteck und Geschirr, Küchenutensilien aus Holz, Metall oder Plastik. Tischdecken und Servietten, Bettwäsche, Decken und Kissen, ja sogar Teppiche.

Pflanzen und Blumen, Kräuter und Gewürze, Bäumchen und Samen. Alles, was das Gärtnerherz begehrt.

Viele Stände gehören *ciganos*. Zigeuner? Dieses Wort ist

in Portugal nicht negativ besetzt. Im Gegenteil: Die Portugiesen, auch die *ciganos* selbst, würden sich wundern, wenn man sie Sinti oder Roma nennt. Schreiend preisen sie ihre Waren an: Schuhe und Strümpfe, T-Shirts und Pullover, Hüte und Mützen, sogar komplette Anzüge und Kostüme kann man kaufen. Dazu Taschen und Koffer, Haarschmuck und Parfüms, Tücher, Krawatten und Schals. CDs und DVDs, Batterien und Rasierklingen, Wecker und Radios.

Bauernmarkt. Hier gibt es wirklich alles. Hier treffen sich Touristen und Portugiesen. Hier deckt sich jeder ein mit allem, was er braucht.

Mitten im Marktgetümmel duftet es verführerisch nach gebratenen Hähnchen. Sehr appetitanregend, und genau deshalb bin ich heute in diesem »Freiluftrestaurant« mit Freunden verabredet. Doris und Ingolf haben mir einen Stuhl freigehalten. Hier kann ich nie widerstehen. Nicht nur deshalb, weil ein Brathähnchen nur etwa drei Euro kostet. Sondern weil *frango* in Portugal wirklich ein Genuss ist. Kein Vergleich mit den Brathendln, die man etwa vom Oktoberfest oder einem anderen Jahrmarkt in Deutschland kennt.

Ich weiß nicht genau, wie die Portugiesen es anstellen. Aber für ihre *frangos* lasse ich beinahe alles andere liegen und stehen. Es geht schon damit los, dass die Brathähnchen nicht alle hintereinander auf einem Spieß stecken und dann elektrisch gegrillt werden.

Der Portugiese klappt die Tiere nämlich auf. Sie werden am Rücken geöffnet und ein wenig flach geklopft. Damit das Fleisch überall gleichmäßig gart, schneidet man sie an den dicksten Stellen ein. Dann wird eine Marinade darübergegossen, und nun werden sie – in einer Art Gitter – über dem Holzkohlenfeuer langsam von beiden Seiten gegrillt.

Die Zutaten für die Marinade sind selbstverständlich geheim. Als erfahrener Koch kann man ein paar Vermutungen anstellen und wird sicher herausschmecken, was in etwa zusammengemischt wird. Man kann natürlich experimentieren und ausprobieren. Aber genau den Geschmack wie ein portugiesisches *frango assado* bekommt man bestimmt nicht hin. Allein schon deshalb, weil die Atmosphäre fehlt.

Kleine Notiz am Rande:
Es gibt zum Beispiel in Lissabon, aber auch an der Algarve, Lokale, die sich Rei dos frangos *nennen. Solch ein »König der Brathähnchen« ist immer einen Besuch wert, »reinfallen« kann man in Bezug auf Qualität und Geschmack so gut wie nie.*
In der Baixa von Lissabon lande ich regelmäßig mit António beim »Hühnerkönig« – im Restaurant »Bonjardim«.
»Hier war ich schon mit meinem Vater«, schwärmt er, «und die frangos *sind einfach ein Gedicht.«*
Das Lokal ist sehr gut besucht. Immer. Wir bekommen trotzdem einen Platz, denn wir sind sozusagen Stammgäste. Selbst wenn wir uns – wie stets – nur ein Hähnchen teilen.
Auf dem Tisch steht ein Schälchen, darin ein Pinsel. Das ist Piri-Piri – ein Teufelszeug, scharf aber köstlich, das beim frango assado *nicht fehlen darf. Vorsichtig tupfe ich ein bisschen von dem mit Chili versetzten Öl aufs Hähnchenfleisch – hm, lecker!*

»Sogar meine Mutter macht das nicht besser!«, meint António. »Es gehört zu meinen Kindheitserinnerungen, dass wir immer auswärts zum Hähnchenessen gegangen sind. Das machen wir noch heute – nur lade mittlerweile ich sie ein!«

Wichtig ist in jedem Fall, dass man das Hähnchen – ob im Restaurant oder auf dem Markt – mit einer gewissen Schärfe genießt. Reis oder nur Brot dazu, ein frisch gezapftes Bier: Mehr brauche ich nicht, um das Leben zu genießen.

»Lass uns ein *frango* teilen«, meint Doris. »Wir haben nämlich noch was vor mit dir, und da bekommen wir sicher auch etwas zu essen!« Selbst wenn ich gespannt bin – glücklicherweise muss ich nicht ganz auf mein Hähnchen verzichten.

Seit fast einer Stunde kurven wir durch die Gegend. Doris und Ingolf halten leider dicht. Sie wollen mir nicht verraten, welche Überraschung sie für mich haben. Ich weiß nur: Es ist etwas ganz Besonderes. Denn wir sind nicht allein. Seit dem kleinen Örtchen São Francisco da Serra fahren hinter uns einige Autos in der Schlange, und auch vor uns müssen schon etliche unterwegs gewesen sein. Der Staub in der Luft verrät es.

Es geht über sandige Straßen durch Wälder, Wiesen und Felder. Dann endlich ein Hügel mit steil hinaufführendem Schotterweg. Wir beschließen: »Da fahren wir nicht rauf, das packt unser Auto nicht!«

Wir steigen aus, sofort stoppt der Jeep, der hinter uns fährt. Wir steigen um. Ein weiser Entschluss, wie sich während des weiteren Straßenverlaufs herausstellt.

Endlich kommen wir oben auf dem Hügel an. Autos über Autos parken hier. Direkt vor der Ruine einer ehemaligen Kirche, der Ermida da Sra. do Livramento, die inmitten zahlloser Korkeichen steht.

»Na?«, strahlt Doris. »Überraschung geglückt?«

Ich bin ein wenig verwirrt.

»Ein Picknick?«

»Auch«, meint Ingolf. »Aber im Grunde etwas viel Besseres. Denn wir werden nachher Fado hören.«

»Hier?«, staune ich.

Doris erzählt, dass es in São Francisco da Serra einen – »Na ja, wie soll ich es nennen?« – Clube de Fado, also einen Fado-Verein, gibt. Mit wirklich guten Künstlern. Normalerweise trifft man sich zum Singen daheim im Dorf, im trauten Kreis.

»Nämlich in der Garage«, wirft Ingolf ein.

»Diesmal aber haben sie beschlossen«, sagt Doris, »einen Fado-Nachmittag mitten in der Pampa zu machen: *Fado no campo*. Mitbringen sollten wir nur was zu trinken, für Essen ist gesorgt.«

Ah, deshalb hatten Doris und Ingolf eine Kiste Wein im Auto, die dann noch schnell in den Jeep umgeladen werden musste ...

Innerhalb der Ruine der *ermida*, den Restmauern der Kapelle, sind lange Tische aufgebaut. Große Korbflaschen selbst gekelterten Weins stehen da, Krüge mit Saft und Wasser. Teller, Besteck, Gläser. Sardinen duften bereits verführerisch vom Grill, eine Riesenschüssel Salat und zwei große Töpfe mit dampfender Suppe stehen auf dem Tisch, in Körben frisch gebackenes Alentejo-Brot in dicken Scheiben. Rundherum sitzen etliche Portugiesen, die schnabulieren, was das Zeug hält.

»Setzt euch, setzt euch!«, heißt es. »Esst mit, die Sardinen sind schon so weit!«

Kaum ist der »Hauptgang« vorbei, werden hausgemachter Käse, Melonen und Birnen ausgepackt und selbst gebackene Kuchen angeboten, sogar Torten. Nach dem Essen gibt es erst einmal das eine oder andere Schwätzchen unter Männern, auch die Damen sind eifrig am Diskutieren. Dazu gibt es ein selbst gebranntes Schnäpschen – das muss sein. Der herrliche Rundblick vom Hügel aus macht den Nachmittag perfekt.

Und der Fado?

Man geht alles langsam an – schließlich sind wir im Alentejo. Gefaulenzt wird jedoch nicht lange! Keine Siesta heute!

Vor der malerischen Kulisse packt der erste Musikant seine *guitarra portuguesa* aus: Paulo Parreira spielt sich schon mal ein bisschen ein. Er stand – wie mir Doris verrät – schon auf vielen großen Bühnen und war während der Expo 98 in Lissabon der *guitarrista principal*, der wichtigste Gitarrist, auf der Fadobühne.

Der zweite kommt hinzu: Carlos Soares da Silva spielt die klassische Gitarre, fängt an, sein Instrument zu stimmen. Er begleitet viele bekannte *fadistas*, ist bekannt von Bühnen- und Fernsehauftritten.

Der dritte Musiker ist ein alter Herr, ebenfalls mit der *guitarra portuguesa* – *mestre* António, der Vater von Paulo, ebenfalls ein bekannter Virtuose auf seinem Instrument, der als Gitarrenlehrer auch im berühmten Fadomuseum in Lissabon gearbeitet hat. Keine Laien, alles Profis, die sich heute mit uns einen musikalischen Nachmittag gönnen werden. Aus Liebe zur Musik, aus Liebe zum Fado.

Es ist eine wunderschöne Stimmung. Es gibt keine Bühne.

Jeder, der singen kann und will, tritt nach vorne zu den Musikern. Spricht sich kurz ab – und legt los.

Manch einer lässt sich ein wenig bitten. Umso größer ist der Applaus, wenn er seine Darbietung abgeschlossen hat. Einige kenne ich, habe sie schon bei anderen Auftritten im Alentejo erlebt: Francisco »Xico« Malafaia etwa oder Fernando Espada.

Nach der Pause ziehen die Musiker um. Es ist zu heiß und sonnig innerhalb des alten Gemäuers, und vor allem tummeln sich zu viele Wespen in der Nähe des Sardinengrills. Aber unter den Korkeichen, im Schatten der Bäume, lässt es sich ebenfalls bestens musizieren und singen. Nicht nur »Alte« treten auf – auch ganz junge Burschen singen Fado. Junge Mädchen ebenso. Alle mit echter Hingabe.

Gemeinsam mit allen anderen lausche ich. Genieße und fühle Fado. Ganz anders als im Konzertsaal. Aber genauso emotional.

Kapitel 11

Klüngel in der Quinta

Auf Neudeutsch sagt man Networking dazu. In Köln nennt man es liebevoll Klüngel; etwas pikiert spricht man anderswo von Vetternwirtschaft oder »Vitamin B«, unfreundlich sogar von Seilschaften oder böswillig von einer »Besetzungscouch«. Gemeint ist aber immer dasselbe: Man kennt jemanden, der jemanden kennt, der weiß, wo man etwas günstiger bekommt. Oder der einen Bekannten hat, der einem einen Gefallen schuldig ist. Wobei »Gefallen« nicht mal eine größere oder etwa gar kriminelle Angelegenheit bedeuten muss. Wir sind hier ja nicht beim Paten und der Mafia.

Beziehungen sind das A und O in Portugal. Jeder Portugiese weiß das von klein auf und fängt deshalb schon als Kleinkind an, sich seine *cunhas* aufzubauen. In der Familie sowieso, und weil man hier sehr oft, gerade auf dem Land, noch in Großfamilien lebt – drei Generationen unter einem Dach sind keine Seltenheit –, wird da schon mal eine vernünftige Basis gelegt. In der Nachbarschaft und im Dorf kommen dann noch Tanten und Onkel, Cousins und Cousinen, Schwägerin und Schwager und selbstverständlich deren Familien hinzu. Flugs ist man so mit dem ganzen Dorf mehr oder weniger verbandelt, *cunhas* eben.

Optimal wird es, wenn der eine oder andere vom Dorf in

die Stadt zieht, vielleicht in einer Behörde oder gar bei der Polizei arbeitet. Oder in einer Firma, die günstigerweise genau das Autoersatzteil herstellt, dass man selbst gerade braucht. Klar, dass man diese *cunhas* aus- und benutzt.

> *Kleine Notiz am Rande:*
> *Das portugiesische Wort* cunhas *bedeutet »Keile«. Auf gar keinen Fall sollte man jedoch den Fehler begehen, einen Zusammenhang mit dem deutschen Begriff »Klassenkeile« oder »Keile beziehen« herzustellen.* cunhas *sind genau das Gegenteil!*
> *Ich selbst habe schon etliche dieser Spezialbeziehungen. Meine kulinarischen beispielsweise, bei denen ich weiß, wer hervorragende* lulas recheadas *zubereitet, oder wo ich* mestre *Zé treffen kann, um frischen Fisch zu bestellen. Oder die zu Handwerkern: Mein Automechaniker kennt einen Elektriker, und der weiß von einem Lackierer, und dieser wiederum hat, das stellt sich im Smalltalk heraus, einen Cousin, der bei der GNR, also der Polizei, arbeitet.*
> *Dazu kommen viele kleine Alltagssituationen. Im Grunde sind das nämlich auch* cunhas, *denn so, genau so, fängt man an, sich ein Netz von Personen aufzubauen, die man kennt, die man freundlich grüßt, mit denen man vielleicht mal eine* bica *nimmt oder mit denen man ein* imperial *oder einen* vinho tinto *trinkt. Und wenn man da mal einen Tipp braucht oder eine Putzfrau sucht oder sonst um guten Rat verlegen ist, kann es gut sein, dass genau einer von jenen behilflich sein kann oder jemanden kennt … Sie wissen schon.*

Es reicht schon, dass ich zum zweiten oder dritten Mal ins Postamt komme, und schon brauche ich beim Abholen eines Pakets nicht mehr meinen Ausweis vorzuzeigen. Oder die Dame hinter dem Schalter erkennt einen und winkt einen deshalb nach vorne. Das klappt natürlich nur dann, wenn vor einem in der Schlange nicht noch weitere Bekannte der Schalterdame stehen. Andere Postkunden – zum Beispiel Touristen – hätten dann vermutlich wenig zu melden. Man hält ein Schwätzchen, denn schließlich muss man sich austauschen, um auf dem Laufenden zu sein. Und jeder muss natürlich alle eigenen cunhas *pflegen. Auch die Schalterdame …*

Am besten ist es natürlich, wenn *cunhas* so ablaufen, dass man selbst gar nicht mal erst in »Vorleistung« treten muss. Und genau das passiert António und mir.

Seit einigen Wochen treffe ich mich regelmäßig mit Petra. Sie ist Physiotherapeutin, und ich bin bei ihr in Behandlung. Wir sind uns sympathisch geworden, treffen uns auch privat, plaudern viel miteinander. Petra ist eine sehr engagierte Tierschützerin, und so bleibt es natürlich nicht aus, dass wir uns über ihren »Nebenjob« unterhalten: Sie selbst hat fünf Vierbeiner und sucht immer Menschen, bei denen sie noch den einen oder anderen Hund aus dem Tierheim oder von der Straße unterbringen kann.

Ich hätte schon ganz gern einen Hund, und zwar einen großen, aber ein großer Hund in der Wohnung geht einfach nicht. Leider aber haben wir in São Domingos de Rana bekanntlich aber nur eine Wohnung und kein Haus mit Garten. Schade.

Ein paar Tage nach diesem Gespräch komme ich zu Petra in die Praxis, und sie strahlt übers ganze Gesicht.

»Was ist passiert?«, will ich wissen. »Hast du im Lotto gewonnen?«

»Nein – aber ich weiß vielleicht ein Haus für euch! Ganz in der Nähe, in Cascais!«

Ich kann es kaum glauben.

»Das ist doch bestimmt teuer – in Cascais sind die Mieten ja ...«

»Das hier nicht«, freut sich Petra. »Es steht auf dem Gelände eines alten Gutshofs, einer *quinta*. Mit Riesengarten. Es gibt sogar einen Pool!«

Ich kann es kaum glauben. Interessiert bin ich natürlich – man weiß ja nie: Es könnte ja etwas dran sein. Abends berichte ich António, der ebenfalls skeptisch ist.

»Preiswerte Miete in Cascais?«, fragt er stirnrunzelnd. »Und dann noch mit Pool? Das gibt es nicht!«

»Aber andererseits, *querido*«, meine ich, »anschauen kostet nichts!«

Findet António auch.

Also frage ich beim nächsten Termin in Petras Praxis nochmals nach.

Sie lächelt verschmitzt. »Ich muss mal telefonieren!« Verschwindet nach draußen. Ich höre sie mit jemandem auf Portugiesisch verhandeln. Dann kommt sie strahlend wieder: »Ihr könnt euch das Haus in den nächsten Tagen anschauen. Dona Isabela weiß Bescheid – hier hast du ihre Telefonnummer.«

Ich kann es kaum erwarten, nach Hause zu kommen.

António greift gleich zum Telefon.

»Und?« Mann, bin ich gespannt.

»Wir haben morgen einen Besichtigungstermin«, sagt er freudestrahlend zu mir.

Ich kann es kaum glauben, dabei weiß ich doch mittlerweile, wie das läuft in Portugal: Man kennt jemanden, der jemanden kennt, der einen Cousin hat, dessen Schwägerin eine Tante hat, deren Bruder einen Immobilienmakler kennt, der zufällig gerade ein Haus frisch angeboten bekommen hat und der bereit ist…

Über ganz so viele Ecken läuft es bei uns aber nicht: Dona Isabela ist schlicht und einfach ebenfalls in Petras Praxis zur Behandlung. Da unterhält man sich eben mal. Auch über Häuser.

In der Rua dos Platanos, der Platanenstraße, sind viele große Villen. Hinter undurchdringlichen Hecken und hohen Mauern verborgen, ganz am Ende der Straße, ist eine Toreinfahrt. Daran ein Marmorschild, etwas verwittert: *Casalinho do Outeiro* steht dort eingraviert. António übersetzt: »Kleines Gut am Hügel«.

Wo ist hier ein Hügel? Ich sehe auch keinen Gutshof. Die schmale Schotterstraße führt durch eine Allee, vielleicht 150 Meter. Alte Bäume, tief hängende Äste.

»Ob da ein Umzugs-Lkw durchkommt?«

Rechts ein Zaun, dahinter ein verwilderter Garten. Links unbebautes Gelände, ein altes Mäuerchen. Dahinter, vielleicht hundertfünfzig Meter weiter, ein paar Baustellen; hier entsteht eine neue schicke Wohnsiedlung.

Am Ende der Zufahrt sehen wir ein lang gestrecktes Gebäude, weiß gekalkt, mit den typischen blauen Umrandungen von Fenstern und Türen. Der Weg macht eine scharfe Rechtskurve und führt am Gebäude entlang. Wieder eine

Kurve, dann eine Toreinfahrt: Wir stehen vor der *quinta*. Vor unserem künftigen Zuhause?

Rechts und links neben der Einfahrt sind Torhäuser errichtet: das eine mit winziger Grundfläche, aber zwei Stockwerke hoch. Das andere ebenerdig, mit ummauertem kleinem Garten. Es ist einfach bezaubernd: Überall wachsen prächtig blühende Bougainvilleen, ranken sich Glyzinien und Efeu an den Hausmauern empor. Leider aber wohnt da jemand, wie man an der Wäscheleine erkennt, die voll behängt ist mit frisch gewaschenen Handtüchern und Kleidungsstücken.

»Vielleicht ziehen die ja aus?«

Wir fahren mit dem Auto ins Gelände hinein, da kommt uns schon eine junge Frau entgegen: Dona Isabela. Sie ist, das weiß ich von Petra, die Verwalterin. Wir parken, steigen aus – und sind einfach nur begeistert.

»Genau so möchte ich wohnen«, platze ich heraus. »Wir werden doch nicht etwa Glück haben? Was meinst du, *querido*?«

António kann es ebenfalls kaum fassen: »Wenn hier wirklich etwas frei ist, und dazu der Preis stimmt – wir wären verrückt, nicht hier einzuziehen!«

Dona Isabela begrüßt uns und bittet uns erst einmal in ihr eigenes Haus. Es steht mitten im Gelände, umgeben von hohen Kiefern, Kakteen. Kleine Torbögen führen verwinkelt zu schmalen Pfaden, alles ist über und über bewachsen mit den violetten Blüten der Bougainvilleen. Dazwischen hübsch angelegte Beete. Dona Isabelas Haus ist einfach eine Wucht: Der Eingang öffnet sich zu einem Mini-Korridor, rechts führen ein paar Stufen in die kleine Küche, links geht es zu einem riesigen Wohnzimmer. Eine große zweiflügelige Terrassentür mit Sprossenfenstern führt ins Freie. Oben sind, direkt unter dem Dach, wie in einem kleinen Turmaufbau, noch zwei winzige Räume: das Bad und das Schlafzimmer von Dona Isabela.

»Vom Bad aus kann ich sogar das Meer sehen«, sagt sie.

Das kann ich leider nicht beurteilen und muss es deshalb glauben, weil ich mich dafür nicht unbedingt in die Badewanne setzen wollte. Schließlich möchten wir als potenzielle Mieter zeigen, dass wir eine gute Kinderstube haben.

»Da drüben ist das Haus, das vermietet werden soll«, sagt Dona Isabela. António und ich können es nicht fassen: Genau das lang gestreckte Gebäude, auf das wir gerade eben zugefahren sind. Es ist das mittlere zwischen dem zweistöckigen kleinen Torhaus und einem weiteren Häuschen mit ebenfalls zwei Etagen, das durch eine Terrasse mit »unserem« Haus verbunden ist.

»Schau mal, das sind *azulejos*«, begeistere ich mich. Die ganze Terrasse ist über und über mit wunderschönen Fliesen verziert.

Dona Isabela freut sich, dass die *quinta* uns so gefällt. Sie zeigt uns das ganze Gelände, und dann flippe ich beinahe aus: Ein Kiespfad führt zwischen Rasenflächen entlang und direkt auf einen Pool zu. Keine größere Badewanne, kein runder Plastikpool. Sondern ein Becken, in dem man richtig schwimmen könnte. Wenn man denn hier wohnen dürfte. Sogar ein Poolhaus gibt es, mit Sonnenliegen und -schirmen.

»Das muss einfach klappen«, flüstere ich António zu. »Sieh zu, dass es klappt! Rede mit ihr!«

»Mach ich ja«, raunt António zurück. »Lass uns mal das Haus anschauen!«

Dona Isabela holt die Schlüssel, und wir gehen gemeinsam zum Haus. Es ist wirklich verlockend. Frisch gestrichen, eine kleine Küche, ein renoviertes Badezimmer. Die Miete ist in Ordnung: 50 Euro mehr als jetzt, aber dafür hätten wir ein ganzes Haus mit parkähnlichem verwunschenem Garten und – den Pool! Wir überlegen hin und her, aber: Es ist einfach zu klein. Nur zwei Zimmer. Vor allem: Wir haben eigene Möbel, das Haus gibt es aber nur komplett ausgestattet.

Unsere Enttäuschung ist groß. Nein: riesig.

Dona Isabela scheint auch traurig zu sein. Sie scheint zu überlegen.

»Wären Sie denn bereit«, fragt sie António, »ein bisschen selbst Hand anzulegen?«

Klar sind wir bereit. Aber welchen Grund sollte es dafür geben? Das Haus ist doch renoviert?

»Ja«, sagt Dona Isabela, »das hier schon. Aber das Nebenhaus ist ebenfalls frei, nur muss da halt noch eine Menge gemacht werden. Deswegen steht es noch nicht zur Vermietung.«

Anschauen kostet bekanntlich nichts.

Wir wandern gemeinsam über die *azulejo*-Terrasse. Gehen vier Stufen hinunter. Stehen vor einem Eingang, der mit einem zwar vertrockneten, aber ausbaufähigen kleinen Felsgarten bestückt ist. Rechts neben der Tür eine Nische, in der eine Bodenvase mit vertrockneten Pflanzen steht. Dona Isabela schließt die Tür auf.

Ein gefliester Vorraum, in den locker meine Schlafcouch passt. Übernachtungsmöglichkeit für unsere Gäste? Dahinter öffnen sich zwei Rundbogenfenster in den riesigen Wohnraum. Ein großer Kamin – da könnte man zwar keinen Ochsen, aber bestimmt ein *leitão*, das berühmte portugiesische Spanferkel, am Spieß braten. Ein kleiner Flur führt weiter in die Küche. Na ja: Küche kann man es nicht nennen. Besser: ein Raum, in dem man bestens eine Küche einrichten kann.

Vom Wohnzimmer schwingt sich eine Holztreppe nach oben zu einer Galerie, da sind noch zwei kleine Zimmer – mein Arbeitszimmer? Das andere mit kleiner Terrasse und gemauerten Stufen wieder nach unten: unser Schlafzimmer?

Uralte Möbel stehen herum, zerbrochen. An den Wänden hängen Gemälde – der Vormieter war Hobbymaler. Alles ist etwas heruntergekommen. Trotzdem sind António und ich uns einig: Das ist es! Daraus kann man etwas machen, das wird unser Paradies.

Mit Dona Isabela werden wir uns schnell einig. Dieses Häuschen ist größer als das uns zuerst angebotene. Ein ganzes Stück größer. Aber weil wir selbst renovieren wollen – nur den Maler stellt uns Dona Isabela –, bekommen wir es für die gleiche Miete. Natürlich muss erst mit dem Hausherrn Rücksprache gehalten werden.

»Aber das wird kein Problem sein«, sagt Dona Isabela. »Senhor Marco ist bestimmt einverstanden! Vor allem, wenn Sie selbst mit anpacken!«

Am nächsten Abend haben António und ich Grund zum Feiern, gemeinsam mit Petra: Wir bekommen das Häuschen. Aber:

»Eine Bedingung allerdings gibt es noch«, grinst Petra.

Aha, wusste ich es doch, denke ich geschockt. War ja klar, dass es da noch einen Haken gibt!

»Wenn das klappt, müsst ihr einen Hund aus dem Tierheim holen«, sagt Petra.

Na – das ist ja beinahe Ehrensache …

Es wird viel zu tun geben. Aber das ist eine Arbeit, die Spaß machen wird. »Und zur Erfrischung«, träume ich bereits laut vor mich hin, »hüpfe ich zwischendurch in den Pool.«

»Wohl eher nicht«, grinst António. »Wir haben jetzt Oktober. Wenn alles klappt, ziehen wir Ende Dezember um. Da ist es sogar in Portugal zu kalt zum Schwimmen ...«

Wir haben uns das Ganze natürlich noch genauer angesehen: Das Dach scheint relativ neu zu sein. An den Innenwänden gibt es keinerlei Spuren von Wassereinsickerung vom Dach her; die Wände sind relativ sauber, vor allem ohne Schimmelflecken. Sie müssen zwar geweißelt werden, klar, aber das übernimmt der Hausherr.

Der Riesenkamin wird den Wohnraum einigermaßen heizen. Vor dem Haus ist, direkt neben der Eingangstür, ein Schuppen, in dem wir das Brennholz stapeln werden. Künftig kaufen wir das Kaminholz nämlich getrocknet und tonnenweise (hier wird nicht per Kubikmeter geliefert) und nicht mehr in feuchten Plastiksäcken aus dem Supermarkt.

Für die beiden kleinen Räume oben werden wir uns Gasöfen oder Ölradiatoren zulegen. Und eine Heizdecke kommt her. Das ist ein Muss. Auf jeden Fall.

Und dann geht alles Knall auf Fall: Am folgenden Montag kommt die erste Spedition für einen Kostenvoranschlag. Siehe da – es ist João, der eigentlich Jens heißt und vor einem guten halben Jahr beim Ausladen meiner Möbel in São Domingos geholfen hat. Von dessen Sprachkenntnissen António so begeistert war. Weil er uns bereits kennt, macht er uns einen guten Preis.

Sind das jetzt auch *cunhas*?

Außerdem hat António seine Beziehungen ebenfalls spielen lassen: Ein Arbeitskollege hat einen Cousin, der Küchenbauer ist. Senhor Alfredo sieht sich die jetzt leere Küche an, misst alles aus und macht uns ein *orçamento*, einen Kostenvoranschlag. Ich staune über den günstigen Preis.

Wir sind einverstanden, und Senhor Alfredo schwört: »Bis Weihnachten baue ich Ihnen die Schränke und passe sie mit der Arbeitsplatte in der Küche ein. Herd und Backofen sind ebenfalls kein Problem, denn ich habe einen Schwager, der betreibt ein Elektrogeschäft mit Haushaltsgeräten. Und sein Bruder schließt Ihnen alles an. Sie müssen nur den Umzug organisieren!«

Schon wieder *cunhas* – ich wusste doch, dass das in Portugal unerlässlich ist!

Kleine Notiz am Rande:
Die ersten wirklichen Erfahrungen mit portugiesischen Handwerkern sind übrigens nicht viel anders als in Deutschland: Wenn sie sagen, sie kommen, kommen sie nicht.
Andererseits: Die Küchenmöbel haben wir nach Maß bestellt, und sie sind einen Tag vor dem vereinbarten Termin fertig.
Dafür ist der Maler ein bisschen daneben. Er kommt, arbeitet zehn Stunden – und ich stelle am Abend fest: Er hat um die noch an der Wand hängenden Bilder, die wir schön finden und die deshalb von Dona Isabela nicht abgehängt wurden, herum gemalt. Also muss er nochmals kommen. Tut er auch, entschuldigt sich vielmals und streicht abermals die Wände. Diesmal richtig.
Für die anderen Arbeiten – Gas und Wasser sowie

das Fliesenlegen in Küche und Bad, für Wasserhähne und Neueinbau von Waschbecken und Toilettenschüsseln – veranschlagen Klempner und Fliesenleger (eine cunha *von Senhor Alfredo beziehungsweise Dona Isabela) eine Woche. Und rücken, nachdem sie uns dreimal terminlich hängenlassen, dann mit vier Mann an und schaffen es in vier Tagen. Kann man nicht meckern.*

Kaum zu glauben, aber es klappt wirklich alles: Kurz vor Weihnachten ist im Haus, in der Casalinho de Outeiro Nr. 4, alles fertig. Sogar die PTelecom war pünktlich da. Manchmal geschehen Wunder in Portugal.

António bittet mich dringend: »Ich möchte den Umzug diesmal allein stemmen. Du hast letztes Mal alles gemacht. Flieg doch über die Feiertage heim nach Deutschland – und wenn du wiederkommst, ist alles erledigt!«

Dieses Angebot ist verlockend. Weihnachten in Deutschland bei meiner Familie ebenfalls. Nicht weil ich Schnee und Kälte vermisse. Aber meine Lieben wiederzusehen, mich mit Freunden spontan auf ein Glas Wein zu treffen – das würde mir schon gefallen. Keine Kisten einpacken zu müssen, kein Nervenbündel zu sein, ob alles klappt und wie es klappt und warum es nicht klappt. Ich muss zugeben: Das wäre sehr angenehm.

Das einzig Schlimme: Ich werde nicht mit meinem Liebsten Weihnachten und Silvester feiern können. Zumindest dann nicht, wenn ich einen günstigen Flug ergattern will. Alle Maschinen, die am 31. Dezember nach Lissabon fliegen, sind ausgebucht.

»Ich werde doch sowieso arbeiten müssen, *querida*«, meint António, »also ist es besser, wenn du bei deiner Familie und deinen Freunden bist, als hier wieder im Chaos zwischen Kisten und Gepäck. Lass uns doch lieber nach dem ganzen Stress ein paar Tage gemeinsam nach Madeira fliegen – auf unsere Insel!«

Gute Idee!

Ich komme am 1. Januar mittags am Flughafen an.

»Alles hat bestens geklappt«, berichtet António. »Natürlich steht noch viel herum. Aber das wollen wir ja gemeinsam aufräumen!«

Stimmt, und ich bin ja auch gut erholt. Allerdings weiß António noch zu berichten: Bedauerlicherweise ist kein heißes Wasser verfügbar. Im ganzen Haus nicht, und Dona Isabela ist über die Feiertage nicht da, sonst hätte man vielleicht bei ihr im Badezimmer – mit Meerblick – Asyl finden können.

»Ich fahre seit Tagen in unsere alte Wohnung und dusche dort«, berichtet António. »Ich weiß nicht, warum das hier nicht funktioniert, aber morgen rufe ich gleich Senhor Alfredo an!« Der war nämlich zwischen Weihnachten und Neujahr ebenfalls nicht erreichbar.

Die Handwerker haben zwar den Heißwasseranschluss (den Boiler mit den Gasflaschen) angebracht – aber es tut sich nichts. Zum Duschen fahren wir also mal eben ein Viertelstündchen und zwölf Kilometer. Einfache Strecke. Man gönnt sich ja sonst nichts.

Der Rest des Hauses aber ist perfekt.

Ich muss zugeben, António hat mit seinen *cunhas* gute Arbeit geleistet. Abfall und Sperrmüll sind entsorgt – und das waren ganze Berge. Die Schwester eines Freundes hat ihm ihre Putzfrau »geliehen«: Das Holz der Treppe und Galerie ist eingelassen und sieht fast wie neu aus. Küche und Bad sind geputzt, alles blitzt und blinkt.

Nur das heiße Wasser fehlt.

Sogar die neue blaue massive Holztür zur Auffahrt hin ist fertig geworden und eingehängt. Die hatte ich mir gewünscht, weil unser Häuschen das erste an der Straße ist und als Einziges einen Ausgang zur Auffahrt hat. Wir sind sozusagen für jeden Bösewicht und Räuber die erste Anlaufstelle.

António hat zusätzlich für eine »Alarmanlage« gesorgt: Weil es in der gesamten *Casalinho do Outeiro* keine Türklingeln an den einzelnen Häuschen gibt, hat er mir als Weihnachtsgeschenk eine Schiffsglocke angebracht. Wenn ich die läute, ist das so laut, dass die Polizei wegen Ruhestörung und Lärmbelästigung anrückt. Eine lustige Idee und die Aufschrift »Titanic 1912« nehme ich als gutes Omen. Sogar Holz für den Kamin ist bereits geliefert und gestapelt. Ein Feuerchen im Kamin flackert fröhlich vor sich hin.

Nur das heiße Wasser fehlt.

Wir checken nochmals gemeinsam die Gasflaschen. Sie sind voll.

Senhor Alfredo ist endlich mal selbst am Telefon und sagt: »Ich komme heute Nachmittag.«

Er kommt aber nicht.

Das heiße Wasser fehlt weiterhin, und ab morgen können wir nicht mehr in die alte Wohnung, weil wir (es ist mittlerweile der 10. Januar) offiziell ausgezogen sind und die Schlüssel abgegeben haben.

Am nächsten Morgen schwört Senhor Alfredo: »Ich komme noch heute Nachmittag. Ganz bestimmt!«

Bis dahin gibt er uns aber einen Tipp: Wir sollen doch mal am neuen Boiler nachschauen. Da gäbe es ein kleines Kästchen und da drin seien die Batterien für die »intelligente Zündung«. Sie könnten sich durch den Transport gelockert haben.

Senhor Alfredo braucht nicht mehr zu kommen. Die gelockerten Batterien sind jetzt fest, und wir können heiß duschen, heiß baden und sogar mit heißem Wasser Geschirr spülen.

Dafür hat ein paar Wochen später der Wasserzufluss in der Toilette eine Macke. Das Wasser rinnt und rinnt. Unsere Do-it-yourself-Methoden bewirken nichts, ein Klempner muss her. Denn sonst steigen unsere Wasserkosten ins Unermessliche, außerdem denken wir umweltbewusst: Wasser ist nicht zum Verschwenden da.

Es ist ein Donnerstagnachmittag.

Ich meine: »Lass es uns heute erledigen, *querido*, dann kommt vielleicht einer Anfang nächster Woche.« Ich spreche aus Erfahrung – deutscher und portugiesischer. Hatten uns die Klempner denn nicht dreimal versetzt?

António greift zum Anzeigenblatt *Dica*, einer wahren Fundgrube des Wissens und voller Kleinanzeigen. Er findet dort mehrere Angebote von Klempnern und ruft einen an, der mit dreißig Jahren Berufserfahrung prahlt. Der Mann ist erreichbar (wie haben wir das eigentlich früher gemacht, als es noch keine Handys gab?) und sagt: »Kein Problem, ich schau mal schnell … ah ja. Ich bin gleich in Ihrer Nähe und komme anschließend sofort vorbei!«

Der Klempner kommt wirklich innerhalb von fünfzehn Minuten. An einem Donnerstagnachmittag gegen 17 Uhr.

Kleine Anmerkung: Es handelt sich nicht um einen Klempner-Notdienst, der in Deutschland horrendes Geld verlangen würde. Sondern um einen ganz normalen Handwerker. Ich fasse es nicht: Um 17 Uhr kommt der noch?

Der Mann braucht für unser Toilettenproblem etwa eine Stunde. Er muss zweimal das Haus verlassen und zum Auto gehen, um Ersatzteile zu holen. Er berechnet für seine Arbeit nur 15 Euro! Zwar muss er auch zwei neue Teile einbauen, die etwa 35 Euro kosten. Aber die zahlt unser Vermieter.

Bei der üblichen Plauderei mit dem Handwerker erfahren wir, dass der Sohn des Klempners PC-Experte ist und einen eigenen kleinen Laden hat. Unsere *cunhas* in Sachen Handwerker sind damit vervollständigt.

Wir haben einen Klempner (mit Notdienst).

Einen Holzhändler, der das Kaminholz auch ordentlich stapelt (und nicht nur einfach vors Haus kippt, wie es hier durchaus auch üblich ist).

Einen Computertechniker, einen Elektriker, einen Fliesenleger, einen Maler, einen Küchenbauer. Und einen Waschmaschinen-Anschließer, denn das machte der Klempner auch gleich. Da war nämlich ein kleines Schlauchteilchen beim Umzug verlorengegangen.

Dazu noch die kulinarischen *cunhas*.

Kann eigentlich nichts mehr schiefgehen, oder?

Kapitel 12

Endlich legal – »Ich habe die Residência!«

Ein Jahr bin ich schon in Portugal. Nun raffe ich mich tatsächlich auf: Ich möchte endlich »legal« hier sein. Dazu brauche ich den sogenannten *cartão de residência*. Den zu erlangen ist, wie mir all jene *residentes* versichern, die diese Prozedur bereits hinter sich haben, ein behördlicher Akt, der nicht immer leicht zu bewältigen ist. Bei dem man Stunden, wenn nicht gar Tage auf der Ausländerbehörde zubringen darf. Irgendwann will ich das hinter mir haben. Also gut: Gehen wir es an!

António muss leider arbeiten, deshalb kann er nicht mitkommen. Ich entdecke allerdings deutliche Erleichterung in seinen Gesichtszügen. Ämter und Behörden sind so ganz und gar nicht seine Sache, selbst wenn es um ihn selber geht. Wenn ich nur daran denke, was das für ein Theater war, als er seinen Ausweis erneuern lassen musste! Der Verwaltungsakt selbst – eine Sache von ein paar Minuten. Aber bis António sich endlich aufgerafft hatte! Da sind alle Portugiesen irgendwie gleich: Am liebsten kommen sie möglichst wenig mit dem Staat und seinen Organen in Berührung. Bei Polizeikontakt kann ich das ja nachvollziehen. Vor allem, wenn man ein schlechtes Gewissen hat. Oder gerade auf frischer Tat ertappt wurde. Aber beim Antrag für ein Ausweispapier?

»Wenn ich aber doch arbeiten muss…«, bedauert er mich. »Da kann man nichts machen!«

Kein Problem: Eine Freundin begleitet mich. Petra lebt schon lange in Portugal. Vor allem: Sie spricht perfekt Portugiesisch. Ich habe nämlich ein bisschen Bammel, dass im Verlauf der Amtshandlung möglicherweise Fragen und Ausdrücke fallen, die sich meinen Sprachkenntnissen entziehen. Behördendeutsch ist ja auch kein richtiges Deutsch, und ich vermute stark, dass es sich beim Behördenportugiesisch um ein ähnlich kompliziertes Kauderwelsch handelt. Da würde mir sogar ein Englisch sprechender SEF-Beamter nichts nützen: Auch Behördenenglisch dürfte für den normalen Menschen gewisse sprachliche Hürden haben.

Selbstverständlich sind wir bestens vorbereitet. Finden wir zumindest. Petra ist Schweizerin, ich bin Deutsche – das wäre doch gelacht, wenn wir nicht alle Unterlagen beisammenhätten. Das Wichtigste ist natürlich der Antrag. Portugals Behördenapparat ist möglicherweise etwas langsam und umständlich. Aber perfekt organisiert und aufs Modernste ausgerüstet. Deshalb kann man alle Formulare, die man braucht, aus dem Internet herunterladen. Auf manchen Seiten ist die Benutzerführung sogar in englischer Sprache. Dennoch merke ich schnell: Es ist eine hervorragende Idee, dass Petra mitkommt. Sie spricht nämlich auch ein bisschen Behördenportugiesisch. Schließlich hat sie nicht nur mit Ämtern und Botschaften, sondern sogar mit Notaren zu tun gehabt.

Erster Anlauf.

Gemeinsam fahren wir an einem strahlenden Junimorgen zur SEF (*Serviço de Estrangeiros e Fronteiras*) nach Cascais.

»Lass uns möglichst früh da sein«, meint Petra. »Lieber trinken wir nachher noch gemütlich Kaffee und frühstücken, bevor wir bis mittags anstehen müssen.«

»Kein Problem!« Ich finde das auch besser. »Außerdem gibt es morgens sicher eher einen Parkplatz. Schließlich kommen die Touristen aus Lissabon immer erst am späten Vormittag in Cascais an.«

Draußen vor dem Eingang zur SEF stehen die Antragsteller in einer langen Schlange. In einer sehr langen Schlange. Viele Dunkelhäutige sind dabei, meist aus Brasilien, aber viele kommen aus anderen ehemaligen Kolonien Portugals: Angola, Mosambik, Guinea-Bissau. Moldawier, Russen und Ukrainer sind auch da, Vietnamesen und Chinesen – alle wollen dasselbe: zum Ausländeramt. Das hat seinen Sitz in Cascais in der Rua da Misericórdia, in der Mitleidsstraße also. Ein Omen? Will man uns bewusst machen, dass wir bald Mitgefühl nötig haben werden, wegen unseres behördlichen Ansinnens?

Als EU-Bürger dürfte man eigentlich gleich durchmarschieren, sagt Petra. Das tut man aber als höflicher Mensch nicht, weil man merkt, dass die Schlange schnell vorrückt. Sie verringert sich nämlich in kürzester Zeit zu ein paar wenigen Menschen vor einer zweiten Eingangstür. Dort steht ein Uniform tragender Herr, der eine ausgesprochen wichtige Funktion innehat (und solche Herren oder Damen gibt es in jeder, aber wirklich jeder staatlichen Behörde in Portugal): Der Herr »sortiert vor«. Er entscheidet, ob man A, B, C oder D ist. Und gibt die entsprechenden und hier ebenfalls überall üblichen Nummernzettel aus. Was diese Buchstaben bei der SEF genau bedeuten, habe ich allerdings bis heute nicht herausfinden können. Es gibt zwar eine Beschreibung, aber ich hatte, obwohl ich immer gleichbleibend EU-Bürgerin bin und immer dasselbe wollte, abwechselnd schon alle vier Buchstaben auf meinem Nummernzettel stehen. Manchmal gibt es sogar von Hand geschriebene Post-it-Zettel …

Wir kommen in den Wartesaal. Dort tummeln sich, und das praktisch zu jeder Tageszeit, etwa hundert Leute: Alt und Jung, Groß und Klein. Kreischende Kinder – worüber sich niemand aufregt. Ruhige Kinder, über die man sich freut. Portugiesen, die als offizielle »Hilfesteller« für Einwanderer und Residenten arbeiten und Aktenberge ihrer Klienten mit sich herumschleppen. Stimmengewirr aus aller Herren Länder. Bange oder nervöse Blicke, gelangweilte Mienen oder aufgeregtes Herumfuchteln. Für Unterhaltung ist allerdings auch anderweitig gesorgt: Wartezeit und etwaige Langeweile werden dadurch verkürzt, dass es in diesem Raum einen riesengroßen Flachbildschirm gibt. Einerseits dient er dazu, die Anwesenden zu informieren, welche *senha* gerade an welchen Schalter gebeten wird. Es gibt Ansagen auf Portugiesisch, Englisch und Russisch – den Unterschied bekomme ich allerdings nicht mit, denn alle drei sind gleich unverständlich. Selbstverständlich läuft außerdem noch das Fernsehprogramm. Irgendein Nachrichtensender und natürlich Werbung.

Halleluja: Wir haben vom Herrn in Uniform die Nummer zwei bekommen. Siehe da – dem Bildschirm entnehmen wir, dass Nummer eins bereits dran ist. »So ein Mist«, meint Petra. »Die zwei Euro Parkgebühr hätten wir uns sparen können. Ein Euro wäre genug gewesen. Das scheint ja heute schnell zu gehen.«

»Ich gebe dir trotzdem einen Dankeschönkaffee aus«, sage ich. »Und wenn wir gleich ins Café nebenan gehen, müssen wir sowieso länger parken.«

Tatsächlich geht alles in Windeseile:

Um 9.05 Uhr hatten wir draußen auf der Straße am Ende der Schlange angefangen.

Um 9.15 Uhr trafen wir auf den »Herrn der Nummern«.

Um 9.25 Uhr waren wir am Schalter.

Um 9.35 Uhr wieder draußen und im nächsten Café.

Das rasende Tempo lag leider daran, dass mein vom Internetportal der Ausländerbehörde heruntergeladener Antrag nicht gültig war. Keine Ahnung, aus welchem Grund. Auch Petra blickt nicht durch. Man hat uns aber freundlicherweise mit richtigen Formularen versorgt. Die sollen wir ausfüllen und wiederkommen.

Nun heißt es: Fragebogen lesen. Verstehen. Mit richtigen Antworten versehen. Zwei Fotos besorgen (habe ich sicherheitshalber schon). Kopien von Pass und Personalausweis und meines Krankenversicherungsnachweises machen (ebenfalls schon erledigt). Weil ich keinen Arbeitsvertrag vorweisen kann, will das Ausländeramt die Auszüge meiner portugiesischen Bank der letzten drei – »Ach nein, besser der letzten sechs!« – Monate sehen. Man will sichergehen, dass ich dem Staat nicht zur Last falle.

Das wäre dann alles.

Wenn ich mit dem ausgefüllten Fragebogen wieder hinmarschiere, muss ich die Kopien mitbringen, aber auch die Originale vorzeigen. Die hatte ich heute leider nicht dabei. Und danach dauert es angeblich nur zwei Monate, bis ich meine portugiesisches Ausweispapier in Händen halte …

Zweiter Anlauf. Eine Woche später.

Wieder sind wir recht früh am Morgen da, werfen wieder zwei Euro in die Parkuhr. Die Menschenschlange ist nicht viel kürzer als bei unserem ersten Besuch. Diesmal sind wir aber unhöflich und drängen uns vor. Wedeln mit unseren Papieren und geben zu Kund und Wissen, dass wir EU-Bürger sind. Und schon zum zweiten Mal hier. Es klappt!

In Nullkommanichts sind wir an der zweiten Eingangstür, der Nummernzuteiler in Uniform zieht uns eine *senha*. Diesmal haben wir Nummer drei, und Nummer zwei ist bereits »in Behandlung«. Leider dauert der Fall etwas länger. Oder sollte da jemand heimlich eine Kaffeepause machen? Vierzig Minuten müssen wir warten. Dann gehen wir zum Schalter. Wir legen meine Papiere vor. Die Fotos.

Weitere fünf Minuten später: Die Sachbearbeiterin drückt mir einen blauen Zettel in die Hand.

»Das ist alles?«, frage ich Petra etwas verwirrt. »Und was ist das jetzt?«

»Es steht doch darauf«, grinst sie. »Das ist deine vorläufige *residência*. Mehr bekommst du heute nicht.«

»Aber in spätestens sechzig Tagen«, mischt sich die Dame hinter dem Schalter ein, »bekommen Sie eine Mitteilung zugeschickt, dass Sie Ihren *cartão de residência* bei uns abholen können.«

Auf diesen Erfolg leisten wir uns natürlich wieder einen Besuch im Café. Schließlich müssen wir die Parkgebühren ausnutzen.

Dritter Anlauf. Diesmal allein.

Mitte Juni bin ich bei der SEF gewesen und habe das blaue Papier in die Hand gedrückt bekommen, auf dem steht: sechzig Tage gültig. Wobei kein Mensch auch nur irgendeine Ahnung hat, was denn nun passiert, wenn man ohne blauen Zettel in eine Kontrolle gerät. Wird man dann verhaftet? Was geschieht, wenn die Gültigkeit des Wischs abgelaufen ist, man aber das »echte« Dokument noch nicht in Händen hat? Muss man dann in den Kerker? Wird man ausgewiesen?

Calma, calma. Nur die Ruhe.

Insider wissen auf jeden Fall: Es handelt sich nicht um sechzig normale Tage – also etwa zwei Monate. Sondern um sechzig Arbeitstage. Mithin also ungefähr drei Monate. Mit einer kleinen Verspätung von weiteren vier Wochen liegt dann endlich die Benachrichtigung im Briefkasten: Ich kann meinen *cartão de residência* abholen. Ich möge bitte 2,54 Euro mitbringen. Außerdem meinen deutschen Pass und natürlich den blauen Wisch.

Insider wissen: Das Geld sollte man am besten genau abgezählt dabeihaben. Wehe, man hat etwa gar eine Banknote dabei – selbst wenn es nur ein 5-Euro-Schein ist –, die im Amt gewechselt werden müsste. Keine Chance. Es kann passieren, dass man dann zur nächsten Bank geschickt wird, um mit dem abgezählten Münzgeld zurückzukommen und zahlen zu können. Die Bank hat schon geschlossen? »Dann gehen Sie bitte in einen der umliegenden Läden.«

Leider kennen alle Geschäftsinhaber diesen Tipp und haben deshalb im Schaufenster ein Schild hängen, dass man hier kein Geld wechseln könne. Was man aber durchaus kann: etwas kaufen und dann beim Wechselgeld darauf achten, dass genau 2,54 Euro in passenden Münzen vorhanden sind.

Die Büros der SEF in Cascais haben von 8.30 bis 16.30 Uhr geöffnet.

Insider wissen: Entweder kommt man pünktlich um 12 Uhr kurz vor der Mittagspause oder kurz vor Büroschluss ins

Amt. Optimal ist es, wenn man spätnachmittags kommt und abends außerdem ein Fußballspiel ansteht: Dann wollen alle unbedingt pünktlich nach Hause (oder in die Kneipe), um ihren Verein spielen zu sehen.

Ich bin aber leider noch kein Insider. Mir wird nur berichtet, dass man auch bei der Abholung des Ausweispapiers den »Herrn der Nummern« eine *senha* ziehen lassen muss, dass aber dann alles sehr schnell geht. »Ganz bestimmt! Du wirst staunen, wie schnell du wieder draußen bist!«

Ich komme so gegen 14 Uhr an, zeige die Benachrichtigungskarte vor und darf, so weit meine theoretische Annahme, sofort an den richtigen Schalter. Aber grau ist alle Theorie: »Sofort« heißt bei meinem ersten Versuch, dass mal eben zehn oder zwölf Leute vor mir an der Reihe sind, die alle dasselbe Begehr haben: Sie wollen alle »nur« ihre Dokumente abholen.

Der Mann in Uniform gibt mir den Tipp: »Kommen Sie später am Nachmittag wieder. Da ist weniger los.« Er würde mir gleich ein neues Nümmerchen mitgeben, aber ich verzichte dankend. Heute habe ich keine Lust mehr.

Kleine Notiz am Rande:
Wenn ich mit meiner »Legalisierung« ein bisschen länger gewartet hätte, wäre die ganze Prozedur nicht mehr nötig gewesen. Aber: Wer kann das ahnen?
Seit Oktober 2006 nämlich wird auch in Portugal EU-Recht umgesetzt. Genauer: das Aufenthaltsrecht jedes EU Bürgers innerhalb der Europäischen Gemeinschaft. Und dafür braucht man keinen cartão de residência *mehr.*
Leider war ich ungefähr ein Vierteljahr zu früh dran.

Jetzt ist alles viel einfacher: Man marschiert einfach zur Câmara Municipal *seines Wohnorts, also zum Rathaus, und meldet sich dort an. Man bekommt dann ein* certificado de registro, *zahlt dafür etwa 15 Euro. Hätte ich also ein bisschen mehr löhnen müssen. Aber dafür wäre die ganze Prozedur auch vermutlich in längstens einer Stunde erledigt gewesen.*

Vierter Anlauf.

Wieder allein, aber diesmal gerüstet: Ich habe Lesestoff dabei.

Die Menschenschlange vor dem Gebäude ist ziemlich lang. Es ist bereits kurz vor halb zwei Uhr nachmittags, und ich beschließe: Auch ohne Petras Begleitung wird Frechheit siegen! Also marschiere ich an der langen Schlange vorbei, direkt zum Pförtner. Ich bekomme die Nummer 28. Nicht nur Lektüre habe ich heute mitgebracht, sondern außerdem guten Willen und Zeit sowieso. Das ist auch gut so. Denn als ich in den Wartesaal komme, trifft mich – nach einem Blick auf den Flachbildschirm – beinahe der Schlag: Nummer acht ist gerade »in Behandlung«.

Na ja, hin und wieder geht es recht schnell. Außerdem möchte ich endlich »legalisiert« sein und das anhand eines Dokumentes beweisen können.

Fünfunddreißig Minuten später. Es hat sich nichts, aber auch gar nichts getan. Vom Wartesaal aus kann man, das ist geschickt eingerichtet, nicht genau sehen, was sich so an Hin und Her, Rein und Raus vor der Tür zum Schalterraum tut. Andererseits habe ich schon ein wenig Erfahrung mit Portugal und den Portugiesen. Also frage ich den freundlichen Herrn in Uniform, ob er vielleicht mal nachfragen könnte. Er kann. Leider kommt er mit schlechten Nachrichten zurück: »Es ist so, *senhora*: Zwar kommen noch alle dran, sonst hätten wir die Nummern nicht ausgegeben. Aber Sie sind ziemlich spät dran gewesen. Kann also gut sein, dass Sie bis kurz vor Feierabend warten müssen!«

Ich gebe auf. Darauf habe ich heute wirklich keinen Bock. Da nutzt auch mein Buch nichts. Nicht mal nach einem Kaffee ist mir.

Fünfter Anlauf.

Dieses Mal nutze ich Insiderwissen. Mit anderen Worten: Kurz vor 12 Uhr stehe ich vor der Ausländerbehörde. Wieder eine lange Menschenschlange. Weil die Tür aber offen steht, schlängle ich mich vorbei und hoffe auf ein Einsehen des Pförtners.

Leider kommt alles ganz anders.

Drei freundliche Herren der *polícia* werfen eben rigoros alle raus, die sich rund um den »Herrn der Nummern« drängen. Das sind eine ganze Menge Leute. Die polizeiliche Anweisung lautet: »Bitte ganz ordentlich in der Schlange anstellen, sonst gibt es gleich Probleme!«

Ich muss dermaßen entgeistert geschaut haben, dass sich einer der Beamten meiner erbarmt: »Keine Sorge«, sagt er (auf Englisch), »Sie sind bestimmt EU-Bürgerin. Bitte stellen Sie sich trotzdem in die Schlange, wir holen Sie da gleich raus!«

Und tatsächlich: Zwei Minuten vor 12 Uhr kommt ein weiteres Mitglied der *polícia* und fragt nach Bürgern aus der EU. Die winkt er alle nach vorne. Schleust uns zum Pförtner. Es ist 12.07 Uhr, und ich habe Nummer fünf bekommen. Nummer drei ist bereits dran.

Neben mir steht ein älterer Herr – die Nummer vier. Wir warten. Gemeinsam. Die *polícia* teilt mit, dass Schwangere und Frauen mit Kindern bevorzugt abgefertigt werden. Ein anderer Uniformierter gibt deshalb gelbe und grüne Nummernzettel aus.

Mein Zettel ist leider weiß. Der ältere Herr und ich warten. Gemeinsam.

Mittlerweile werden ein paar Sitzplätze frei. Ich nehme sicherheitshalber Platz. Auf der Anzeigetafel für die Abteilung EU-Bürger tut sich nichts. Der ältere Herr mit der Nummer vier geht schon zum dritten Mal nach vorne in der Hoffnung zu erfahren, was denn nun eigentlich los ist.

Schwangere und Frauen mit Kindern strömen stetig in den Schalterraum und wieder hinaus. Weitere Menschen drängen sich in den Wartesaal. Kleine Jungen spielen kreischend mit Feuerwehrautos, kleine Mädchen heulen prophylaktisch einfach nur so mit.

Auf der Anzeigetafel tut sich nichts. Wir warten.

Ich nehme Blickkontakt mit dem Pförtner auf, der so etwa alle zehn Minuten in den Wartesaal kommt und namentlich nach bestimmten Personen fragt. Ob Dona Carla Filomena Ferreira, Senhora Cecília Ana Maria Silva oder Senhor Holger Muller – alle kommen dran.

Herr Nummer vier und ich allerdings nicht.

Der Pförtner hält zwar den Blickkontakt mit mir, hebt aber ratlos die Schultern.

Herr Nummer vier schaut gottergeben zum gefühlten zweitausendeinhundertdreiundzwanzigsten Mal auf seine Armbanduhr.

Es ist 13 Uhr. Wir warten.

Plötzlich tut sich was auf der Anzeigetafel. Schalter D

möchte jetzt an Tisch sechs endlich den Antragsteller Nummer vier haben.

Herr Nummer vier freut sich. Ich freue mich mit ihm. Jetzt kann es auch für mich nicht mehr wirklich lange dauern.

13.05 Uhr. Auf der Anzeigetafel erscheint meine Nummer. Beim Hineingehen treffe ich Herrn Nummer vier, wir lächeln uns siegesgewiss zu.

Zehn Minuten später ist es so weit: Ich habe meine selbstverständlich abgezählt bereitgehaltenen 2,54 Euro abgeliefert. Im Gegenzug habe ich das »heilige Papier« erhalten. Ich habe einen schwarzen Zeigefinger, denn ohne Fingerabdruck bekommt kein Portugiese sein *bilhete de identidade* und keine *residente* seinen *cartão de residência*.

Es ist mir eine wahre Freude, allen noch in den Räumen der SEF Anwesenden – ob informiert oder nicht – beim Hinausgehen ein fröhliches *bom fim de semana* zu wünschen.

Und dann gehe ich erst mal auf eine *bica*. Oder besser noch: Ich bestelle einen *café com cheirinho* – da ist nämlich ein kleiner Schuss Alkohol drin. Den habe ich mir jetzt wahrlich verdient. Meine »Legalität« muss schließlich gefeiert werden.

Das Dumme ist: Wenn man umzieht, muss man seinen *cartão de residência* natürlich mit der neuen Adresse versehen lassen. Man braucht selbstverständlich auch dann einen neuen *cartão*, wenn der alte abgelaufen ist. Beides war der Fall, und das führte bei mir zu leichten Horrorvorstellungen. Aber alles hat sich verbessert. Na ja, fast alles.

Einfach nur zur SEF fahren, anstellen, Nummer ziehen und dann warten – das geht nicht mehr. Man muss jetzt telefonisch einen Termin vereinbaren. Kein Problem. Man kommt bei der Nummer sogar relativ problemlos durch. Das Vereinbaren eines Termins soll dafür sorgen, dass man nicht mehr so lange warten muss. Theoretisch.

Aber wie ich schon früher erfahren durfte: Grau ist alle Theorie. Vor allem bei der Ausländerbehörde.

Anfang August rufe ich also an, um einen Termin zu vereinbaren. In der Hoffnung, dass ich wegen der Urlaubszeit nicht so lange warten muss. Bekanntlich sind im August alle in Portugal in Urlaub. Einheimische wie Ausländer, Residenten wie etwaige Antragsteller.

Meine alte *residência* läuft am ersten September ab, es wäre also gut, wenn ich meinen Termin vorher bekäme.

Keine Chance. Ich bekomme den 16. September zugeteilt, um 10 Uhr morgens.

»Aber meine *residência* ist dann schon abgelaufen!«, protestiere ich.

»*Não faz mal* – das macht nichts!«, wird mir entgegnet. »Vorher haben wir keinen Termin frei!«

Dann diktiert man mir noch eine lange Liste an Dokumenten, die ich unbedingt dabeihaben soll. In Ordnung. Sie werden wissen, was sie tun. Macht ja im Grunde nichts, dachte ich. So habe ich wenigstens Zeit, schöne Fotos machen zu lassen, und alle Papiere ordentlich zusammenzubekommen.

Am 16. September marschiere ich also wieder einmal in die Rua da Misericórdia. Der erste, sehr erfreuliche Eindruck: keine lange Schlange, die sich um den Häuserblock windet. Eher eine mickrige Schlange von vier Personen, die im Eingangsbereich steht, weil bekanntlich da derjenige sitzt, der die *senhas* austeilt.

Ich nenne meinen Namen. Man findet mich in einer mehrseitigen Liste, gibt mir eine Nummer (29!) mit einem B und erzählt mir, diese Nummer würde dann aufgerufen.

Na gut, denke ich. Es ist ja erst dreiviertel neun, ich habe ja noch ein bisschen Zeit. Termin ist ja erst um zehn Uhr. Da warte ich halt ein wenig.

Ziemlich genau um 10 Uhr werde ich zu einer neuen Rezeption gerufen, die man im Wartesaal aufgebaut hat. Da sind zwei Damen tätig, die jeden überprüfen: »Haben Sie alle Dokumente dabei?«

Aber klar doch. Diesmal habe ich es richtig gemacht. »Meine« Dame will genau die Kopien und Unterlagen haben, die laut Information von der SEF-Internetseite nötig sind. Nicht allerdings jene, die in der umfangreichen Liste standen, die mir am Telefon genannt worden war.

Man wusste also ganz und gar nicht, was man tat.

Trotzdem war ich natürlich – ich lebe ja nun schon einige Zeit in Portugal – auf alle Eventualitäten vorbereitet. Hatte also wirklich alle Dokumente dabei. Die Dame überprüft also, stellt fest, alles ist da – ich freue mich.

Aber prompt werde ich mit einem neuen Antrag versehen – mein aus dem Internet heruntergeladener Antrag gilt nicht mehr, und ich soll mir eine neue *senha* holen. Diesmal nicht B, sondern aus völlig unerklärlichen Gründen bekomme ich den Buchstaben E.

Habe ich in der kurzen Zeit etwa meine Staatsbürgerschaft verloren? Bin ich keine EU-Bürgerin mehr? Welche Logik steckt dahinter?

Meine Nachfrage ergibt: »Das ist schon in Ordnung. Sie sind ja aus der Europäischen Union.« Aha. Okay, wenn man das zu mir sagt. Sie wird wissen, was sie tut.

Nach etwa einer halben Stunde ist es dann so weit: Tisch

Nummer sechs ist mir zugeteilt. Die Sachbearbeiterin nimmt meine Papiere entgegen, schaut entsetzt auf meine *residência* und sagt: »Da müssen Sie einen komplett neuen Antrag stellen, denn Ihre *residência* ist ja bereits abgelaufen!«

Wie bitte!? Ich erkläre, dass ich genau das vor ungefähr sechs Wochen am Telefon kundgetan habe. Dass mir mitgeteilt worden sei, das würde nichts ausmachen. Weil ja alles in den Akten stünde.

»Hm – da muss ich nachfragen!« Mit anderen Worten: Die Sachbearbeiterin verschwindet irgendwo im Gebäude.

Das wird wieder mal dauern, denke ich.

Aber sie kommt nach fünf Minuten zurück. Mit freudiger Botschaft: »Es geht doch! Aber nur ganz knapp – weil Sie eben genau *quinze dias* über dem Stichtag sind.«

Fünfzehn Tage? Ich rechne schnell nach: 1. September plus fünfzehn – okay: 16. September. Warum aber diese fünfzehn Tage? Lieber nicht nachfragen. Den Mund halten. Keinesfalls schlafende Hunde wecken.

Mir fällt auf jeden Fall ein Stein vom Herzen. Wenn ich nur an diese lange Prozedur beim ersten Mal denke …

Weiter geht's. Sie sieht sich meine extra angefertigten neuen Passfotos an.

»Die können wir nicht verwenden, die sind zu groß!«

Mein Einwand, dass ich sie extra habe anfertigen lassen, wird weggewischt. »Schauen Sie doch, Dona Christina« – aha, wenigstens so weit sind wir schon! –, »Ihre Fotos passen nicht auf den *cartão*.« Sie demonstriert das sehr anschaulich.

»Und was machen wir jetzt? Einen neuen Termin?«

»Nein, nein«, versichert sie mir. »Hier in der Nähe ist eine *foto máquina*. Da lassen Sie schnell neue Fotos machen.«

Sie beschreibt mir den genauen Weg. »Wirklich ganz in der Nähe, das dauert nur fünf Minuten.« Okay – ich lasse mich darauf ein. Eines allerdings kläre ich sofort ab: »Muss ich dann wieder eine *senha* ziehen?«

»Natürlich nicht, Sie können gleich zu mir hereinkommen!«

Ich marschiere also aus dem Gebäude, laufe um zwei Ecken auf die »Hauptstraße« in Cascais: Nichts ist zu sehen. Keinerlei Hinweis auf eine *foto máquina*. Aber ein Polizist mit schick verspiegelter Sonnenbrille auf einem vierräderigen »Motorrad« kommt des Weges. Den stoppe ich.

Er weiß allerdings nichts. Aber er ist sehr hilfsbereit, denn: »*Espera um momento, se faz favor!*« Er fährt fünf Meter weiter nach links, um einen vor seinem Geschäft stehenden Juwelier zu fragen, wo denn hier der Fotoautomat sei. Der weiß Bescheid (klar, mit einem Laden um die Ecke der SEF), und nachdem die *foto máquina* genau im Eingangsbereich meiner Versicherungsagentur steht (wie ich jetzt sehe), finde ich da sogar hin.

Kleine Notiz am Rande:
Fotos aus einem Automaten habe ich, glaube ich, zuletzt vor etwa dreißig Jahren machen lassen. Als Jux in der Schulzeit. Gemeinsam mit meinen kichernden Freundinnen und mit vielen Grimassen. Wir haben uns totgelacht.
Aus der Erfahrung des allerersten Führerscheinfotos bin ich allerdings klug geworden: Fotos für Dokumente lasse ich lieber bei einem richtigen Fotografen anfertigen. Gern auch im Schnellstudio, aber nicht mehr von einem Automaten. Denn was da rauskommt – nein

danke! Man sieht immer aus wie aus einer Verbrecherkartei. Oder wie eine verkaterte Schnapsleiche. Egal: Bevor ich den ganzen Prozess bei der SEF noch einmal von vorne beginne …

Ich setze mich also in den Automaten und befolge ganz brav, was die Maschine mir sagt. Ich soll als Erstes einen 5-Euro-Schein hineinschieben.

Resultat: keines.

Dasselbe noch einmal.

Resultat: keines.

Aber wenigstens spuckt der Automat das Geld jeweils wieder aus.

Ich marschiere also ziemlich aufgebracht wieder aus dem kleinen Fotokabuff. Suche ein »Opfer«, das ich befragen und das mir helfen kann.

Es ist allmählich kurz vor zwölf, und ich fürchte, dass meine Sachbearbeiterin gleich zum Mittagessen eilt. Sollte ich deshalb nervös oder genervt sein? Ich doch nicht.

Mein Blick fällt zufällig nochmals genauer auf den Fotoautomaten. Und was entdecke ich? Außen an der Box der Schnellfotomaschine gibt es ein Fach. Da liegen zwei Bögen mit jeweils vier Fotos drin. Ich sehe aus wie auf einem Fahndungsfoto. Aber: Die Fotos waren preiswert, äußerst preiswert sogar, weil der Automat meine fünf Euro nicht haben wollte. Und: Für die SEF reicht diese Qualität allemal!

Als ich das SEF-Gebäude erreiche, ist – wie könnte es anders sein – wieder eine kleine Menschenschlange entstanden. Zudem gibt es heftige, lautstarke Diskussionen.

Nicht von meiner Seite, sondern von ein paar Leuten, die sich vom »Herrn der Nummern« zum Narren gehalten fühlen. Man steht kurz davor, handgreiflich zu werden. Man spricht davon, die *polícia* zu rufen.

Die wütenden Streithähne verlassen schimpfend das Gebäude. Ich schaue harmlos zu, stehe endlich allein vor dem Pförtner.

Tatsächlich: Ich darf ohne weitere Umstände zu »meinem« Schalter. Nach knapp sieben Minuten nimmt mir die Sachbearbeiterin meine scheußlichen Fotos ab.

Sie fertigt ein Papierchen aus, dass ich ein neues Dokument beantragt habe – keinen blauen, sondern einen weißen Wisch diesmal. Und sie teilt mir mit, dass mein alter abgelaufener *cartão de residência* jetzt zusammen mit diesem Papierchen gültig sei, bis der neue fertig sei.

Jetzt muss ich nur noch auf die Benachrichtigung warten, dann darf ich noch einmal hin, zahlen, Fingerabdruck – und dann bin ich wieder »legal«.

Kapitel 13

Schokoladenkoffer & Wermutstropfen

Hurra – ich kann wieder mal in die Heimat reisen. Schon in den ersten Monaten nach meiner Ankunft im »Gelobten Land« will es der Zufall, dass ein Verlagsbesuch in München ansteht.

Selbstverständlich mache ich denselben Fehler wie wohl alle *residentes*, die im Ausland leben und wieder in die alte Heimat reisen: Alles an Terminen und Verabredungen einplanen, was nur möglich ist. Freunde, alte und liebe Kollegen, Familie sowieso. Gerne auch das eine oder andere Essen in den Lieblingsrestaurants, und wenn dann noch Zeit ist (das glaubte ich damals tatsächlich!), noch einen Absacker in der Stammkneipe. Eine kurze Visite beim Friseur sollte unter Umständen ebenfalls möglich sein. Ich habe vergessen zu erwähnen: Es handelt sich um einen Kurztrip von vier Tagen.

Keinesfalls vergessen: Einkaufen der Notrationen all jener Lebensmittel und sonstiger Dinge, die ich in Portugal nicht bekomme oder die dort wesentlich teurer sind.

Kleine Notiz am Rande:
Kulinarische Mitbringsel gibt es in beiden Richtungen: Aus Portugal anreisend gibt man gern mit

Oliven, Olivenöl, Feigen, Zitronen oder Orangen an, es darf auch die eine oder andere chouriço sein oder der leckere pata negra, der feine Schinken vom schwarzen Schwein. Nicht zu vergessen: der hervorragende portugiesische Käse!

Aus Deutschland abreisend, schleppt man außer Kosmetika und Büchern selbstverständlich ebenfalls Lebensmittel im Koffer mit: Leberwust ist immer gefragt, Teewurst ebenfalls – überhaupt deutsche Wurstwaren. So manches Gewürz (ich sage nur: Maggi) und natürlich: Gummibärchen und Schokolade.

Das führt dazu, dass auf beiden Flügen jeweils Übergepäck zu verzeichnen ist und man den lieben Gott darum bittet, dass das Bodenpersonal sowohl am Flughafen in Lissabon als auch in München beide Augen zudrücken möge.

Das klappt manchmal, aber eben nicht immer. Ich wurde schon mit gut fünf Kilo zu viel durchgewinkt, aber auch mit eineinhalb Kilo zu viel mit Übergepäckgebühr bestraft.

Residenten und Passagiere mancher Billig-Airline, die genauer aufs Gepäckgewicht achtet als Linienfluggesellschaften, wissen daher, wie sie in Windeseile und direkt am Flughafen Taschen und Koffer so umpacken, dass ein Großteil aller lebenswichtigen Leckereien im Handgepäck verstaut ist.

Meine linke Schulter jedenfalls, an der ich scheinbar locker das Handgepäck trage, ist nach jedem Flug völlig verkrampft. Es sind halt immer wesentlich mehr als die zugelassenen fünf oder sechs Kilo. Mein persönlicher Rekord liegt bei vierzehn Kilo.

Kein Wunder, dass gerade Kurzbesuche in der alten Heimat der reine Stress sind. Viel schlimmer ist es jedoch, mit den Emotionen umzugehen.

Irgendwie kommt man nach Hause – und auch wieder nicht. Die Unterhaltungen mit Freunden sind, gerade wenn man so viele trifft und so wenig Zeit hat, eher ein Abfragen und Kommentieren.

»Wie ist's denn in Portugal?«

»Schön!«

»Hast du es gut!«

»Ich beneide dich um das Wetter!«

»Ach, bei uns regnet's schon hin und wieder. Und dann haben wir immer diesen kalten Nordwind!«

»Das ist aber kein Vergleich mit unserem deutschen Winter!«

»Muss toll sein, jeden Tag an den Strand zu gehen.«

»Ich geh nicht jeden Tag an den Strand, ich muss ja auch arbeiten!«

»Ja, aber du könntest. Allein das ist schon toll!«

»Hast du dich schon eingelebt?«

»Ach ja, so ein bisschen!«

»Wird schon werden!«

Ich merke jedenfalls, gerade in den ersten Monaten, dass mir das ganz normale Quatschen furchtbar fehlt. Mein Portugiesisch ist noch nicht vorhanden, ich kenne kaum Leute. Bin immer »nur« auf António angewiesen, und selbst wenn wir uns wirklich gut verstehen und über alles reden können – es ist halt nicht dasselbe wie das Geplauder mit der besten Freundin.

In São Domingos de Rana kommt neben dem Postboten, den ich allerdings praktisch nie treffe und der höchst selten zweimal klingelt, niemand vorbei. Das Arbeiten zu Hause als Freiberufler erweitert nicht unbedingt den Bekanntenkreis. Das war in Deutschland nicht viel anders, aber da hatte ich wenigstens abends »meine Leute« um mich herum.

Ich will mich nicht beklagen und herumjammern. Aber es gibt eben – und das kennt jeder, der im Ausland lebt – viele nicht-positive Gefühle, eine ganze Reihe negativer Aspekte. António hat viele Jahre seines Lebens außer Landes gearbeitet und in unterschiedlichen Ländern – er meint: »Du bist einfach zu ungeduldig. Es braucht Zeit, sich an das Neue und Fremde anzupassen.«

Mag ja sein. Das Ende vom (Klage)Lied: In die wenigen Tage in Deutschland habe ich so viel hineingepackt, dass ich völlig erschöpft und niedergeschlagen in Portugal ankomme. Obwohl ich mich sehr auf mein Zuhause hier freue, auf António, auf Strand und Meer, auf das portugiesische Leben. Beim Anflug merke ich: Ich komme »auch« heim.

Aber abends überfällt mich der große Katzenjammer. Nicht einmal die drei Kilo Milka-Schokolade in meinem Koffer reißen mich aus meinem Kummer.

»Beim nächsten Mal«, verspricht António, »machen wir das anders, *querida*. Da nehmen wir uns richtig Zeit für den Besuch in Deutschland. Und dann geht es dir auch besser!«

Mal sehen. Ich werde künftig eher regelmäßig einen Schokobomber brauchen – ein Flugzeug, das mich mit Schokolade versorgt.

Ein halbes Jahr später ist es so weit: Wir fahren mit dem Auto nach Deutschland. Ganz in Ruhe: Hin- und Rückfahrt sind genauso entspannt wie der Aufenthalt. Wir fahren gemütlich durch Frankreich, ärgern uns ein wenig über die

Schweizer, wo man uns trotz heftiger Gegenwehr (»Wir wollen doch nur auf der Landstraße fahren!« – »Das chönne Sie hier nit, hier isch nur Autobahn!«) eine Plakette für 40 Franken aufdrängt.

Wir machen uns zwei schöne Tage in meiner alten Heimat, in Baden-Baden. Besuchen dort unseren ehemaligen Stammitaliener und werden mit großem Hallo begrüßt. Treffen alte Freunde und Kollegen wieder. Dann geht's weiter nach Bayern – eine gute Woche verbringen wir dort. Nur einen Tag muss ich für den Job aufwenden: Verlagsbesuch in München.

Auf der Rückfahrt allerdings gibt es das eine oder andere Abenteuer.

Nummer eins:

Verlagsbesuch bedeutet: Ich habe mich ordentlich gekleidet, nicht nur Jeans und T-Shirt. Hin und wieder bin ich ja doch als Dame unterwegs. Alle edleren Kleidungsstücke von António und mir werden in einem Kleidersack transportiert.

Nach dem sehr frühen Aufstehen mitten in Frankreich unser übliches Ritual: Ich bin noch im Bad, António will bereits in den Frühstücksraum – Espresso trinken und Reisetasche im Auto verstauen.

»Den Kleidersack nimmst du dann mit runter, ja?«

»Klar – wie immer!«

Etwa hundert Kilometer weiter Richtung Süden überholen wir ein Auto, in dessen Fond ein Anzug hängt. Mir fällt siedend heiß ein, dass unser Kleidersack – *merda* …

Rückfahrt ins Hotel. Zweimal 8,80 Euro Autobahngebühr. Plus zwei Stunden mehr Fahrzeit, deshalb geraten wir in den Wochenend-Riesenstau bei Lyon.

Abenteuer Nummer zwei:

Weitere zwei Tage später sind wir – nach einem Abstecher über Andorra und die faszinierende Berglandschaft der Pyrenäen – morgens in Spanien angekommen. Wir zockeln zunächst auf Landstraßen, dann auf der Autobahn via Saragossa nach Madrid. Von da wollen wir weiter nach Badajoz und dann in die Heimat. Unterbrochen wird das Ganze von kleinen Kaffee- und Snackpausen. Wir wollen uns ja bekanntlich keinen Stress machen.

Wir stellen fest: Abgesehen davon, dass die Spanier dazu neigen, ihre Autobahnen entweder mit sehr wenigen oder geradezu übermäßig vielen Raststätten zu bestücken, haben sie außerdem die Angewohnheit, die dazugehörigen Tankstellen nicht etwa direkt neben den Rastplätzen, sondern schon mal etliche Hundert Meter weiter aufzubauen.

Wir stellen außerdem fest: Es führt von diesen Tankstellen nicht etwa ein Zubringer sofort wieder auf die Autobahn. Das wäre ja zu simpel. In Spanien ist man gern unterwegs, und deshalb wird die Beschilderung so angebracht, dass Ortsunkundige statt auf der Autobahn auf der zugehörigen Bundesstraße landen. Diese ist selbstverständlich nur äußerst spärlich mit Hinweisschildern versehen.

Wir konstatieren überdies: Spanische Tankstellen verkaufen an Bundesstraßen nur ungern Straßenkarten. Gut, dann muss eben die detaillierte Routenbeschreibung des ADAC ausreichen. Tut sie auch.

Ohne Probleme umfahren wir Madrid auf diversen autobahnähnlichen Straßen. Kurz vor Saragossa hatten wir ein Ticket gezogen. Bei der Streckenlänge rechnen wir mit etwa 25 Euro Autobahngebühr.

Endlich kommt eine Mautstelle. Ich suche nach dem

Ticket. Krame in meiner Tasche, im Handschuhfach. Finde nichts.

António wird hysterisch und hält auf dem Seitenstreifen an: »Und was machen wir jetzt?«, regt er sich auf. »Wie kannst du so etwas nur verlegen!«

»Keine Ahnung. Wir erklären denen einfach, wir hätten es verloren. Stimmt ja auch.«

Mittlerweile hält ein spanischer Straßenwachtwagen hinter uns, um Pannenhilfe zu leisten. António erklärt auf Spanisch, was los ist.

Der Straßenwachtmann versteht das Problem nicht: Wir sollen, meint er, jetzt einfach an die Mautstelle fahren und unsere 65 Cent (!??) bezahlen. Mehr sei es nämlich nicht.

António und ich schauen uns an. Wir fahren los. Zahlen 65 Cent. Das war es. Keiner will irgendein Ticket sehen. Geschweige denn »richtig viel« Geld für die Autobahn kassieren.

Leider haben wir keinerlei Nervennahrung in Form von Schokolade aus Deutschland im Kofferraum. Die wäre uns nämlich weggeschmolzen. Also müssen wir noch bis Elvas, der ersten Stadt nach der portugiesischen Grenze, aushalten. Dann aber wird gefeiert. Nachtisch und Süßigkeiten sind wirklich eine Spezialität der Portugiesen. Unsere Nerven sind wieder stabil.

Das war leider das letzte Mal, dass wir gemeinsam unterwegs waren.

Ein paar Wochen später.

Ich verbringe den Nachmittag mit einer Freundin auf unserer Terrasse in der *quinta*. Die Sonne strahlt vom Himmel, wir genießen den schönen Tag. Das Telefon klingelt. Ich hebe ab, melde mich. Eine weibliche Stimme fragt nach António.

»Der ist leider nicht da, kann ich etwas ausrichten?«

Zögernde Antwort: »Ach nein, eigentlich nicht. Ich rufe wieder an.«

»Wer ist denn dran?«

»Sie sind sicher die Putzfrau. Ich bin die Freundin von Senhor António.«

Wie bitte?!

Ich komme mir vor wie in einer Slapstickkomödie. Oder eher Tragikomödie. Im Film ist so etwas ja ganz witzig. Wenn es einem aber selber widerfährt ... Dass zwischen António und mir nicht alles so ist, wie es sein soll und wie wir es uns erträumt hatten – klar war mir das in den vergangenen Wochen, ja Monaten, aufgefallen. Passiert halt im Leben. Es gibt immer ein Auf und Ab, in jeder Partnerschaft. Dazu kam der Stress mit den Handwerkern und Umbauten in der *quinta*, der Umzug – selbstverständlich habe ich gemerkt: Wir streiten uns viel. Aber wir haben uns auch immer schnell versöhnt. Unsere Fahrt nach Deutschland etwa – die war wirklich harmonisch. Eine Erholung nach all dem Stress.

Meinte ich.

Letztendlich aber war unsere Liebe auf der Strecke geblieben. Keiner von uns wollte es wahrhaben. Trotz erneuter Kräche und Unstimmigkeiten. Vor allem: Keiner von uns wollte die *quinta* verlassen.

Dass allerdings eine andere Frau im Spiel ist ... Das ist doch ein ziemlicher Schlag. Selbst wenn ich im Grunde froh bin, so merkwürdig das klingen mag. Aber nun ist die Situation endlich geklärt. Jetzt sieht es plötzlich ein wenig anders aus: Wenn es eine andere gibt, dann besteht die Möglichkeit, dass António auszieht. Dass ich in »meiner« *quinta* bleiben werde. Zusammen mit Giò, unserem Vierbeiner. Mit dem António ohnehin nicht klarkommt.

Es war letzten Endes dann doch ein schlimmer Rosenkrieg. Mit allem, was so dazugehört: mit endlosen Auseinandersetzungen, Hickhack um Möbel, Bücher, CDs, Haushalts- und Küchengeräte.

Ein Albtraum. Ein Ende mit Schrecken. Aber kein Schrecken ohne Ende.

Über die schwere Zeit helfen gute Freunde und Bekannte hinweg. Etwa Agnes und Paulo, die Nachbarn aus dem Torhäuschen. Sie sorgen dafür, dass nach Antónios Auszug umgeräumt wird. Dass ich mich wieder wohlfühle in meinen alten neuen vier Wänden.

Ana und Armindo kommen vorbei, helfen beim Möbelrücken und bauen neue Schlösser ein. Agnes und Ana sind einfach da, hören zu, lästern gemeinsam mit mir beim Wein über die Männer im Allgemeinen und im Besonderen.

Paulo und Armindo sind die neuen »Hausmeister« und echte Grillexperten: Gemeinsam freuen wir uns über *sardinhas assadas*, deutsche Bratwürste, gelegentlich auch über leicht verkohlten Bauchspeck, leckeres Knoblauchbrot. Das abendliche Grillen mit ihnen allen macht den Sommer wieder schön, der Liebeskummer gerät in Vergessenheit.

Ich erfahre viel Zuspruch in den harten Tagen während und nach der Auseinandersetzung mit António. Telefonisch und per E-Mail unterstützen mich viele der »virtuellen« Bekannten aus dem Portugalforum.

Meine Familie sowieso.

Ziemlich schnell wird mir klar, dass António völlig falschlag, als er sagte: »Du wirst sicher nach Deutschland zurückgehen, oder? Was willst du auch hier? Du kennst hier niemanden! Und Portugiesisch kannst du ja sowieso nicht richtig.«

Stimmt. Aber das kann ich lernen. Mein Entschluss stand schon vorher ziemlich fest. Jetzt aber bin ich mir absolut sicher: Ich habe Portugal liebgewonnen, ich fühle mich wohl hier. Ich werde bleiben!

Bankkonto und Steuernummer habe ich schon vor einem Jahr allein gemanagt. Den *cartão de residência* habe ich mir ebenfalls ohne Antónios Hilfe besorgt, da hat mir meine Freundin Petra beigestanden. Ich kann hier noch auf etliche Leute mehr zählen – auch auf ein paar Portugiesen mittlerweile. Ich bin mir sicher: Das werden noch mehr werden.

Das Wichtigste aber ist: Ich kann und konnte immer schon gut allein leben, ich muss nicht unbedingt einen Partner haben, um mich wohlzufühlen.

Dazu kommt, dass ich wirklich Glück habe: In Cascais komme ich mit Englisch und sogar Deutsch einigermaßen gut durch. Trotzdem machen – so meint Dona Carmo, meine Lehrerin – meine Sprachkenntnisse große Fortschritte.

Abgesehen davon: Wenn man etwa die PTelecom anruft und sich als Ausländer zu erkennen gibt und dann auf Portugiesisch nach Englisch sprechender Hilfe fragt, dann bekommt man sie. Man wird weiterverbunden zu Portugiesen, die weitaus besser Englisch sprechen als ich. Dasselbe ist es beim Anbieter für DSL und Mobiltelefon, beim Stromversorger, beim Wasserwerk.

Meine PC-Helferlein sprechen ebenfalls Englisch. Mein Automechaniker bei Fiat in Alcabideche hat zwölf Jahre in Deutschland gelebt. Sein Deutsch ist immer noch sehr gut.

Sogar mit meinem *droguista* kann ich mit Händen und Füßen, Zeichnungen und ein paar portugiesischen und etlichen englischen Worten klarkommen.

Ein *dicionário* ist sowieso mein ständiger Begleiter – und wesentlich pflegeleichter als António …

Es geht mir gut, besser als in den vergangenen Monaten. Humor und Optimismus haben mich nie im Stich gelassen. Das wird auch so bleiben. Zum Beispiel, weil unsere drei schönen Gärtner, die Dona Isabela vor ein paar Wochen eingestellt hat, jeden Donnerstag anrücken und einen ausgesprochen erfreulichen Anblick bieten. Sie sprechen ebenfalls ein paar Brocken Englisch.

Wie war das doch gleich mit Lady Chatterley? Ob Wildhüter oder Gärtner – ich finde, das tut sich nichts. Hauptsache: in Portugal.

Kapitel 14

Feste & Freunde

Sie feiern schon gerne, die Portugiesen. Und die *residentes* auch. Es gibt ja auch genug zum Feiern: Jedes Dorf, jede Gemeinde hat einen eigenen Heiligen. Dazu kommen die vielen *feirias* und *romárias* (Märkte und Wallfahrten). Und nicht zu vergessen: die *santos populares* – die Volksheiligen.

Santo António und São João – das sind die großen Festtage – in Lissabon am 13. Juni und in Porto am 24. Juni. São Pedro und São Paulo zählen ebenfalls zu den Volksheiligen – sie haben ihren gemeinsamen Ehrentag am 29. Juni.

Kein Wunder also, dass ab spätestens Juni und bis weit in den September hinein Festsaison ist in Portugal. Jetzt, in der Krise, wurden zwar vier nationale Feiertage gestrichen – zwei staatliche und zwei kirchliche. Aber es bleiben dennoch viele übrig. Selbstverständlich kann man sich auch so am Leben erfreuen. Anstandshalber aber sollte ein Grund fürs Feiern vorhanden sein. Auch bei den *residentes*.

Gott sei Dank sind die Schweine bereits geschlachtet! Ich glaube nämlich nicht, dass ich das sonst durchgestanden hätte. So gern ich Fleisch esse und natürlich hausgemachte *chouriços*: Beim Schlachten zuschauen – ach nein. Lieber nicht. Selbst wenn das jetzt feige klingen sollte.

Vor ein paar Tagen hat mich Katharina angerufen. Sie lebt

seit einigen Jahren im Alentejo, der großen Region zwischen Lissabon und der Algarve. Katharinas Haus steht auf einem Berg beim kleinen Ort Odemira. Sehr ländlich und einsam. In der Nähe – und das heißt hier: etwa drei Kilometer Luftlinie, mit dem Auto über Stock und Stein und Schotterstraßen ist es sicher die doppelte Strecke – gibt es eine alte Mühle, einen kleinen Bauernhof und sonst – nichts. Vor vierzig oder fünfzig Jahren stand hier ein ganzes Dorf. Mit Schule, Brunnen, Kneipe. Heute ist alles verlassen, die Menschen sind in die Stadt gezogen. Nur ein paar Ruinen stehen noch, die werden nach und nach von *estrangeiros* aufgekauft und wieder aufgebaut. Da man den *alentejanos* aber nachsagt, dass sie eher nicht die schnellsten seien, wird das wohl noch eine ganze Weile dauern …

Von Katharinas Terrasse aus hat man einen weiten Blick auf die nördliche Serra de Monchique, den Gebirgszug, der den Alentejo von der Algarve abgrenzt. Hier gibt es keinen Stress, nicht einmal eine richtige Internetverbindung. Selbst telefonieren ist manchmal eher schwierig. Ich komme gern hierher – hier ist man ungestört von der Alltagshektik, lässt die Seele baumeln. Diesmal aber haben wir etwas vor.

»Unsere Nachbarn werden schlachten«, sagt Katharina. »Wir sind eingeladen. Ich kann und möchte das nicht ablehnen. Du weißt ja: Hier wird Gastfreundschaft groß geschrieben, da kann man sich nicht ausschließen.«

Möchte ich auch gar nicht. Schließlich bin ich neugierig – zumindest, wenn ich nicht direkt zuschauen muss, wie die Schweine umgebracht werden.

»Keine Sorge«, meint Katharina, »die sind bestimmt schon tot, wenn wir kommen. Aber es kann sein, dass wir ein bisschen helfen müssen.«

»Helfen? Wobei?«

»Das Schweinefleisch wird ja gleich verarbeitet. Und da ist wohl eine ganze Menge zu tun.«

Katharinas Mann beschließt daraufhin, sich ein gar furchtbares Leiden zuzulegen, am besten Rückenschmerzen, damit er nicht dabeisein muss. Henrique verspricht aber wenigstens, uns bei der Rückkehr mit selbst gebranntem *medronho* zu versorgen.

»Sag mal«, wende ich mich an Katharina, »mir graust es jetzt doch ein bisschen. Wobei bitte soll ich helfen?«

Soll ich mich etwa beim Wursten nützlich machen?

Aber weigern – das erklärt mir Katharina sofort – geht absolut nicht. In Portugal gibt es ein Sprichwort, das man niemals vergessen darf, meint sie: »*Na terra onde fores viver, faz como veres fazer*. Das heißt in etwa: Wo du leben willst, mach es so wie die anderen.

»Du kannst dich nicht ausschließen«, sagt Katharina. »Beim Schweineschlachten direkt vielleicht schon, das versteht man, dass ein Städter oder ein *estrangeiro* da nicht zuschauen mag. Aber wenn das Schwein bereits tot ist? Nein, da musst du einfach durch! Zieh dich bloß noch um – am besten alte Klamotten. Oder wenigstens Jeans und T-Shirt!«

Insgeheim entdecke ich soeben, dass ich vielleicht doch besser ab sofort vegetarisch lebe – das könnte jetzt eine Menge Vorteile haben.

Kleine Notiz am Rande:
Es mag Vorteile haben, Vegetarier zu sein. Aber in Portugal ist das etwas schwierig. Zwar gibt es da auch vegetarische Restaurants und Lebensmittel. Aber auf dem Land hat man kein so rechtes Ver-

ständnis für diese Lebensweise. Katharina erzählt mir, was sie mal gemeinsam mit Henrique an einem Nebentisch in der Dorfkneipe erlebt hat: Deutsche Feriengäste kommen in die Dorfkneipe, wollen essen und fragen nach vegetarischen Gerichten. Weder der Wirt noch seine Frau, die in der Küche steht, können das begreifen.

»Mag die senhora ein bisschen carne de porco*?«*

»Nein danke – kein Schweinefleisch!«

»Gar kein Fleisch?«

»Nein danke – nur Gemüse.«

»Wir hätten da einen leckeren bacalhau*.«*

»Nein – Fisch bitte auch nicht!«

»Oder doch besser gebratene chouriço*?«*

»Nein, bloß nicht! Haben Sie keinen Salat?«

Großes Rätselraten zwischen Wirt und Köchin.

»Jetzt habe ich es: Die senhora isst am besten ein leckeres frango*!«*

Gebratenes Hühnchen gilt nicht als »richtiges Fleisch« – aber die Gäste wollten es trotzdem nicht. Sie haben dann mit einem tosta com queijo *(den es »eigentlich« gar nicht gab, denn normalerweise isst man hier* tosta mista *– also Schinken-Käse-Toast) endlich ihren Hunger gestillt.*

Es gibt noch eine andere Redensart in Portugal: *Barriga cheia, cara alegre* – Voller Bauch, fröhliches Gesicht.

Beim Schlachten muss man sich den vollen Bauch zwar »verdienen«, wie ich gleich merken werde, aber trotzdem machen alle fröhliche Gesichter. Dona Augustas Mann und die Söhne haben gleich zwei *porcos pretos* (schwarze Schweine) geschlachtet: genügend Fleisch und vor allem Würste für die nächsten Monate. Die ganze Familie – einschließlich der Kinder aus Odemira mit ihren Ehepartnern und Enkeln – ist zusammengekommen, dazu etliche Nachbarn.

Die Männer haben schwer gearbeitet heute Morgen: Die beiden Schweine sind bereits zerlegt. Katharina und ich werden sehnsüchtig erwartet, denn: Ohne uns gibt es nichts zu essen. Von den Vorbereitungen in der Küche fürs Schlachtmahl abgesehen ist noch nichts zu tun.

Erst nach dem Essen, und das steht schon bereit: Dona Augusta, die Hausherrin, Dona Rosa, ihre Tochter und Dona Vitória, die Tante, werkeln seit Stunden in der winzigen Küche fürs Mittagessen. Die Herren stehen derweil draußen und fachsimpeln. Genießen dazu das eine oder andere Glas. *Matar o bicho* – »das Tier töten« sagen die Portugiesen dazu, und dieses vormittägliche Schnäpschen finde ich durchaus lecker: Es schmeckt eher wie Likör und ist, wie Katharina mir gleich erzählt, *medronho* – Schnaps vom Erdbeerstrauch. Natürlich illegal gebrannt, aber das schmeckt man ja glücklicherweise nicht. Dona Augustas *medronho com mel* ist, sie lässt mich natürlich gleich probieren, mit Honig und Kirschen verfeinert.

Ah – deshalb der likörigsüße Geschmack. Lecker.

Endlich geht es zu Tisch.

»Es gibt Leber«, flüstert Katharina mir zu. »Du brauchst nichts davon zu essen, wenn du nicht magst. Aber greif bei allem anderen zu.«

Ich habe kein Problem mit Innereien – im Gegenteil. *Iscas* – in Rotwein mit Knoblauch und Lorbeer geschmorte Leber – gehört in Portugal zu meinen Lieblingsgerichten.

Ob vom Kalb oder vom frisch geschlachteten Schwein – Hauptsache, es schmeckt.

Gekochtes Huhn steht auf dem Tisch – wahre Berge. Reis mit Bohnen. Ein riesiger Topf. Natürlich selbst geräucherte rote und fast schwarze *chouriços*. Eingelegte Oliven – ohne die gibt es keinen gedeckten Tisch in Portugal. Dicke duftende Scheiben von frisch gebackenem Brot.

Dona Augusta backt selbst, und sie lässt es sich nie nehmen, Katharina und Henrique und glücklicherweise auch mich, wenn ich zu Besuch bin, mit mindestens einem riesigen und knusprigen Brotlaib zu bedenken.

Es gibt *vinho tinto*, alle sitzen gemütlich zusammen und unterhalten sich blendend. Für den Verdauungsschnaps ist ebenfalls gesorgt, denn Dona Augusta hat auch »richtigen« Selbstgebrannten (sie bekommt selbstverständlich ihren Ernteanteil an *medronho*-Früchten von Senhor Henrique als Schnaps zurück). Das Schnäpschen ist ein Muss vor der Arbeit, die Katharina und mich gleich erwartet.

Unser Job ist es nämlich, das frische Schweinefett in kleine Würfel zu schneiden. Die braucht man zur Herstellung der Wurst. Hausgemachte *chouriços* sind etwas Feines. Sie werden im Küchenkamin geräuchert, und der Hausherr, Senhor António, sitzt bereits parat: Er ist für Feuer und Rauch zuständig.

Katharina und ich hocken uns auf niedrigen Stühlen gegenüber, balancieren zwischen uns ein großes Hackbrett auf den Knien und schnibbeln und schnibbeln. Kleine Würfel. Nicht zu klein, aber auch nicht zu groß. Der eine oder andere *medronho com mel* zwischendurch hilft bei der Arbeit. Dona Augusta ist nämlich der Meinung: »Nur wer etwas trinkt, kann auch gut arbeiten!«

Anfangs graust mir ein bisschen – ich gebe es zu. Dann aber stelle ich fest: Das frische Fett riecht überhaupt nicht unangenehm. Und später merke ich: Es macht eine babypopo-zarte Haut …

Leider bringt Dona Augusta nicht nur etliche Gläschen *medronho*, sondern immer wieder Schweinefett-Nachschub. Fast drei Stunden sitzen wir da und würfeln. Ich kann gut nachvollziehen, warum Henrique schon allein beim Gedanken daran Rückenschmerzen bekam. Wobei er sicher eher bei den Männern wäre und am Expertengespräch teilnehmen würde. Schweinefett zu würfeln ist nämlich Frauenarbeit. Ebenso wie das Waschen der Därme. Das wird von Dona Rosa und Dona Vitória erledigt: Immer wieder müssen die Eingeweide mit Wasser, Zitrone und Essig ausgespült werden. Schließlich werden daraus dann die *chouriços caseiros,* die hausgemachten Würste, gemacht.

Neugierig bin ich ja schon, wie Dona Augusta und Senhor António auf ihrem kleinen Bauernhof leben. Sie führt mich stolz herum, zeigt mir alle Räume. Wie damals, in Coruche, bei Dona Deolinda, bin ich geschockt. Ich kann es mir nicht vorstellen, so zu leben. Ich war schon beim Besuch bei Antónios Mutter entsetzt. Aber Dona Deolinda wohnt luxuriös im Vergleich zu dem, was ich heute sehe: kein Bad, keine Toilette, kaum Fenster im Haus, alles eng und dunkel. Es gibt zwar Strom und Telefon. Aber Wasseranschluss?

»Gibt es nicht«, sagt Katharina. »Dona Augusta geht ins Tal und holt sich Wasser von der Quelle. Das schleppt sie dann nach oben zum Haus!«

»Ja aber«, ich bin entsetzt, »wie wäscht sie, wie spült sie ab?«

»Mit dem kalten Quellwasser«, sagt Katharina, »warmes Wasser gibt es nur, wenn sie es kocht. Alles andere erledigt sie mit kaltem Wasser – auch das Geschirrspülen.«

Mittlerweile ist Dona Augusta schon über achtzig und ihr Mann António ebenfalls. Deswegen füllt Henrique jetzt meist Wasser vom eigenen Brunnen in Fünfliterflaschen und bringt es den Nachbarn im Jeep vorbei, damit sie es ein bisschen einfacher haben.

»Das ist ja furchtbar! «, ich kann es nicht fassen. »Wie im Mittelalter! Dusche und Toilette gibt es dann auch nicht?«, frage ich nach.

»Natürlich nicht! Und sie waren sehr erstaunt«, erzählt Katharina, »als wir vor einigen Jahren hierhergezogen sind und das Haus gebaut haben. Natürlich haben wir Wasseranschluss, Badezimmer und Toilette. Hier gibt es ›Wasser aus der Wand‹ haben sie der Müllerin erzählt und konnten es nicht fassen, dass man im Haus auf die Toilette geht. Nach und nach haben dann alle Nachbarn uns besucht und dieses Wunder bestaunt.«

Ich bin fassungslos: »Und wohin gehen sie, wenn sie mal müssen?«

»Sie haben eine Art Plumpsklo«, berichtet Katharina, »das war früher überall auf dem Land so – auch bei uns in Deutschland. Heute erlebst du ›Portugal von innen‹ – so wie es Touristen nie und kaum ein *residente* jemals kennenlernen.«

»Natürlich interessiert es mich, wie man hier lebt«, meine ich. Aber so völlig ohne Anschluss an moderne Zeiten?

Was ich ebenfalls furchtbar finde: »Die Leute auf dem Land sind wirklich arm. Ich kenne das ja von meiner Beinahe-Schwiegermutter in Coruche.«

»Täusch dich nicht«, meint Katharina, »Dona Augusta

hat zwar keinen Wasseranschluss, und sicher kann sie nicht lesen und schreiben, aber sie gilt als reiche Frau. Neben dem Land gehören ihr zwanzig *cabeças* – zwanzig Köpfe, das ist der Zahl der Kühe, die sie ihr Eigen nennt.«

»Portugal von innen« – hier denkt man wirklich anders.

»Auch mit ihrem Besitz an Land ist Dona Augusta nicht arm«, sagt Katharina, »ganz im Gegenteil. Sie kennt ja das ›bessere‹ Leben: Ihre Tochter und zwei Söhne wohnen in modernen Häusern in Odemira. Aber sie will das nicht. Viele der alten Nachbarn hier im Umkreis denken genauso – die würden das gewohnte Leben auf ihren Höfen vermissen und sich nicht wohlfühlen!«

Mich beeindruckt, wie herzlich und gastfreundlich ich aufgenommen werde. Wie selbstverständlich es ist, einen weiteren Esser am Tisch zu haben. Nicht nur heute, ich habe das viele Male erlebt.

Dona Augusta weiß sicher, dass wir bei der Verarbeitung des toten Schweins keine große Hilfe sind. Aber Katharina und Henrique sind Nachbarn, sogar Freunde. Ganz klar, dass die beiden eingeladen werden. Auch zu vielen Festen im engen Familienkreis. Und wenn die beiden Gäste haben, werden sie selbstverständlich dazugeholt.

Wie weit sich die Gastfreundschaft erstreckt, merke ich am übernächsten Tag, als ich wieder abreise. Dona Augusta ist extra morgens, schon vor dem Frühstück, zum Haus von Katharina und Henrique den Berg hochgelaufen. Über Stock und Stein, mal eben ein paar Kilometer. In der Hand einen Beutel mit Brot und dazu drei große Bauern-*chouriços*. Als Andenken an das Schweinewochenende im Alentejo, sagt sie. Und ich werde herzlichst eingeladen, bald wieder mal vorbeizukommen.

Man schlachtet nicht nur Schweine im Alentejo. Auch ein Zicklein schmeckt ausgesprochen lecker. Mein nächster Besuch bei Katharina und Henrique ist also unumgänglich.

»José hat uns endlich die Ziege vorbeigebracht«, sagt Henrique, »die er uns vor Monaten versprochen hat. Na ja, es ist natürlich eher ein Zicklein. Also – wie sieht es aus? Wann kommst du wieder auf unseren Berg?«

Geschmortes Zicklein? Na, wenn das kein Grund ist, zu einem weiteren Freundesbesuch aufzubrechen …

Langwierige Beratungen per Telefon und Internet gehen dem Besuch voraus: Wie soll das Zicklein mariniert werden? Klar: Knoblauch und Kräuter sind ein Muss. Aber sonst? In Weißwein oder in Rotwein? Was gibt es dazu?

Fragen über Fragen – doch die wichtigste: Wer zerteilt das Tier? Es war nämlich »im Ganzen« von José vorbeigebracht worden.

Es ist ein Glück, dass man schon nach kurzer Zeit in Portugal *cunhas* hat. Im Alentejo und unter *residentes* ist das natürlich nicht anders. In diesem Fall kennt man also einen, der einen anderen kennt, der von jemandem weiß, dessen Nachbar Schlachter ist. Ein kurzes Telefongespräch bestätigt die ganze Sache: Schlachter Klaus wurde eingeladen, das Zicklein in bratenfertige Stücke zu zerteilen. Dafür wird ihm ein Abendessen als Lohn in Aussicht gestellt.

Katharina hat sicherheitshalber eine scharfe Axt besorgt. Man weiß ja nicht, welche Gerätschaften man so braucht. Schlachter Klaus kommt zeitgleich mit mir bei Katharina und Henrique an. Selbstverständlich mit passendem Handwerkszeug: einem sehr scharfen Messer (so eines hätte ich gern mal in meiner Küche!) und einer Säge. Die von Katharina besorgte Axt kommt deshalb nicht zum Einsatz.

Schlachter Klaus lässt es sich nicht nehmen, in Arbeitskleidung anzutreten: Er hat extra einen weißen Mantel mitgebracht. Katharina und ich vermuten: damit man das Blut besser sieht. Wir hätten ja eher alte Klamotten angezogen oder vielleicht eine Gummischürze. Aber sind wir Schlachtexperten? Eben.

Wir entfernen uns dann lieber vom blutigen Geschehen am Schlachtort und bereiten die Zutaten für das festliche Mahl vor, das für den nächsten Tag geplant ist. Zwölf Stunden wenigstens sollen die Fleischstücke mariniert werden.

Das Zicklein war ziemlich groß. Es gibt also eine Menge Fleisch. Deshalb werden zum Mittagessen nicht nur der edle Spender und seine Mutter (im »richtigen Leben« die alte Müllerin, Dona Amélia, von der Windmühle auf dem benachbarten Hügel und ihr Sohn) gebeten, sondern noch andere Freunde geladen: Doris und Ingolf sind von der Lagune angereist.

Dona Amélia hat sich – ebenso wie ihr Sohn – extra fein gemacht. Ganz in Schwarz gekleidet, oft geflickt, aber sauber. Dicke schwarze Strümpfe. Und sie hat ihren Regenschirm dabei. Gegen die hitzigen Strahlen der Sonne.

José kommt zwar ohne Schirm, ist aber ebenfalls sauber gekleidet. Ordentlich eher weniger. Seine Hose hat einen langen Riss, beim Hemd fehlen etliche Knöpfe. Keine Socken, aber feste Arbeitsschuhe. Und die unerlässliche Kappe auf dem Kopf, tief in die Stirn gezogen. Ohne die oder einen schwarzen Hut ist der *alentejano* praktisch nicht vorstellbar. Einen Stecken hat er auch noch dabei – schließlich ist er hauptberuflich Ziegenhirte.

Ich will es kurz machen: Es ist – schlicht und ergreifend – ein herrliches Mahl. Wir sitzen draußen auf der schattigen

Terrasse. Den Duft des geschmorten Zickleins noch in der Nase. Der Blick schweift in die Ferne – auf die unendlich scheinenden Hügel des Monchique-Gebirges. Das eine oder andere Glas Rotwein, danach ein *medronho*. José greift in die Hosentasche, zieht eine Mundharmonika heraus und spielt auf. Seine Mutter, Dona Amélia, singt ein paar einfache Lieder, ein bisschen Fado.

Ein Nachmittag mit Freunden. Ein Festessen im Alentejo.

Kapitel 15

Vom (Alb-)Traumhaus ans Ende der Welt

Ich weiß ja, mich haben schließlich fast alle *residentes* vorgewarnt, dass die Bauweise der portugiesischen Häuser nicht so ganz dem gewohnten deutschen Standard entspricht.

Damit kann ich im Prinzip leben. Es macht mir beispielsweise gar nichts mehr aus, wenn ich im Winter trotz gewaltig prasselnden Kaminfeuers friere. Dagegen kann man etwas tun: Es gibt Wärmflaschen, es gibt Heizdecken, es gibt dicke Pullover und Wollsocken. Das hat zwar nicht mehr unbedingt etwas mit der Vorstellung zu tun, man lebe im warmen Süden. Aber wenn es denn hilft! Man sollte allerdings – kleiner Tipp – »vergessen«, davon zu erzählen, wenn man mit Deutschland telefoniert. Erstens glaubt's daheim sowieso niemand, und zweitens sollen alle Zweifler ihre Erfahrungen gefälligst selbst machen.

Womit ich allerdings nur schwer leben kann: »Meine« wunderschöne *quinta*, das *Casalinho do Outeiro*, zeigt sich im zweiten Winter leider ein bisschen inkontinent. Mit anderen Worten: Wenn es regnet, regnet es nicht nur aufs Dach, sondern auch ins Haus.

Dona Isabela ist scheinbar einsichtig, sie verspricht mehrmals und nachdrücklich: »Ich werde mit Senhor Marco reden. Er wird das Dach richten lassen! Ganz sicher!«

Es passiert jedoch nichts.

Nicht nur im kleinen Flur zur Küche läuft das Wasser von der Wand. Nach ein paar Regentagen tropft es, an immer mehr Stellen, auch im Wohnzimmer von der Decke. Und in meinem Arbeitszimmer. Am Ende im Schlafzimmer.

Nun gibt es wirklich Schöneres, als auf einer feuchten Matratze zu nächtigen. Ich weiche auf die Gästecouch aus – dem mittlerweile einzigen Raum, in dem es weder von der Decke tropft noch Rinnsale an den Wänden zu sehen sind. Muss daran liegen, dass in diesem Raum im Erdgeschoss auch noch überall *azulejos*, Fliesen, sind.

Mit jedem Regentag werde ich wütender. Dona Isabela tangiert das allerdings nicht im Geringsten. Im Gegenteil. Sie weiß zu berichten, dass sie früher im kleinen Torhaus wohnte, und dass es dort, nachdem ein Baum aufs Dach gestürzt war, wochenlang reinregnete. Sie hat das damals eigentlich gar nicht so schlimm gefunden. Mit anderen Worten: Es passiert nichts in Bezug auf mein Problem.

Vielleicht mag sie es gern feucht? Oder es war ein heißer Sommer, und der Regen brachte willkommene Abkühlung?

Ich will jedenfalls endlich ein trockenes Haus. Mir ist es ziemlich egal, ob Dona Isabela irgendwann einmal im Feuchten genächtigt und das anscheinend auch noch genossen hat. Ich will es jedenfalls nicht. Ich genieße es auch nicht.

Verschiedene Nachfragen bei Dona Isabela ergeben: Senhor Marco ist gerade verreist. Wofür ist sie Verwalterin? Kann sie da nicht selbst entscheiden? Schließlich handelt es sich um eine dringend notwendige Reparatur. Nicht um eine erweiterte Luxusausstattung. Sondern um etwas Grundlegendes. Nämlich ein dichtes Dach überm Kopf.

»Das geht nicht, Dona Isabela«, schimpfe ich. »Meine Bücher werden nass, überall riecht es modrig und muffig. Es tropft auf Elektrogeräte in der Küche, auf Fernseher und Stereoanlage. Und – das ist das Schlimmste – auf den Computer. Ich habe es satt, seit Wochen ständig alles mit Müllsäcken und Plastikplanen abzudecken! So kann ich nicht arbeiten! Und wenn ich nicht arbeite, gibt es kein Geld!«

Ah – dieser Satz scheint zu wirken. Es geht um die Mietzahlung. Da wird Dona Isabela plötzlich hellhörig. Nun kommt Bewegung in die Sache. Zumindest ein bisschen.

Es erscheinen zwei Herren, in feine Anzüge gekleidet, die sich, sehr fachmännisch dreinschauend, das Dach von außen und von innen – also innerhalb meiner vier Wände – ansehen.

Kurz vorher hat es zu regnen aufgehört. War ja klar. Man weiß also nicht exakt, an welchen Stellen das Wasser übers Dach einsickert. An den frisch gestrichenen Wänden sieht man es eher. Da fällt jede Wasserschliere auf.

Längere Konferenz im Garten. Erst zu zweit, dann mit Dona Isabela. Danach kommt sie freudestrahlend zu mir: »Morgen kommt jemand zur Reparatur. Sie können sich darauf verlassen.«

Ich lebe lange genug in Portugal (selbst wenn es erst zwei Jahre sind), um zu wissen: Morgen heißt nicht unbedingt morgen. Es kann auch bedeuten: übermorgen. Oder in einer Woche. Oder in *quinze dias*, was unserem »in zwei Wochen« entspricht. Das wiederum kann heißen: irgendwann einmal. Oder: nie.

»Wie sicher ist das mit ›morgen‹?«, frage ich nach.

»Ganz sicher!«

In diesem Fall habe ich Glück: »Morgen« ist tatsächlich

am nächsten Tag. Die beiden Herren steigen mir, diesmal in Arbeitskleidung gewandet, aufs Dach. Was sie da oben genau tun, weiß ich nicht. Ich weiß nur, dass sie mit einer Art silberner Folie, die erhitzt werden muss, die undichten Stellen abdecken. Danach kommt – es regnet nämlich gerade mal nicht! – ein ziegelfarbener Anstrich darüber, der nochmals extra Schutz bieten soll.

Der nächste Regenguss zeigt: Es funktioniert. Die Frage ist nur: Wie lange funktioniert es? Zum Glück haben wir erst einmal einige Wochen sonniges Wetter. Aber ich bin auf der Hut. Noch ist der Winter nicht vorbei. Noch kann viel passieren.

Kurz nach Weihnachten beginnt es erneut heftig zu regnen. Nun muss man wissen (ich wusste es vorher nicht), dass man Dacharbeiten nur dann durchführen kann, wenn es nicht regnet. Ich decke vorsichtshalber alles Wichtige im Haus mit Plastik ab. Wenigstens bleibt diesmal das Dach über dem Schlafzimmer heil, ich muss also nicht auf feuchten Matratzen und in klammen Decken schlummern.

Trotzdem kann es so nicht weitergehen, selbst wenn Dona Isabela mittlerweile eine Erklärung anbietet:

»Wissen Sie«, sagt sie, »Senhor Marco ist halt schon ziemlich alt. Und weil er weiß, dass seine Kinder nach seinem Tod die *quinta* verkaufen werden, möchte er nichts mehr investieren.«

Erst glaube ich, ich hätte mich verhört. Oder ihre Worte falsch verstanden. Dann wird mir klar: Sie meint es wirklich ernst. Ich zweifle nicht nur an meinem, sondern vor allem an Dona Isabelas Verstand.

Kann das mein Problem sein? Wegen der geldgierigen Erben

von Senhor Marco soll ich in einem Haus leben, in dem das Wasser die Wände herunterrinnt und das Dach undicht ist?

So kann es nicht weitergehen. Also höre ich ab sofort auf, die Miete zu bezahlen. Ich teile dies vorher ausgesprochen höflich Senhor Marco direkt mit, auf Portugiesisch und Französisch, denn meine Freundin Petra spricht beide Sprachen fließend. Senhor Marco ist, wie ich mittlerweile herausgefunden habe, nämlich kein Portugiese, sondern Franzose.

Es passiert – erst mal – nichts.

Der Regen hört langsam auf. Der Frühling kommt. Es passiert immer noch nichts.

Mitte März kommt Senhor Marco zu Besuch auf die *quinta*. Natürlich bin ich auf eine heftige Auseinandersetzung gefasst. Schließlich habe ich drei Monate lang keine Miete bezahlt.

Senhor Marco reist wieder ab. Ohne das Gespräch mit mir gesucht zu haben. Lediglich Dona Isabela kommt danach bei mir vorbei: »Ich soll Ihnen ausrichten«, sagt sie, »dass Sie ihm die Miete endlich bezahlen sollen.«

»Sonst nichts?«

»Nein, sonst nichts.«

»Tja, dann …«

Kleine Notiz am Rande:
Im Grunde ist meine Entscheidung schon vor Wochen gefallen.
In den vergangenen Tagen bin ich mit sehr offenen Augen durchs Haus gelaufen, habe mir all jene Stellen angeschaut, die eindeutig Mängel aufweisen. Schließlich wusste ich ja, dass der Vermieter zu Besuch kommen würde.

Die Liste war ziemlich lang. Nicht nur die undichten Stellen im Dach, sondern etliche Fenster und Türen, die wegen der großen Feuchtigkeit nicht mehr richtig schließen; mittlerweile, im zweiten Winter, auch verschiedene großflächige Schimmelflecken in den Ecken und an manchen Wänden. Alles – Kleidung, Schuhe, Taschen, Bettwäsche, sogar die Bücher – muffelt. Riecht modrig. Manches ist verschimmelt und taugt nur noch für den Müll. Ich will das einfach nicht mehr. Es steht also wieder einmal ein Umzug an. Der vierzehnte in meinem Leben.
Ich habe mich schon umgesehen und war ein paarmal bei Freunden im Alentejo. Die Gegend mag ich, da hätte ich auch gleich gute Nachbarschaft. Aber die Angebote waren spärlich und zu teuer. Noch mehr Miete ausgeben will ich auf keinen Fall, außerdem möchte ich mich verkleinern. Für mich allein brauche ich kein Riesenhaus mit mehr als 120 Quadratmetern. Es gibt nur zwei Bedingungen: Garten ist ein Muss. Und: Mein neues Heim darf nicht zu weit vom Meer entfernt liegen. Alles andere? Wird sich fügen.

»In der *quinta* halte ich es nicht mehr aus«, verkünde ich beim monatlichen Forumsstammtisch. »Also macht euch besser darauf gefasst: Vielleicht ziehe ich ins Alentejo oder sogar an die Algarve!«

Entsetzte Blicke. »Aber das kannst du doch nicht machen?! Dann sehen wir uns ja gar nicht mehr!«

»Hier in der Gegend ist es eben einfach zu teuer – zumindest für das, was ich mir vorstelle.«

Am nächsten Tag bekomme ich einen Anruf von einem

Stammtisch-Bekannten: »Ich glaube, ich habe was für dich gefunden! Ich schicke dir gleich den Link!«

Ich schaue – und staune: Da wird ein Häuschen angeboten, wie für mich gemacht. Ein großer Garten, zweieinhalb Zimmer, kleiner Pool – und das Tollste: der Blick direkt auf den Atlantik. Auf den Leuchtturm am westlichsten Punkt Europas. Aufs Cabo da Roca. Hier war früher das Ende der bekannten Welt.

Die Miete ist in etwa das, was ich auch in der *quinta* bezahle. Also: Termin vereinbaren und Freundin Petra alarmieren, denn vier Augen sehen mehr als zwei.

Casa dos Dois Pinheiros steht auf den bunten *azulejos*, die am Eingang angebracht sind. Der Hausherr selbst ist noch nicht da, wohl aber die Maklerin, Dona Margarida. Es regnet in Strömen, als wir zur Besichtigung vorbeikommen.

Das Erste, was Petra sagt, ist: »Wenn du das hier wirklich bekommst, musst du dir noch einen Hund zulegen. Das Grundstück ist ja riesig!«

Mal sehen.

Das Haus ist nicht ganz so riesig, aber hat wirklich Flair. Alles ein bisschen verwinkelt, mit Stufen zwischen den einzelnen Räumen. Küche und Wohnzimmer sind ein großer Raum – genau so, wie ich es mag.

Mit Argusaugen schauen wir in jeden Winkel, in jede Ecke: Ist irgendwo ein Schimmelfleck? Sei er auch noch so winzig klein – denn dann verzichte ich lieber. Riecht es etwa nach *lixívia*, dem portugiesischen Allheilmittel gegen Schimmel, Schmutz und alles andere, was gebleicht besser aussieht? Der geringste »Duft« würde bedeuten: Nichts wie weg, hier will ich nicht wohnen. Schließen Fenster und Türen? Jeder

Spalt am Fenster heißt: Es zieht – und ist im Winter kalt und feucht. Sieht man etwa gar Wasserstreifen an den Wänden? Aha – dann wäre das Dach nicht dicht.

Wir entdecken keine Mängel. Keine Flecken, kein Schimmel. Kein modriger Geruch, nicht mal in den Küchenschränken oder im begehbaren Kleiderschrank (wollte ich immer schon mal haben!).

Alles ist liebevoll eingerichtet. Genau das ist aber leider ein Manko: Denn ich habe bekanntlich Möbel. Warum wird in Portugal immer alles möbliert vermietet?

»Meinen Sie denn«, taste ich mich an Dona Margarida heran, »dass das Häuschen auch leer zu haben ist?«

»Da muss ich nachfragen, aber ich denke schon.«

»Und wie hoch ist die Miete genau?«

»Machen Sie sich keine Sorgen«, meint Dona Margarida, »da kann man sicher nochmals darüber reden.«

Da kann man darüber reden? Wie kommt das denn?

Ein paar Minuten später weiß ich den Grund: Hausherr Senhor Filipe möchte keine Quittungen ausstellen. Mit anderen Worten: Er verzichtet darauf, das Finanzamt mit Abgaben für seine Mieteinnahmen zu belästigen.

»Das ist natürlich verhandelbar«, raunt mir Petra zu. »Biete erst mal mindestens hundert Euro weniger!«

Ob das klappt? Bis jetzt habe ich meine Miete noch nie »verhandeln« können. In Deutschland geht so etwas gar nicht, und in Portugal hat es sich bislang auch noch nicht ergeben. Bei der ersten Wohnung waren wir in Zeitdruck und dachten nicht daran, auch António nicht, der diese Landessitte sicher kennt. Und von dem Häuschen in der *quinta* waren wir so begeistert, dass uns ebenfalls nicht nach Handeln und Schachern zumute war.

»Doch«, bestärkt mich Dona Margarida, »fragen kostet nichts!«

Okay, wenn die beiden meinen ...

Senhor Filipe ist einverstanden. Unter einer Bedingung: »Ich möchte einen Mietvertrag über fünf Jahre«, sagt er. »nicht nur für ein Jahr. Ich bin es leid, ständig neue Mieter zu suchen.«

Na, wenn das nicht in meinem Sinn ist!

So bekomme ich den Mietvertrag für die *Casa dos Dois Pinheiros*. Erst Wochen später übrigens fällt mir auf: »›Haus der zwei Kiefern‹ – wo sind die denn? Ich sehe nur eine, direkt vor dem Eingang.«

»Die andere«, erklärt Senhor Filipe, »ist vor ein paar Wochen im Sturm umgestürzt. Ich musste sie fällen lassen.«

Es geht dann alles sehr schnell über die Bühne. Mitte April werden meine Sachen gepackt. Ich verlasse das *Casalinho do Outeiro* mit ein bisschen Wehmut im Herzen, aber vor allem viel Vorfreude auf mein neues Zuhause. Jens und seine Spedition sind natürlich wieder dabei. Kurz vor dem portugiesischen Nationalfeiertag am 25. April, dem *Dia de Liberdade*, ziehe ich in Azóia ein.

Die erste Nacht ist allerdings ein bisschen sehr chaotisch: Die Schrauben fürs Bettgestell sind nämlich verschwunden (und tauchen prompt zwei Wochen später in einer Kiste auf). Also: Schlafen auf dem Sofa ist angesagt, was ich hasse und was meinem Rücken so gar nicht guttut. Aber ich bin müde genug und schlafe wie ein Stein.

Leider muss ich außerdem eiskalt duschen. Beklagen kann ich mich bei niemandem – das scheint bei neuen Wohnungen mein Schicksal zu sein –, denn Senhor Filipe ist geschäftlich unterwegs. Erst als er wiederkommt, erfahre ich den kleinen Trick bei der Dusche: Kalt- und Warmwasserhahn sind beim Bau vertauscht worden. Wenn man es weiß, kein Problem.

Außerdem hat Senhor Filipe eh mein Herz erobert (im ehrenwertesten Sinn!): Erstens hat er die ganze Woche vor meinem Einzug gewerkelt, weil er mir Haus, Garten und Pool perfekt übergeben wollte. Zweitens hat er mir bereits einen Gärtner besorgt, denn die fast tausend Quadratmeter Grund mit Rasen und Hecke und Blumenbeeten schaff ich nicht allein. Ich kann seine Gartenwerkzeuge benutzen, meint er, auch den Rasenmäher. Bestens. Drittens: Als ich am Umzugstag ins Haus komme, finde ich auf der Küchentheke einen Blumenstrauß, zwei Gläser, eine Flasche *vinho tinto,* einen Korkerzieher (der Mann denkt mit!) und einen Brief von Senhor Filipe: »Welcome home, Christina.«

Er wünscht mir alles Gute und freut sich darauf, nicht nur Hausherr und Nachbar zu sein, sondern dass wir gute Freunde werden.

Was will man mehr?!

Im Dorf weiß man schnell Bescheid, dass Senhor Filipe eine neue Mieterin hat. Nach zwei Tagen grüßt man sich; wenn ich die Dorfstraße entlangfahre, winkt man mir zu.

Eine Nachbarin entdecke ich auf dem kleinen Bauernmarkt, der an jedem Wochenende und an Feiertagen drei Kurven weiter in Richtung Colares stattfindet: Dona Joana ist knapp achtzig Jahre und ist – wie mir Senhor Filipe verrät – eine der reichsten Frauen im Dorf. Ihr gehören etliche Häuser und Grundstücke. Aber sie verkauft auf dem Markt Blumen, Eier, Gemüse aus dem eigenen Garten.

Nebenan am Stand bekomme ich von einer anderen Nachbarin, Dona Glória, frische Erdbeeren und so wichtige Dinge wie Zwiebeln und Knoblauch, denn die habe ich natürlich beim Umzug nicht mitgenommen.

Meine Portugiesischkenntnisse bekommen einen echten Schub. Senhor Filipe spricht zwar perfekt Englisch, die neuen Nachbarn jedoch nicht. Das hindert aber niemanden daran, mich anzusprechen, mich zu fragen, wie es mir geht. Und: Hilfe anzubieten, wenn irgendetwas fehle. Etwa Dona Nelinha, die Frau des über achtzigjährigen Bauern Senhor Narciso (der neben zahlreichen Hühnern einen Esel und Schafe sein Eigen nennt. Doch dazu später mehr!).

»*Tá boa*?«, fragt sie mich. Und dann gleich nach meinem Alter.

Wieder einmal verwechsle ich fünfzig und fünfhundert (ich lerne es wohl nie!) und behaupte stolz: »*Tenho quinhentos e dois anos*!« – »Ich bin 502 Jahre alt!«

Klar, dass sie kichert.

»*Não, desculpe se faz favor. Naturalmente tenho cinquenta e dois anos*!« – »Nein, entschuldigen Sie bitte. Natürlich bin ich zweiundfünfzig Jahre!«

Dann soll ich raten, wie alt sie ist. Schwierig, aber ich schätze sie mal auf fünfundsechzig.

»Nein, nein«, sagt sie stolz. »Ich bin eben achtzig geworden.«

Ich gratuliere ihr zu ihrem jugendlichen Aussehen. Sie freut sich – und meint dann: »Wenn Sie irgendein Problem haben, Dona Cristina, wir sind Ihre Nachbarn, bitte kommen Sie zu uns. Mein Mann und ich helfen Ihnen gern!«

Im Café am Dorfplatz ist der Treffpunkt für alles und alle. Wer hier sitzt, auch nur ein Stündchen, sieht alles Wichtige passieren. Hier werden die Pakete abgegeben, falls ich mal nicht zu Hause bin, wenn der Postbote kommt. Gegenüber in der winzigen Markthalle verkaufen Bäuerinnen jeden Morgen Gemüse und Obst, am Ortseingang ist ein kleiner Metzgerladen: Der *talho* kommt einmal die Woche und bietet frisches Fleisch und *chouriços*. Einmal wöchentlich kommt der Käsewagen nach Azóia. Und ein mobiles Postamt.

Landleben – aber ich genieße es.

Kapitel 16

Auf den Hund gekommen

Meine erste Nacht in Portugal, also in unserer Wohnung in São Domingos de Rana hatte mich ziemlich verblüfft. Vorher, bei meinen Urlaubsaufenthalten, war es mir nie so aufgefallen. Die ganze Nacht lang: Hundegebell. Es kommt eindeutig von draußen. Sind das alles Straßenhunde?

Unentwegtes Gekläff in hohen Tonlagen. Ausdauernd und absolut nicht schlaffördernd. Sonores tiefes Gebell, mit langen Pausen, dafür aber immer wieder. Winseln, Jaulen, wildes Knurren. Ein wahres Konzert da draußen. Nacht für Nacht. Bis in die frühen Morgenstunden. Und das mitten in der Stadt. Merkwürdig. António scheint es nicht zu hören. Mich als Neu-Portugiesin dagegen stört es.

Nach und nach stelle ich fest: In den Nebenwohnungen leben viele Hunde. Zwar sind die Apartments nicht gerade klein. Aber hundegerecht sind sie nicht unbedingt. Vor allem, wenn die Besitzer ihre Vierbeiner gerade mal morgens und abends maximal je ein Viertelstündchen auf dem spärlichen Grasstück zwischen den Häusern Gassi führen. Den Rest des Tages sind die Hunde allein, immer in der Wohnung.

Es sind große Rassen dabei: Boxer, Schäferhunde, Golden Retriever, sogar Huskys. Keine kleinen »Wohnungshunde«, sondern Tiere, die richtig Auslauf brauchen. Nicht nur eine halbe Stunde am Tag an der kurz gehaltenen Leine. Und was bitte sollen Schlittenhunde im sonnigen Portugal? Das verstehe ich nicht. Sie scheinen aber gerade in Mode zu sein, denn allein in unserem kleinen Viertel gibt es drei oder vier Huskys.

So gern ich einen Hund hätte – in einer Wohnung keinesfalls. Wenn wir uns einen Hund zulegen, dann nur, wenn wir endlich ein Haus mit Garten haben. Mit einem großen Garten, wohlgemerkt. Da dies aber bekanntlich ein Traum ist, wird wohl nichts daraus werden. Schade.

»Wenn ich euch ein schönes Haus besorge«, fragt ein paar Monate später meine Freundin Petra, »tust du dann ein gutes Werk und nimmst einen Hund aus dem Tierheim?«

Ich grinse. António und ich wohnen jetzt seit einem knappen halben Jahr in der »Schlafstadt« in São Domingos de Rana. Wer würde nicht ein schönes Haus mit Garten haben wollen?

»Okay, liebe Petra«, sage ich, »wenn du das wirklich schaffst, dann steht unser Deal. Du weißt: Hund in der Wohnung finde ich nicht optimal. Aber Haus mit Garten und Hund ist perfekt.«

So kommen wir zu Giò.

Kleine Notiz am Rande:
Wer schon einmal in einem Tierheim in Portugal war (oder einem anderen südlichen Land), vor allem wenn es sich um städtisches canil *handelt, weiß, dass die Zustände dort meist furchtbar sind.*
In den »offiziellen« Heimen werden die Tiere oft nach einem kurzen Aufenthalt getötet, weil man einfach keinen Platz hat. In den privaten Institutionen sieht

es ein wenig besser aus. Aber auch hier: zu viele Tiere auf zu wenig Raum. Aber wenigstens werden sie nicht getötet, man versucht eifrig, sie weiterzuvermitteln.

Der Tierschutz steht in Portugal nicht hoch im Kurs. Tiere werden nicht als Lebewesen betrachtet, sondern als »Dinge«, die man wegwirft, entsorgt, tötet, wenn man sie nicht mehr braucht. Tausende Hunde werden in engen Zwingern gehalten, liegen tagaus tagein in der prallen Sonne, an einer viel zu kurzen Kette, ohne jeglichen Auslauf, gerade dass man ihnen einen Napf Wasser hinstellt. Als Futter gibt es Essensreste, Knochen, Abfall.

Viele Residenten engagieren sich deshalb für Tiere, eröffnen private Heime, vermitteln Straßenhunde zu neuen Besitzern nach Deutschland, kümmern sich um die medizinische Versorgung von Streunerkatzen. Manche portugiesischen Tierärzte und Gemeinden bieten kostenlos Kastration und Impfung an. Und selbstverständlich werden auch in Portugal bei vielen Menschen Hunde oder Katzen als Familienmitglieder betrachtet.

Helfen kann man immer nur in Einzelfällen. Vielleicht setzt sich auf lange Sicht in Portugal der Gedanke eines besseren Tierschutzes durch. Aber noch ist die Situation schlimm.

Giò kommt genau am 1. April in unser Haus, aber er ist ganz bestimmt kein Aprilscherz. Ein verschüchterter Mischling, ein knappes halbes Jahr alt, im Tierheim geboren. António und ich sind spontan zur *Fundação São Francisco de Assis* gefahren, zur Stiftung des heiligen Franz von Assisi, einem privaten Tierheim in Murches, in der Nähe von Cascais, in dem Petra sich engagiert. Leider ist sie heute nicht da, aber wir können uns umschauen. Es tut uns beiden in der Seele weh, wenn wir all die Tiere sehen.

Sie sind zwar in großen Zwingern untergebracht – auf vierzig oder fünfzig Quadratmetern, aber da tummeln sich dann fünfundzwanzig oder dreißig Hunde. Sie haben kaum Auslauf, keine Wiese, nur Betonboden. Ein Teil des Zwingers ist überdacht, so sind sie wenigstens vor Regen und Sonne geschützt. Und das in einem privaten Heim, das sich wirklich bemüht, die Tiere pfleglich zu behandeln, möglichst schnell neue Besitzer zu finden! Ich möchte mir nicht vorstellen müssen, wie es im öffentlichen *canil* aussieht …

Ein Hundemädchen soll es sein, finde ich. António möchte lieber einen kleinen Rüden. In Deutschland habe ich beides schon einmal gehabt, und für mich ist klar: Hundemädels sind einfacher zu handhaben. Rüden dagegen wollen immer wieder, jeden Tag aufs Neue, austesten: Wer ist der Boss im Haus? Hundemädchen hingegen – so meine Erfahrung – haben das nicht nötig. Sie geben ohnehin den Ton an, müssen das aber nicht dauernd unter Beweis stellen, sondern schmusen ihr Frauchen (und das Herrchen) einfach nieder.

Durchs Gitter draußen vor dem Zwinger haben wir uns zwar ein Mädchen ausgesucht. Aber als wir dann in die Innenräume kommen, hat uns der Pfleger doch einen kleinen Rüden herausgeholt. Völlig verängstigt, mit großen braunen, treuen Augen. Sehr flehentlich und damit überzeugend blickenden Augen. Wir können nicht widerstehen. Ist ja wohl klar, dass man den Kleinen nicht einfach wieder zurückschickt!

Die Formalitäten sind schnell erledigt. Wir bekommen den Impfpass ausgehändigt, gechipt ist unser neuer Hausgefährte schon. Nach den Dokumenten war die Mutter ein *lobo de alscácia* – so nennt man in Portugal den deutschen Schäferhund. Vater: unbekannt. Der Kleine hat im Impfpass auch schon einen Namen eingetragen: Er heißt »Vui« – hm, klingt fast wie »Pfui«, und das passt überhaupt nicht zu dem Süßen. Auch wenn er wie ein schmutziges Schweinchen stinkt. Im Zwinger war es nicht sehr sauber, da wird einoder zweimal am Tag mit dem Wasserschlauch durchgespritzt, mehr nicht.

Weil sein »Duft« so intensiv ist wie das Eau de Toilette, das António gerade bevorzugt, nennen wir das Hundchen nach langem Überlegen – Giò. Immerhin: Giorgio Armani als Taufpate, das ist doch edel, oder?

Giò ist Hund Nummer eins. Der *chefe*, selbst wenn man das anfangs wirklich nicht vermuten kann. Im Gegenteil.

Die ersten Tage, mit neuem Halsband versehen, sitzt er ausschließlich ängstlich-misstrauisch unter einem Strauch in der Nähe unserer Terrasse. Nur wenn wir ins Haus gehen, lugt er ein bisschen hervor.

Fressen oder trinken? Keine Spur. Hin und wieder ein Stückchen Trockenfutter. Erst als António kocht und dabei ein bisschen Brühe mit Reis abfällt, lässt sich unser kleiner Vierbeiner zum Essen herab. Zunächst skeptisch, dann überzeugt verfressen.

Es dauert lange, bis Giò Vertrauen fasst. Wochen, eigentlich Monate. Selbst als er schon seit Langem bei mir lebt, bleibt ein gewisses Misstrauen: Er nimmt zum Beispiel nie ein Leckerli aus meiner Hand, ohne es vorher genau zu beriechen – könnte ja sein, dass ich ihn reinlege.

Nach der ersten Woche in der *quinta* ist er immerhin so weit, dass er sich freut, wenn wir im großen Garten spazieren gehen. Wie ein kleiner Ziegenbock hopst er – mit allen vieren gleichzeitig in der Luft – durchs hohe Gras. Aber: Er kann nicht spielen, versteckt sich immer wieder unterm Strauch, kennt weder Ball- noch Zerrspiele. Selbst ganz normales Gras betrachtet er anfangs mit Misstrauen.

Stubenrein? Keine Spur. Immerhin ist er so rücksichtsvoll, wenn er sein Geschäft erledigen geht, dies auf der Nachbarterrasse (das ist die mit den schönen *azulejos*) zu tun. Ob er das für edle WC-Keramik hält?

In den Garten geht er die ersten drei Wochen freiwillig nie. Nicht mal zum Pinkeln. Das geht auf dem Teppich im Haus viel besser, da rutscht man nämlich nicht wie auf der gefliesten Terrasse aus, wenn man versucht, das Bein zu heben …

Dona Isabelas Katzen trifft Giò gleich am ersten Tag. Da zeigt er dann doch Interesse, verliert seine Schüchternheit und traut sich neugierig unterm Strauch hervor, obwohl ihn beide – Katze Boneca und Kater Oscar – zunächst mit Missachtung strafen. Boneca stolziert arrogant direkt vor seiner Nase zum Fressnapf, der neben unserem Kücheneingang steht. Frisst seelenruhig und wendet ihm dabei den Rücken zu. Selbst wenn Giò meint, er müsse zeigen, dass er knurren kann, oder wenn er ein leicht verunglücktes fiependes Bellen versucht: Das interessiert Boneca nicht.

Oscar hingegen – ich sage nur: Kerle! – bekommt einen Flaschenbürstenschwanz und faucht. Verspeist aber seinen Mittags-*bacalhau* dennoch sehr zufrieden in Giòs Sichtweite und schert sich ebenfalls wenig um den neuen Hausgenossen. Zumindest solange er ihm nicht unvermutet begegnet.

Bis heute, Jahre später, hat Giò Kater Oscar übrigens nicht vergessen: Wenn ich ihn auffordere »*busca* Oscar! – such Oscar!«, rast er laut bellend los und schaut nach oben Richtung Dach. Denn genau da sitzt Oscar in der *quinta* nämlich immer, grinst sozusagen hinunter auf den Hund und weiß: Hier bin ich sicher!

Warum ich mit Giò Portugiesisch spreche? Ganz einfach: Demnächst wird der Kleine in die Schule gehen. Und nachdem wir in Portugal leben, wird es eine portugiesische Hundeschule sein.

Es ist ein langer Kampf, bis Hund und Frauchen endlich zueinanderfinden. Ich habe das Glück, in der Hundeschule nicht nur einen hervorragenden Lehrer für Tier und Mensch zu finden, sondern auch an einem Seminar mit der bekannten norwegischen Hundetrainerin Turid Rugaas teilzunehmen. Eine wirklich beeindruckende Frau. Sie erzählt uns, wie Hunde »ticken«; dass wir auf die kleinen Signale der Körpersprache achten sollen, dass wir mit denselben Signalen auch mit unseren Tieren kommunizieren können und nicht zu viel verlangen sollen. Und sie weist uns auf ein Wort hin, das ich eigentlich dank meiner Portugalerfahrungen schon lange kennen müsste: »Haben Sie Geduld!« Auf Portugiesisch heißt das *paciência*, und es ist die Basis des gesamten portugiesischen Alltagslebens: *Paciência* braucht man, wenn man an der Fisch- oder Fleischtheke und an der Supermarktkasse wartet, wenn man mit dem Auto im Stau steht, wenn man – wieder einmal – auf irgendeiner Behörde um Dokumente nachsuchen muss.

Paciência ist nicht nur Geduld, sondern eben auch Gelassenheit. Das Leben mit all seinen Facetten und Rückschlägen nicht aufgeregt zu meistern versuchen, sondern gelassen zu bleiben. Auf Neudeutsch: relaxed.

»*É a vida* – so ist das Leben eben«, sagen die Portugiesen, ein wenig schicksalsergeben. Wenn es heute nicht geht, dann geht es eben morgen. Wenn man es nicht auf dem üblichen Weg schafft, sucht man sich einen unüblichen. Ohne Hektik, ohne Stress.

Genauso muss ich es machen, um bei Giò weiterzukommen. Ich kann nichts erzwingen, ich muss berücksichtigen, dass er einerseits einen unbändigen Freiheitsdrang hat, andererseits aber genau weiß, wo er hingehört. Gemeinsam schaffen wir es.

Nach etwa einem Jahr ist Giò überhaupt nicht mehr scheu oder schüchtern. Er verteidigt mich – mit gefährlichem Knurren und hochgesträubtem Rückenhaar –, wenn ein Fremder das Grundstück betritt. Er gewöhnt sich aber rasch daran, dass Fremde zu Freunden werden – und dann begrüßt er sie freudig. Vor allem, wenn sie zum Grillen kommen. Er klaut frisch gegrillte Sardinen vom Grill, er liebt gekochten *bacalhau*, sogar rohe *carapaus*.

Hunde mögen Fisch? Das wusste ich nicht. Giò ist eben ein echter Portugiese.

Er ist ein richtig toller Gefährte, wie ich es mir immer gewünscht habe. Ein vierbeiniger Freund, mit dem ich am Strand toben kann – und er kommt anstandslos zu mir, wenn ich ihn rufe. Er geht mit mir in der Serra da Sintra spazieren – und er büxt nicht aus.

Genau der richtige Zeitpunkt für einen Umzug. Diesmal geht es richtig aufs Land.

Knapp tausend Quadratmeter ganz allein für Frauchen und Hund. Keine Nachbarn oder Feriengäste, die den Hundefrieden stören.

Das ist, so denkt sich Giò, zwar ganz nett. Aber es wäre ja schon schick, wenn man hier nicht allein herumtoben müsste.

»Kein Problem«, sagt Frauchen, »es gibt ja Max.«

Max wohnt nebenan, beim Hausherrn und Vermieter. Max ist ein mittelgroßer Podengo-Mischling. Rotzfrech, ein großer Weiberheld und bewährter Jäger von Schafen und Eseln. Zumindest behaupten das die Nachbarn, die mit Max so gar nicht klarkommen. Nicht nur weil er seine Aktivitäten bei Tag und bei Nacht in allen umliegenden Gärten und Weiden ausübt; sondern weil er das gerne sehr lautstark tut. Das Gekläffe von Max ist ansteckend: Giò findet es angebracht, sich seinem neuen Freund anzuschließen. Ebenfalls lautstark. Aber wenigstens gellt sein Bellen nicht so in den Ohren wie das hohe ausdauernde Gekläffe von Max.

Giò treibt ebenfalls mit Lust Nachbars Esel und Schafe vor sich her und jagt bei der Gelegenheit noch dem einen oder anderen Huhn nach. Zumindest so lange, bis ich beschließe, diesem wilden Treiben Einhalt zu gebieten. Wenigstens für meinen Hund. Ein Zaun muss her. Ich will keinen ständigen Ärger mit den Nachbarn.

Max hingegen muss in den »Knast«.

Ich kann ja nachvollziehen, dass es Senhor Filipe, meinen Vermieter und *chefe* von Max, einfach nervt, wenn er dauernd Beschwerden bekommt. Aber ist das ein Grund, dem armen Max die Freiheit zu entziehen? Muss er deshalb wirklich tagsüber in die Hundehütte?

Senhor Filipe sagt: »Es geht nicht anders. Ich bin in meinem Job mindestens drei oder vier Tage in der Woche nicht da. Für Futter ist gesorgt, und Wasser bekommt Max auch. Aber er darf erst dann raus, wenn Esel und Schafe in den Stall kommen. Also frühestens um siebzehn Uhr. Wenn ich aber nicht da bin, kann ich ihn nicht hinauslassen.«

Ich überlege. »Und wie wäre es, wenn ich diesen Job übernehme? Mir macht das wirklich nichts aus. Dann wäre es aber besser, wenn die Hundehütte von Max in meinem Garten steht. Platz ist genug da, ich füttere Max und Giò gemeinsam. Und Punkt fünf Uhr nachmittags kann Max auf die Piste.«

Gesagt, getan.

Max – dessen eigentlicher und vollständiger Name *Maximista Tosta Mista* ist, also so viel wie »der größte gemischte Toast« – zieht um.

Er wird aber nicht zum Hund Nummer zwei, denn er gehört mir nur zur Hälfte. Die andere Hälfte beansprucht nach wie vor Senhor Filipe. Und er zahlt auch alle Kosten – Futter und Tierarzt, und was Max sonst noch so braucht.

Max ist also mein Hund Nummer eineinhalb.

Selbst wenn es sich bei Max' »Kerker« um eine wunderschöne Holzhütte mit eigenem Sonnendeck handelt – Max ist eingesperrt, und das erträgt er nicht. Das tut er in voller Lautstärke kund, und er sucht und findet immer eine Chance beziehungsweise ein Schlupfloch für seine altbewährten Kontrollgänge durchs Dorf.

Es ist Freitagmittag, ich war eben mit Giò am Strand spazieren, und weil das Wochenende naht, Esel und Schaf bereits im Stall sind, hat Max heute etwas früher Freigang.

Giò nutzt die Gelegenheit, als ich einen Moment nicht aufpasse, und haut ebenfalls ab.

Gemeinsam erkunden die beiden Herren die Gegend. Ich kenne das schon: Nach einer Stunde, manchmal dauert es auch etwas länger, sind beide wieder erschöpft, aber glücklich zurück.

Diesmal nicht.

Es wird später Nachmittag, es wird Abend: nichts. Weder Max noch Giò lassen sich blicken. Ich bin mittlerweile ziemlich unruhig. Nicht wegen Max, der ist ja bekanntlich nur hin und wieder und gezwungenermaßen häuslich, im Grunde aber ein Streuner. Der beißt sich durch, der lässt sich nichts gefallen. Um Giò aber mache ich mir Sorgen.

Senhor Filipe versucht mich zu beruhigen: »Reg dich nicht auf. Max ist ein echter Straßenhund, und Giò läuft ihm hinterher. Das weißt du doch!«

»Ja, aber diesmal ist es so lange …«

»Die kommen schon wieder!«

Erkundungsfahrten, auch auf den Seitenwegen im Dorf und außerhalb, bleiben vergeblich. Es liegt nirgends ein verletzter Hund auf der Straße, im Café am Dorfplatz hat niemand die beiden gesehen.

Es wird dunkel, es wird Nacht. Ich bin mittlerweile heiser vom Rufen und nicht mehr nur ängstlich, sondern allmählich stocksauer.

Mein »verlorener Sohn« Giò kommt kurz vor Mitternacht, nach mehr als neun Stunden, wieder angekrochen. Mit sichtbar schlechtem Gewissen. Verzieht sich sofort ins Haus, in seinen Korb. Weiß genau: Heut habe ich Mist gebaut!

Von Max keine Spur. Er kommt die ganze Nacht nicht heim.

Gemeinsam mit Senhor Filipe fahre ich Samstag und Sonntag die Gegend ab. Senhor Filipe hängt überall Suchfotos von Max auf.

Nichts.

Das ganze Dorf weiß Bescheid, denn Max kennt wirklich jeder. Obwohl sich alle hin und wieder über Maximista Tosta Mista aufgeregt haben, wenn er wieder mal was klaute, zu laut und lange gekläfft hat oder eine Hundedame unerwünschterweise beglückte: Irgendwie vermissen sie ihn doch.

So lange war Max noch nie weg. Senhor Filipe macht sich Sorgen, denn seit knapp drei Monaten muss Max jeden Tag Herztabletten bekommen, immer zur selben Tageszeit. Das geht natürlich jetzt nicht. Dazu kommt: Es ist wirklich heiß, der August zeigt sich von seiner schönsten Seite. Tag für Tag haben wir mehr als 30 Grad. Kein Wölkchen am Himmel, kein Regen in Sicht.

Eine Woche geht ins Land. Immer wieder fahren wir los, fragen in Cafés und Kneipen. Nichts.

Ein paarmal gibt es Fehlalarm, wenn der eine oder andere glaubt, er habe Max gesehen. Stets stellt sich heraus: Max ist nirgends gesichtet worden. Auch im Tierheim wurde er nicht abgegeben.

Nach zehn Tagen geben wir die Suche auf. Bleibt uns nur zu hoffen, dass Max einen Herzschlag erlitten hat und nicht lange leiden musste. Vielleicht hat er auch ein neues Herrchen gefunden.

Giò vermisst seinen Gefährten. Er hat niemanden mehr zum Spielen, Toben, Unsinn machen. Wenigstens ihm kann ich helfen.

Schon vor ein paar Monaten hatte mir meine »Perle«, die jede Woche zum Putzen kommt, einen Welpen angeboten.

»Sie wissen ja, Dona Cristina«, meinte sie damals, »ich arbeite auch für ein paar andere Haushalte. Senhor Nuno hat eine Hündin, und die hat eben geworfen. Neun Junge sind es, er weiß gar nicht, wie er die alle unterbringen soll. Wollen Sie nicht einen zweiten Hund? Sie haben doch einen schönen großen Garten!«

Ich hatte dankend abgelehnt – eineinhalb Hunde-Rabauken reichten mir wirklich.

»Vielleicht kennen Sie jemanden, der einen Hund möchte?«

Leider kannte ich niemanden, der infrage kam.

Aber ich erinnere mich an dieses Gespräch. Ich rufe Ludmila an. Sie ist morgen ohnehin im Haus von Senhor Nuno. Vielleicht kann sie da nachfragen?

Ludmila fragt nach: Von den ursprünglich neun Welpen sind jetzt, fünf Monate später, noch zwei Hundemädchen da.

So kommt Jenny ins Haus. Offizieller Hund Nummer zwei. Sie ist wirklich eine süße, verschmuste kleine Hundedame. Giò ist erst misstrauisch: Was ist das für ein weißes Fellknäuel, das fiept und tapsig durch den Garten wackelt? Es dauert aber keine Viertelstunde, da hat Jenny Giò bereits um den Finger beziehungsweise um die Pfoten gewickelt.

Jenny hat die erste Nacht in ihrem neuen Zuhause gut überstanden. Ich habe für sie und Giò eben draußen die Futternäpfe hingestellt.

Plötzlich: wildes Gebell, dazwischen hohes Fiepen und Knurren von Jenny. Die beiden werden sich doch nicht ums Fressen raufen?

Ich stürze nach draußen – und was sehe ich? Giò ist völlig außer Rand und Band. Wedelt sich fast die Seele aus dem Leib. Jenny knurrt und zeigt aufgestelltes Rückenhaar. Wedelt nur sehr vorsichtig.

Ein nasser Max. Leicht abgemagert, aber gesund und munter. Er ist völlig verdreckt, lässt sich aber nicht anfassen, geschweige denn ins Bad stecken. Ich schaffe es gerade mal, ihn mit einem alten Handtuch ein bisschen abzurubbeln.

Nun ist er hinübergelaufen zu seinem *chefe*, zu Senhor Filipe.

Hat sich gerade noch Zeit genommen, bei Jenny kurz zurückzuknurren und sicherheitshalber überall sein Revier zu markieren. Und natürlich die Hundenäpfe völlig leerzufressen.

Jetzt lässt er sich bei Senhor Filipe verwöhnen und hofft sicher auf ein geschlachtetes Kalb, wie es dem »verlorenen Sohn« zusteht. Kann man ja schon in der Bibel nachlesen.

Zwölf Tage war er verschwunden. Wir haben niemals herausgefunden, was passiert ist.

Senhor Filipe übrigens hat beschlossen: »Max muss nie wieder in den ›Knast‹. Jetzt darf er raus, wann immer er will!«

Ich habe jetzt zweieinhalb Hunde.

Was ich bis heute nicht herausgefunden habe, ist, aus welchen Gründen die Hunde in Portugal zu welchem Zeitpunkt nachts bellen. Es gibt Nächte, die verlaufen völlig ruhig. Man hört lediglich hin und wieder ein Kläffen in der Ferne. In anderen Nächten fängt plötzlich ein Hund in der Nachbarschaft an, Alarm zu schlagen. Und nacheinander schließen sich alle in der näheren und weiteren Umgebung an –

und das Ganze dauert zehn oder fünfzehn Minuten. Dann herrscht wieder tiefe nächtliche Ruhe.

Manchmal bellen meine zweieinhalb Hunde mit. Manchmal bellt nur einer; meist ist es Max. Manchmal meldet Giò sicherheitshalber nochmals im Haus, mit Vorliebe direkt neben meinem Schlafzimmer, dass draußen Großalarm herrscht. Nicht dass ich das verschlafe und nicht mitbekomme. Ginge ja gar nicht.

Manchmal verschlafen alle drei den Lärm ihrer vierbeinigen Nachbarn und wachen nicht eine Sekunde auf. Das sind mir natürlich die liebsten Nächte. Ganz ohne Hundegebell jedoch – solche Nächte gibt es in Portugal nicht.

Kapitel 17

Tote Tauben, rote Rosen, weiße Kerzen

Natürlich sind die Römer schuld daran. Sie haben in Portugal nicht nur gegen Kelten und Lusitanier gekämpft. Sie haben der Serra da Sintra auch den alten Namen Monte da Lua – Mondberg – hinterlassen. Dass der Mond etwas Mystisches, manchmal Unheimliches an sich hat, das weiß ja wohl jeder.

Es dürfte mich also im Grunde nicht wundern, dass sich auf den Straßen und Pfaden im Naturschutzgebiet des Sintra-Gebirges, unweit von Lissabon, Merkwürdiges abspielt. Aber nicht nur dort, wie sich herausstellt.

Ich bin mit den Hunden an der langen Leine in der Serra da Sintra unterwegs, nicht auf der Teerstraße, sondern abseits davon. Macht den Hunden mehr Spaß, und mir auch. Plötzlich sehe ich an einer Stelle, wo sich zwei breite Fußwege kreuzen, einen zerbrochenen Teller, ein paar Blüten, ein oder zwei Handvoll Körner.

Ein ungewöhnlicher Platz für ein Picknick. Auch ungewöhnliche »Zutaten«. Die Hunde laufen weiter, ich vergesse das Ganze.

Ein paar Hundert Meter weiter wieder eine Kreuzung. Diesmal steht eine fast volle Flasche *bagaço*, Tresterschnaps, auf dem Boden. Daneben zwei Zigarren und eine Schachtel Streichhölzer. Sie ist leicht aufgeschoben, und etwa fünfundzwanzig Zündhölzchen sind ordentlich so aus der Schachtel gezogen, dass sie eine exakte Reihe bilden. Daneben ein Kaffeebecher, halb mit Schnaps gefüllt.

Diesmal kann ich es nicht einfach übersehen oder vergessen. Schließlich haben wir Hochsommer, und Zündhölzer im Wald sind nicht unbedingt optimal. Ich schaue mich um, sehe aber niemanden. Hält sich der vermeintliche Brandstifter im Gebüsch auf? Geht er vielleicht gerade einem dringenden menschlichen Bedürfnis nach?

Langsam, im Schritttempo, fährt auf der Teerstraße unterhalb der Fundstelle ein Auto der GNR vorbei. Die Polizei fährt offensichtlich Streife; sicher wegen der ständigen Waldbrandgefahr.

Also nichts wie hin! Ich winke, halte mühsam die Hunde fest (Uniform-Träger werden stets energisch verbellt). Der Wagen hält an, der Beamte steigt aus und fragt mich – als ich die Hunde endlich zur Ruhe gebracht habe – nach meinem Anliegen.

»Ich wollte Ihnen Bescheid sagen: Da oben liegen Zündholzer und Alkohol – nicht dass hier jemand ein Feuer anzünden will!«

Der GNR-Mann zeigt sich überhaupt nicht überrascht. Das wiederum überrascht mich. Er geht mit mir die paar Meter zu meinem Fund. Schaut sich alles an, grinst und klärt mich auf: »Machen Sie sich keine Sorgen, Senhora. Hier kreuzen sich zwei Wege.«

»Ja, das ist mir schon klar. Aber warum liegen diese Sachen hier?«

»Das ist ein Geschenk«, erklärt er. »Sozusagen eine Opfergabe, um die Waldgeister freundlich zu stimmen. Manchmal finden wir auch tote Hühner. Immer an Kreuzwegen.«

Dann kümmert sich der GNR-Beamte um die Schnapsflasche, die Zigarren, den Becher und die Zündholzer und setzt sich wieder in sein Auto.

Allerdings fällt mir auf: Er schüttet lediglich den Alkohol aus dem Becher. Die Flasche verstaut er sorgfältig im Wagen. Zu seinen Gunsten nehme ich an, dass er sie mit aufs Revier nimmt. Und sich nicht als Waldgeist betrachtet, dem diese Opfergabe dargebracht wurde.

Kleine Notiz am Rande:
Noch ist keine Badesaison, noch kann ich die Hunde morgens am Strand toben lassen. Wir haben Ebbe. An der Flutlinie fängt Giò an wie wild zu buddeln. Er findet zwei tote Tauben, ohne Köpfe. Daneben liegen ein paar rote Rosen und abgebrannte Stümpfe von weißen Kerzen. Die dazugehörigen Vogelköpfe findet mein Hund nicht.
Tote Tiere als Opfergabe, und dann noch ohne Kopf? Ein Blick zum Himmel verrät mir: Wir müssten Vollmond haben. Ob das damit zusammenhängt? Ist ja schon ein bisschen unheimlich. Ob Hexerei im Spiel ist? Schwarze Magie? Voodoo-Zauber?
Dass es hier so etwas gibt – und nicht in einer ländlichen Gegend, wo man vielleicht noch eher Aberglauben vermutet! Nein, ich finde das alles unweit des Touristenorts Cascais, ganz in der Nähe der modernen Hauptstadt Portugals. In einem Waldgebiet, in dem es an jedem Wochenende und vor allem zur Urlaubszeit von Besuchern und

Touristen nur so wimmelt. An einem Strand, der viel besucht ist. Merkwürdig.

Ana ruft mich an. Sie hat Liebeskummer. Schlimmen Liebeskummer.

»Ich glaube ja«, sagt sie, »dass ein Fluch auf mir liegt. Den muss ich schnell loswerden.«

Ah ja. »Und wie willst du das machen?« Noch nehme ich das Ganze eher auf die leichte Schulter.

»Ich habe mich schon erkundigt – es gibt in Caldas da Rainha eine sehr erfahrene *bruxa*, die hilft mir!«

»Eine was?«

»Eine Hexe. Die hat tolle Referenzen, und ich muss sie auch erst bezahlen, wenn sich Erfolg einstellt.«

Wir leben im 21. Jahrhundert. In einem modernen Land, in dem man technisch und wissenschaftlich auf dem neuesten Stand ist. Portugal liegt nicht hinter dem Mond (selbst wenn es hier einen Mondberg gibt), sondern lediglich am westlichsten Ende Europas. Ganz normale Menschen gehen zu einer Hexe? Glauben an Waldgeister, denen man Opfergaben darbringen muss? Sind überzeugt davon, dass sie verflucht sind?

Jetzt will ich es aber wirklich wissen: »Und was macht diese *bruxa*?«

»Keine Ahnung«, sagt Ana. »Aber ich bin ganz sicher, sie kann mir helfen. Fährst du mit nach Caldas?«

Es sind immerhin knapp hundert Kilometer, aber ich bin einverstanden. Ich weigere mich allerdings, mit ihr die Hexenpraxis zu betreten, Ana besteht glücklicherweise nicht darauf. Ich warte lieber im Café an der Straße. Nach ungefähr einer halben Stunde taucht Ana dort auf.

»Und?«

»Sie hat mir ein Fläschchen mit Tropfen mitgegeben. Da muss ich ein paar Haare von Armindo hineintun, und dann muss ich das heute Nacht unter eine Eiche eingraben.«

Aha. »Heute Nacht?«

»Ja, es muss heute Nacht sein, weil heute Neumond ist.«

Ich verstehe die Welt nicht mehr.

Ana macht das tatsächlich. Armindo ist glücklicherweise nicht im Lande, er ist momentan in Deutschland. Also braucht Ana nicht zu erklären, wieso sie nachts in den Park gehen muss. Sie klaut ein paar Haare aus seiner Bürste, gibt sie in die kleine Flasche und zieht kurz vor Mitternacht los, nachdem sie vorher bei Tageslicht schon mal im Stadtpark nach einer Eiche gesucht hat. Da gab es leider keine.

Palmen funktionieren nicht, meint Ana. Aber Pinien schon, und deshalb – erfahre ich am nächsten Morgen – hat sie das Fläschchen in Strandnähe unter eine Pinie verbuddelt.

Ich zweifle an meinem Verstand (an dem von Ana sowieso). Ist das vielleicht eine typische Verhaltensweise von Portugiesinnen? Andererseits war der GNR-Beamte ja ein Mann …

Oder liegt es am Alter? Ana ist Mitte zwanzig. Vielleicht hat sie zu viele TV-Serien über Vampire und Hexen gesehen? Aber auch damit liege ich falsch.

Senhor Filipe fragt, ob ich mit ihm nach Lissabon fahre. Wir könnten, so meint er, zum bekannten schwedischen Möbelhaus shoppen gehen. Vorher aber muss er, das sagt er gleich, zum Campo dos Mártires da Pátria.

»Was willst du denn in der deutschen Botschaft?«, will ich wissen.

Er muss nicht in die Botschaft. Aber außer der Botschaft, dem Goethe-Institut und einem kleinen Park ist nichts an diesem Platz.

»Doch«, sagt Senhor Filipe. »Da ist die Statue von José Tomás de Sousa Martins.«

Interessant. »Wer ist das? Und vor allem: Was willst du da machen?«

Senhor Filipe ist es ein bisschen peinlich, aber dann erzählt er die Story: »Ich habe da in der Gegend mal gewohnt«, sagt er. »Meine Exfrau hatte starke Rückenschmerzen und sollte operiert werden. Da habe ich wie alle bei Sousa Martins eine Kerze angezündet – und sie war geheilt!«

Wie alle anderen?

»Ja«, erklärt Senhor Filipe. »José Tomás de Sousa Martins war ein berühmter Arzt und beim Volk sehr beliebt, weil er half, ohne Geld dafür zu verlangen. Deshalb hat man ihn mit einer Statue geehrt. Und seitdem wirkt er Wunder – wenn man dort eine Kerze anzündet, hilft das gegen Krankheiten. Er wird als Heiliger verehrt, sein Kult wird aber von der katholischen Kirche nicht anerkannt.«

Bisher war mir Senhor Filipe weder durch besonders große Frömmigkeit noch durch seinen Glauben an Wunder aufgefallen. Okay – er spielt in der Lotterie *Euromilhões* mit, aber das ist ja kein echter Wunderglaube. Bisher dachte ich, er sei ein rationaler Mensch, seriös in seinen Ansichten und seinem Auftreten.

Ich erinnere mich allerdings jetzt, dass mir bei meinem letzten Botschaftsbesuch diese Statue aufgefallen ist. Unzählige weiße Marmortäfelchen lagen um sie herum, auf denen nicht nur Namen geschrieben standen, sondern auch Daten und immer wieder: *obridago*.

»Genau«, sagt Senhor Filipe, »von den Menschen, denen Sousa Martins eben geholfen hat. Eine liebe Freundin von mir ist sehr krank.«

Aha. Na ja, wenn er meint …

Je mehr Portugiesen ich kennenlerne, desto klarer wird mir: Es gibt kaum einen, der nicht an so etwas glaubt. Flüche und Segnungen, Zauber für Liebe und gegen Krankheiten, Hexerei und *macumba* – all das gehört in Portugal zum Alltagsleben.

Überhaupt – *macumba*. Dieses Wort raunt jeder geheimnisvoll vor sich hin.

Ich treffe reife Männer, die fragen: »Kannst du *macumba*?« Ich begegne tollen, starken Frauen, die sagen: »Das ist *macumba*!« – immer dann, wenn etwas schiefläuft. Im Job. In der Ehe. In der Familie. In finanziellen Angelegenheiten.

Nur: Was ist *macumba*? Irgendetwas Brasilianisches, höre ich. Wikipedia klärt auf: Es ist so etwas Ähnliches wie Voodoo. Auf jeden Fall: schwarze Magie.

All das begegnet mir bei Menschen, die nicht irgendwo in der Pampa wohnen, sondern in der Großstadt. Nicht ungebildete Portugiesen, die es vielleicht einfach nicht besser wissen. Sondern Lehrer, Journalisten, Physiotherapeuten, TAP-Piloten. Apotheker und Stewardessen, Kellner und Geschäftsleute. Ich habe absolut nicht den Eindruck, dass die mich alle auf den Arm nehmen. Und wenn doch, dann handelt es sich um eine landesweite Verschwörung.

Außerdem dachte ich immer, die Portugiesen sind alle gläubige Katholiken.

Kleine Notiz am Rande:
In Portugal ist Fátima einer der wichtigsten Wallfahrtsorte der katholischen Kirche: Fátima hat einen größeren Kirchenvorplatz als der Petersdom in Rom. Die neue Kirche Igreja da Santissima Trindade ist mit 9000 Plätzen die viertgrößte Kirche der Welt. Hier wird gewallfahrtet, was das Zeug hält. Immer ab 13. Mai, jeden Monat bis 13.Oktober. An den Daten also, an denen vor knapp hundert Jahren die Erscheinung der Jungfrau Maria und ein »Sonnenwunder« stattgefunden haben sollen. Hier geben sich die Päpste die Klinke in die Hand: Johannes Paul II. war gleich dreimal hier, Benedikt XVI. schon einmal.

Oder liegt es vielleicht gerade daran? Hier glaubt man eben noch an Wunder. Und wenn sie nicht in Fátima oder in Lissabon, in Porto oder in Braga (der Stadt, in der einem portugiesischen Sprichwort zufolge am meisten gebetet wird) geschehen, muss man eben auf andere Art und Weise nachhelfen. Im Improvisieren sind die Portugiesen bekanntlich große Meister. Bei Wundern und im Glauben eben auch.

Kapitel 18

Die Rache der Alfâdenga

»Du musst dein Auto ummelden, sonst kommst du in Teufels Küche!« Das ist die Reaktion derer, die gesetzestreu sind. Die hier einen festen Job haben, vielleicht sogar zwei Fahrzeuge brauchen, weil zum einen die Kinder in die Schule gebracht werden müssen, zum anderen ein Auto für die Fahrt zur Arbeitsstelle gebraucht wird. Die vielleicht bei der Botschaft oder der NATO arbeiten, bei einer europäischen Behörde oder einem internationalen Konzern und es sich einfach nicht leisten können, »ein bisschen illegal« zu sein. Nicht, dass man mit einem Bein im Knast stünde. Aber: Vorsicht ist die Mutter der Porzellankiste. Sie haben alle ihr(e) Auto(s) brav umgemeldet und fahren demzufolge mit portugiesischem Kennzeichen durch die Gegend.

»Du brauchst dein Auto nicht umzumelden. Tausende fahren hier mit ausländischem Nummernschild herum, lassen sogar die Maut elektronisch einziehen. Mach dir keine Sorgen – das klappt schon!« Das ist die Reaktion derer, die das Leben eher auf die leichte Schulter nehmen. Die glauben, sich durchmogeln zu können. Die damit erstaunlicherweise schon seit Jahren, manchmal seit Jahrzehnten gut fahren – im wahrsten Sinne des Wortes. Die das »lockere Leben im Süden« ziemlich wörtlich nehmen, die darauf vertrauen, dass man sie nicht erwischt. Und wenn man sie erwischen würde, hätten sie genügend *cunhas*, die sie aus dem Schlamassel herausholen könnten. Oder sie wüssten, wem sie auf die Schnelle einen Gefallen tun müssten, um ungeschoren davonzukommen. Glauben sie. Nein, falsch: Sie sind sich dessen sicher.

Ich stehe zwischen diesen beiden Fronten. Bin unsicher, was ich tun soll, was am besten wäre. Einerseits will ich in Portugal nicht »illegal« unterwegs sein. Es ist nämlich Steuerhinterziehung, wenn man seinen Wagen nicht ummeldet. Andererseits: Ich zahle meine Steuern noch in Deutschland, habe noch einen deutschen Wohnsitz.

Weiß ich, ob mein Leben hier in Portugal wirklich klappt? Vielleicht gehe ich nach ein paar Monaten doch wieder zurück nach Deutschland; dann darf ich die gleiche Prozedur noch einmal durchmachen. Abgesehen von der Umständlichkeit ist das ja auch eine Geldfrage. Möglicherweise verkaufe ich mein Auto und lege mir ein neues zu. Muss ich dann etwa beide ummelden?

Fragen über Fragen. Wenige Antworten – und ein bisschen auch der Schlendrian, der mich dieses Problem immer wieder hintanstellen lässt.

Ich fahre lustig weiterhin mit deutschem Kennzeichen durch Portugal. Werde niemals angehalten. Keiner fragt nach, und keiner will was von mir.

> *Kleine Notiz am Rande:*
> *Mittlerweile habe ich mich ein wenig kundig gemacht: Was würde es denn eigentlich kosten, mein Auto zu »legalisieren«? Das Internetportal der Finanzbehörden bietet freundlicherweise einen Simulator an.*

Ich hätte ihn nicht nutzen sollen. Denn mich trifft beinahe der Schlag: 4700 Euro würde es kosten, wenn ich mein Auto ganz legal und offiziell hier anmelde.
Der nächste Hammer ist die Auskunft, eine »Legalisierung« sei nur möglich, wenn der Wagen eine neue TÜV-Plakette habe. Die wiederum bekomme ich natürlich nur in Deutschland. Also müsste ich erst einmal nach Deutschland fahren, beim TÜV vorsprechen, dann wieder zurückfahren – um eben jene knapp 5000 Euro Einfuhrsteuer abzudrücken.
Es ist, glaube ich, verständlich, dass ich von dieser Idee Abstand nehme. Allein der Stress, mal eben gut 5000 Kilometer nach Deutschland hin und zurück zu fahren. Dazu die Sprit- und Übernachtungskosten plus Mautgebühren. Nein – das kann es nicht sein. Dann lieber noch ein bisschen Schlendrian …

So gehen Wochen und Monate ins Land. Wir haben mittlerweile Dezember. Davon merkt man – so rein wettermäßig – wenig: Die Sonne strahlt vom wolkenlosen Himmel, es ist angenehm warm. Man kann seine *bica* selbstverständlich auf der Terrasse des Cafés trinken, selbst die Abende sind beinahe noch spätsommerlich lau.

Nur Straßen und Geschäfte sind weihnachtlich geschmückt. Ich freue mich aufs Fest des Friedens und der Liebe. Denke an nichts Böses. Und genau dann passiert es natürlich: das Weihnachts-Horrormärchen für Residenten in Portugal.

Ich hole wie jeden Mittwochmorgen meine »Perle« mit dem Auto am Bahnhof ab, auf dass mein Haus sauber sei zum Weihnachtsfest. Auf dem Rückweg nach Azóia an der *rotunda*: Verkehrskontrolle. Ich denke an nichts Schlimmes. Kommt ja hier öfters vor.

Ein freundlicher Mann in Uniform winkt mich raus, kommt auf mich zu – und dann ahne ich Böses: Der übrigens sehr schicke Beamte trägt nämlich ein grellgelbes Warnwestchen, auf dem die Buchstaben »BF« zu sehen sind.

Ich lebe lange genug im »Gelobten Land«, um zu wissen: Das gibt Ärger. BF ist nämlich die Abkürzung für *Brigada Fiscal*, und diese Herren unterstützen den Zoll bei der Fahndung nach Leuten, die hier mit ihrem Auto herumfahren, ein ausländisches Kennzeichen haben und sich um die Kfz-Einfuhrsteuer drücken wollen. Wobei ich sowieso mit dem Auto im März nach Deutschland zurückfahren werde, weil der TÜV fällig ist. Bei der Gelegenheit will ich den Wagen gleich verkaufen und mir einen anderen in Portugal zulegen. Denn ich scheue mich davor, die *imposto* für die »Legalisierung« zu blechen. Die dafür fälligen 4700 Euro investiere ich doch lieber in einen portugiesischen Wagen. Mein Gewissen ist also nicht so furchtbar schlecht. Nur ein bisschen.

Der Uniformierte fragt höflich nach Fahrzeugpapieren und Ausweis und entdeckt dabei, weil ich ordentlich bin und alle Dokumente beieinander aufbewahre, dass ich den *cartão de residência* habe. Daraufhin ruft der Herr einen weiteren in Zivil herbei, der auch sehr freundlich ist und mir ein offizielles Papier ausstellt, mit dem ich mich innerhalb von *quatro dias uteís* bei der Alfândega Maritim in Lissabon melden soll.

»Wo ist das?«

»Kein Problem, Senhora, direkt unter der Brücke!«

Dies alles erfahre ich in einer Unterhaltung, die auf Portugiesisch (jawohl!), Englisch (okay okay), Deutsch (Hilfe!) und Ukrainisch/Russisch (Putzhilfe Ludmila steht unterstützend zur Seite) geführt wird.

Vier Werktage (wir haben zweimal rückgefragt!) – das heißt am darauffolgenden Dienstag. Heute ist Mittwoch.

Am Wochenende arbeitet der Zoll nicht. Jedenfalls nicht der für mich und andere Autofahrer zuständige. Sie stoppen nämlich an der *rotunda* noch etliche andere mit nichtportugiesischen Kennzeichen. Wenn ich's genau bedenke: Sie winken ausschließlich solche mit ausländischen Kennzeichen heraus.

Bei der Weiterfahrt bricht im Auto bei mir leichte Panik aus. Die beifahrende Putzkraft sieht es eher gelassen und meint: »Na ja, heute ist ja auch Mittwoch der 13.!«

Sie fügt tröstend hinzu: Sie habe nachgefragt, es gäbe keine *multa* (was, wie ich später hysterisch nachschlage, so viel heißt wie Geldstrafe).

Ob Ludmila das wirklich richtig verstanden hat?! So perfekt ist ihr Portugiesisch ja nun auch nicht …

Nach der Ankunft zu Hause trinke ich erst einmal eine extrem starke *bica* (aber ohne Schuss – besser kein Alkohol, ich muss einen klaren Kopf haben). Dann greife ich zum Telefon, um mir Rat bei alteingesessenen *residentes* und anderen Menschen zu holen, die da vielleicht mehr Ahnung haben könnten.

Ratschläge und Meinungen sind sehr unterschiedlich, bis auf die ersten paar Worte. Die lauten stets sinngemäß so: »Du Arme, so eine Scheiße!«

Der restliche Inhalt lässt sich so zusammenfassen:

Resident Nr. 1: »Am besten fährst du das Auto gleich nach Deutschland und sprichst bei denen gar nicht mehr vor.«

Resident Nr. 2: »Du musst dir eine glaubhafte Geschichte ausdenken, seit wann das Auto hier ist.«

Resident Nr. 3: »Da kannst du nichts machen, wahrscheinlich haben sie dich auf dem Kieker und wissen schon seit Monaten, dass du hier mit dem Auto rumfährst! Man weiß doch, dass sie immer vorm Lidl auf der Lauer liegen.«

Resident Nr. 4: »Fahr da bloß nicht mit deinem Auto hin, die können das beschlagnahmen!«

Mein Vermieter: »Sprich am besten bloß Deutsch oder Englisch! Sprich kein Wort Portugiesisch!«

Resident Nr. 5: »Sprich am besten Portugiesisch und erkläre ihnen, dass du noch nicht sehr gut sprichst! Dann hast du einen Mitleidsbonus!«

Mein Vermieter: »Ich gebe dir mein Auto, dann fährst du mit dem zum Zoll!«

Resident Nr. 6: »Ich würde mit dem Auto überhaupt nicht mehr fahren. Lass es bloß stehen!«

Mein Vermieter: »Wir stellen dein Auto in die Garage, und wenn jemand vorbeikommt und dich fragt – du hast keine Schlüssel und keine Ahnung!«

Meine Putzfrau: »Gehen Sie da gleich morgen am Donnerstag hin, am Montag ist bestimmt viel mehr los!«

Resident Nr. 7: »Geh da am Dienstag hin, so lange haben sie dir ja Frist eingeräumt.«

Resident Nr. 8: »Geh da am Freitag hin, sonst ärgern sie sich, wenn du länger wartest.«

Meine Putzfrau: »Oder es ist doch besser am Freitag, weil vor dem Wochenende sind sie vielleicht gnädiger!«

Resident Nr. 9: »Ich komme am Montag nach Lissabon, und dann gehen wir gemeinsam hin!«

Letztere Aussage war mir die allerliebste.

Es folgen ein paar Tage mit sehr wechselhaften Gefühlsbädern. Einerseits: Das klappt schon! Die können mir ja nichts beweisen! Andererseits: Und wenn ich noch vor Weihnachten – das ist in einer Woche! – mein Auto aus Portugal rausfahren muss?! Und wenn es in Deutschland schneit? Ich hab doch keine Winterreifen mehr! Oder wenn ich einen Haufen Kohle Strafe zahlen muss?

Und die Hauptsache: Ich brauch ein Auto – wo krieg ich ein Auto mit portugiesischem Kennzeichen her?

In Deutschland kenne ich immerhin zwei vertrauenswürdige Autohändler, was bekanntlich im Grunde ein Widerspruch in sich ist. Aber hier in Portugal?

Am Ende wird für Montag folgender Schlachtplan beschlossen:

Resident Nr. 9 – meine Freundin Doris – reist per Bus aus dem Alentejo an und nimmt sich ein Taxi vom Busbahnhof am Sete Rios zum Cais do Sodre in Lissabon. Dort treffen wir uns.

Von hier aus fährt man gemeinsam mit dem Taxi zur Alfândega Maritim, die sich, wie angeblich jeder weiß, direkt unter der Ponte 25 de Abril befindet. Der Taxifahrer muss allerdings trotzdem ganz schön suchen und mehrmals fragen, unter anderem auch bei der GNR, also der Polizei, die hier in der Gegend natürlich ein Revier hat (klar, bei so vielen Zollverbrechern wie beispielsweise mir!).

Selbstverständlich lässt es sich der Taxifahrer nicht nehmen, in den allgemeinem Chor der Ratgebenden einzustimmen und vertritt die Ansicht: »Gut, dass Sie nicht mit dem eigenen Auto da sind – von wegen Beschlagnahme ...«

Beim Zollgebäude handelt es sich um eine riesige leere Halle in der Mitte, mit vielen einzelnen Bürozellen drum herum. Der Taxifahrer fragt, ob er warten soll.

Wir wissen es nicht. Ich neige gerade eben zu einem leicht hysterischen Anfall, Doris jiepert nach einer Zigarette. Also schicken wir den Taxifahrer weg. Unter anderem auch, weil die Gerüchteküche behauptet: Das kann Stunden dauern. Man kennt das ja: Wartezeiten und Anstehen bei Behörden. Da muss man dann nicht auch noch horrende Taxikosten zahlen!

Der erste Lichtblick: Wir sehen eine junge Frau, die eben auch eine schmökt. Ihr Gesichtsausdruck ist eher gelassen, und so schließen wir messerscharf: »Aha, das ist wohl keine Delinquentin, die arbeitet hier.«

Sie sagt uns, wo wir hinmüssen. Rauchen darf man aber nur in der Halle, nicht in den Büros.

Doris raucht erst mal eine. Die junge Frau läuft mit uns gefühlt meilenweit quer durch die Halle in ein Bürochen, in dem drei Damen sitzen und ein nervöser Herr im Anzug, der gerade »behandelt« wird. Die für uns zuständige Dame hat noch keine Zeit, aber bald, erfahren wir.

Nun sind wir dran. Ich fange schon mal an herumzustottern: »*Falo muito mal portuguese, mas esta senhora é a minha amiga – äääbhh* ...«

Ich gebe also zu Kund und Wissen, dass mein Portugiesisch eher nicht vorhanden ist, dass ich aber eine Freundin dabeihabe, die der Sprache mächtig ist.

»*Não faz mal*« – »Macht nichts!«, meint die Dame. Dann wühlt sie in einem Papierstapel nach meinem Vorgang. Findet ihn auch.

»Aha, Sie wollen also Ihr Fahrzeug ›legalisieren‹?«

»Nein, nein«, greift Doris in perfektem Portugiesisch ein. »Das Auto geht Mitte Januar nach Deutschland zurück.«

»Ach so«, meint die Dame. »Kein Problem. Kommen Sie bitte mit!«

Wir wandern wieder durch die Halle zurück, diesmal allerdings nicht durch die leere riesige Raucherzone, sondern durch zahlreiche Minibüros am Rand. Dann finden wir eine weitere Sachbearbeiterin. Doris erklärt noch mal, dass mein Auto im Januar wieder das Land verlässt.

Okay.

Ich bekomme einen gelben Post-it-Zettel in die Hand gedrückt, darauf steht handschriftlich vermerkt eine Telefonnummer. Die soll ich zwei oder drei Tage vor der Ausfahrt aus dem »Gelobten Land« anrufen und mitteilen, über welchen Grenzübergang ich ausreisen werde. Dort habe ich mich bitteschön beim Zoll zu melden.

»Das war es?«

Das war es. Keine Strafe. Keine Beschlagnahme.

Der einzige kleine Wermutstropfen: Ich bekomme vom Zoll kein Papierchen mit, auf dem steht, dass ich hier war und alles geklärt habe. Rein theoretisch also können sie mich an der nächsten *rotunda* wieder stoppen und nochmals herschicken.

Achselzucken bei den anwesenden Zolldamen: »Das ist eben so. Vielleicht haben Sie Glück. *Boa sorte e felíz natal!*«

Der erste Teil des Weihnachtsmärchens geht also glimpflich aus.

Und der zweite? Der ist mindestens genauso märchenhaft.

Den Rest des Tages verbringen Doris und ich nach einem ausgiebigen Freudenmahl direkt am Strand in Carcavelos mit Stöbern im Internet: Auto suchen.

Ein paar Vorstellungen habe ich ja schon: Ein kleiner Jeep wäre nett. Gebraucht. Nicht zu teuer. Perfekt für die Fahrten in den Bergen der Serra da Sintra und auf anderen unbefestigten Straßen auf dem Land. Und für die Hunde wäre so etwas ebenfalls optimal.

Doris hat sich mit ihrem Mann Ingolf am Wochenende schon ein bisschen in ihrem Heimatort Stº André, im Alentejo, umgeschaut. Leider bis jetzt ohne konkretes Ergebnis.

Am nächsten Tag fahre ich Doris nach Hause. Ist ja Ehrensache. Denn ihre Busfahrt war weniger als suboptimal. Aber das ist eine ganz andere Geschichte. Ich sage nur: Rauchen im Bus ist natürlich nicht erlaubt, und Doris war genauso nervös wie ich, und nervöse Raucher ohne ihren blauen Dunst – das geht gar nicht. Da ist jede Minute in einem Nichtraucherbus eine Qual.

Besuch beim ersten Autohändler: Na ja. Nicht so ganz das, was ich mir vorstelle. Eine Notlösung allerdings hätte er im Angebot seines durchaus ansehnlich großen Gebrauchtwagenparks, und wenn gar nichts anderes zu haben ist, würde ich diesen Wagen nehmen. Ich möchte allerdings vorher Probe fahren. Das geht aber nicht, weil – *desculpa* (»Entschuldigung«) – leider kein Benzin im Tank ist. Wir sollen dann gegen 15 Uhr wiederkommen. Dann hätte man aufgetankt.

Auf dem Heimweg zum Mittagessen (leckere *bifanas* bei José sind geplant) fahren wir einen winzig kleinen Umweg. Eigentlich ist es gar kein richtiger Umweg. Aber Doris sagt, ihr fällt gerade ein, da könnte vielleicht was sein.

Wir kommen bei einem guten Bekannten von Doris und Ingolf vorbei. Autohändler, Mechaniker und Tankstellenbesitzer. Da fragen wir mal nach. Er hat aber leider kein einziges Auto in der Preisklasse, die ich mir momentan leisten kann. Er hätte jedoch, sagt er, einen schicken Suzuki Vitara *gasóleo* auf dem Hof stehen, seinen eigenen, den würde er …

Ist aber viel zu teuer für mich. Leider. Denn der wär's natürlich. Also werde ich wohl auf das Auto zurückgreifen, das eben erst aufgetankt werden muss.

Wir fahren zum Essen an die Lagune von Sto André. Ich bestelle im Lokal für uns alle (das kann ich auf Portugiesisch, klar!). Als ich wieder rauskomme, schaut Doris mich strahlend an.

»Du glaubst nicht, was gerade passiert ist!«

Eben hat der gute Bekannte (der übrigens Armindo heißt) mit dem Suzuki Vitara bei ihr angerufen. Ob ich wirklich eine gute Freundin von Doris sei. Weil dann würde er mir den Vitara auf Handschlag geben. Ich soll ihm jetzt erst mal das zahlen, was ich kann, und dann – wenn mein Auto in Deutschland verkauft ist – den Rest.

Ein zinsloses Darlehen sozusagen. Ich hüpfe in die Luft vor Freude. Ich küsse Doris und Ingolf und sicherheitshalber auch den Wirt José. Ist das nicht irre??! Das ist wieder mal eine richtig gute *cunha*. Dank Doris und Ingolf, die seit Jahrzehnten hier sind und alles und jeden kennen und die von allen gekannt werden. Von denen alle wissen: Denen kann man vertrauen. Und deren Freunden, wenn sie das sagen, auch.

Danach fahren wir zurück zu Armindo und setzen einen

Vertrag auf. Er bekommt einen Scheck, und ich schließe auch gleich die Kfz-Versicherung ab.

Ich schlage vor, dass ich meinen kleinen Suzuki im Januar nach der Rückkehr aus Deutschland abhole. Armindo jedoch findet: Es ist besser, wenn ich den Wagen früher habe.

»Weil man ja nie weiß«, meint er, »ob die *Brigada Fiscal* nicht an der nächsten Ecke lauert.«

Genau einen Tag vor Heiligabend ist mein neues Auto einsatzbereit. Ich fahre schon mit dem Suzuki zum Fest in den Alentejo, mein altes Auto bleibt bis zur Überführung in seine deutsche Heimat bei Armindo stehen.

Natürlich ist die Geschichte hier nicht zu Ende.

Ich hatte ja dieses Zettelchen in die Hand gedrückt bekommen, auf dem handschriftlich eine Telefonnummer geschrieben stand, bei der man zwei, drei Tage vor der »Kfz-Ausfuhr« anrufen und mitteilen sollte, über welchen Grenzübergang man auszureisen gedächte.

Ich schwöre: Ich habe da drei- oder viermal angerufen. Es ging aber nie jemand dran, und dann dachte ich: Wenn sie nicht mit mir reden wollen – ich bin heilfroh, wenn ich nicht am Telefon auf Portugiesisch erklären muss, was ich eigentlich will. Haben wir nun offene Grenzen in Europa oder nicht?!

Kurz vor dem Grenzübertritt hatte ich noch die feste Absicht, einfach so beim Zoll in Elvas vorbeizufahren. Aber dann: Es war schon dunkel, und das Zöllnergebäude nicht erleuchtet, und es fuhr sich gerade so gut. Und ich hatte ja noch so etwa 2400 Kilometer vor mir …

Ziemlich genau sechs Monate nach dem Besuch bei der Alfândega Maritim in Lissabon kommt eines sonnigen Junivormittags offizieller Besuch nach Azóia und steht am Gartentor. Eine Dame und ein Herr, sehr freundlich, sehr nett. Zuerst fragen sie auf Portugiesisch nach mir, dann steigen wir auf Englisch um. Suchender Blick bei beiden Herrschaften. Sie hätten da mal eine Frage: Wo denn das Fahrzeug mit dem deutschen Kennzeichen wäre?

»Das ist in Deutschland.«

»Hm – und wann haben Sie das Auto denn ausgeführt?«

»Mitte Januar. Ich hab mehrmals angerufen und nie ging jemand dran.«

»Und über welchen Grenzübergang?«

»Elvas – Badajoz.«

»Aha.« (verständnisvoller Blickwechsel)

»Hm – dann schließen wir die Akte jetzt.«

»Ich kann Ihnen gern ein Fax schicken lassen aus Deutschland, wer das Auto gekauft hat, beziehungsweise die Abmeldung …«

»Nein, danke. Nicht nötig.«

»Vielleicht wollen Sie reinkommen und in die Garage schauen?«

»Nein, danke. Nicht nötig. Wir glauben Ihnen auch so.«

Nachbarshund Max wuselt wieder mal bellend, Haus und Hof verteidigend, durch die Latten des Gartentors.

»Süßen Hund haben Sie da. Ist das ein Podengo?«

Max verhält sich ausnahmsweise freundlich, hört zu kläffen auf, kommt wunderbarerweise und besänftigend auf Zuruf und lässt sich sogar streicheln.

Sehnsuchtsvoller Blick des weiblichen Teils des Zöllnerpärchens. Der männliche Teil ist bereits zum Auto gegangen.

»Max ist eher eine Mischung … aber …«

»Die sind so lieb. Ich hatte auch mal einen ... na ja. Auf jeden Fall, Dona Cristina: Alles erledigt. Und noch einen schönen Tag!«

Mir fällt ein Stein vom Herzen. Und ich bin froh, dass ich nicht auf den Rat von Resident Nr. 10 gehört habe. Der meinte nämlich: »Alles halb so wild. Du bewegst das Auto ein paar Wochen nicht, und dann fährst du wieder. So rein statistisch kommt keine Kontrolle mehr und nachchecken – das tun sie eh nicht!«

Tun sie aber doch.

Kapitel 19

Angekommen im Paradies?

Ich glaube, nein, ich weiß: Ich bin angekommen.

Allein der Blick aufs Cabo da Roca, auf »meinen« Leuchtturm ist tagtäglich ein Traum. Nachts, wenn alles still ist, hört man das Meer an den 140 Meter hohen Klippen toben. Wenn die Dunkelheit anbricht, wandert das Licht des *farol* übers Haus, ungewohnt war das in den ersten Nächten. Jetzt ist es ein vertrautes Heimatgefühl.

Hier finde ich die Ruhe wieder, den Frieden, den ich lange Zeit vermisst habe. Ich wohne am »Ende der Welt«, am Rande Europas. Aber ich fühle mich rundherum wohl. Auch nach fünf Jahren noch. Selbst wenn nicht alles wie im Paradies ist.

Im Süden ist alles leichter, in Portugal lebt man billiger! Ich weiß mittlerweile, dass solche und viele andere Vorstellungen ganz falsch waren, die mir und wohl so manchem, der nach Portugal auswanderte, im Kopf herumspukten.

Klar: Man hat hier oft schöneres Wetter, lebt deshalb möglicherweise etwas unbeschwerter. Aber es ist genauso hart, sein Auskommen zu sichern wie in Deutschland. Die schöne Gegend, das Meer, der Strand – davon hat man ja wenig, wenn man immer arbeitet, arbeiten muss. Oft – das ist bei vielen Portugiesen der Fall – sogar in zwei Jobs.

Ich bin allein schon deshalb privilegiert, weil ich nicht in Portugal einen Job finden musste. Ich arbeite freiberuflich für deutsche Auftraggeber. Zwar versteuere ich mein Einkommen hier, aber die Basis der Honorare ist deutsches Niveau – und keinerlei Vergleich mit einem portugiesischen Gehalt. Es kann sich wohl niemand in Deutschland vorstellen, mit dem Mindestlohn von etwa 480 Euro auszukommen. In Portugal müssen das sehr viele Menschen. Manche haben nicht einmal das. Kein Wunder also, dass sich viele Portugiesen in Richtung Ausland orientieren. Schon in »guten Zeiten« lebten von den knapp zehn Millionen Einwohnern mehr als drei Millionen im Ausland.

Heute sind gerade gut ausgebildete, junge Leute am Verzweifeln: Sie werden nicht mehr angestellt, sondern arbeiten, wenn sie denn überhaupt Arbeit haben, auf *recibo verde*, als Scheinselbstständige, die keinerlei Sozialversicherung bezahlt bekommen. Und denen Kündigung von einem Tag auf den anderen droht. Ohne Schutz, ohne Arbeitslosengeld. Ohne soziales Netz. Kein Wunder, dass diese *Geração à Rasca*, die »verlorene Generation«, auf die Straße geht. Oder dass jetzt, in der europäischen Wirtschaftskrise, mehr und mehr Portugiesen versuchen, Jobs im Ausland zu bekommen. In den ehemaligen Kolonien ebenso wie in anderen europäischen Ländern, zum Beispiel in Deutschland.

Ich habe schnell festgestellt, dass Einkaufen fürs Alltagsleben in Portugal ziemlich teuer ist. Jedenfalls wenn ich ausschließlich zu den Produkten greife, die ich aus dem deutschen Supermarkt kenne. Selbst die Discounter sind bei vielen Waren manchmal teurer als daheim. Preiswerter wird es erst, wenn man auf *produtos nacionais*, auf einheimische Waren, zurückgreift.

Muss ich unbedingt deutschen Markenjoghurt essen? Der aus Portugal schmeckt genauso gut. Genauso geht es mir mit Wurst, Käse und Fleisch, Obst und Gemüse.

Mit Brot ist es, zugegeben, etwas schwieriger. Wie wohl alle Deutschen im Ausland vermisse ich die Vielfalt an Brötchen und Brotsorten, die ich aus meiner Heimat kenne. Einzige Therapie gegen dieses kulinarische Heimweh: selbst backen. Oder eben doch zum deutschen Discounter gehen, der mittlerweile leckeres Körnerbrot im Angebot hat, und das ofenfrisch …

Kleine Notiz am Rande:
Praktischer Nebeneffekt im portugiesischen Supermarkt und fast allen anderen Geschäften: Ich lerne die »alte« Währung kennen. Denn meist sind die Waren sowohl in Euro als auch in Escudos ausgezeichnet. Heute noch, mehr als zehn Jahre nach Einführung des Euro. Man weiß ja nie, wofür es nützlich ist. Wenn der Rettungsschirm doch nicht klappt, kann ich wenigstens alles problemlos umrechnen.
Vorsicht übrigens, wenn ein Portugiese nicht von Euro spricht, sondern von contos. *Dabei scheint es sich stets um angenehm niedrige Beträge zu handeln. Aber genau das Gegenteil ist der Fall. Ein* conto *entspricht 1000 alten Escudos, etwa 5 Euro. Damit ist so mancher scheinbar preiswerte Luxusgegenstand plötzlich dann doch ziemlich teuer. Portugiesen rechnen vor allem bei größeren Beträgen eher mit* contos: *beim Auto- oder Immobilienkauf, bei Bauprojekten oder Ähnlichem.*

Hier in meinem kleinen »Paradies« am Ende der Welt bin ich gut dran. Ich kann direkt auf dem Markt einkaufen, habe mit diversen Nachbarinnen einen Deal: Bei der einen kaufe ich Eier, die ihre Hühner am selben Morgen gelegt haben; bei der anderen gibt es Obst und Gemüse, bei der dritten bekomme ich meine Oliven und *tremoços* – so eingelegt, wie ich sie mag. Hin und wieder nehme ich durchaus portugiesisches Brot aus der *padaria* mit – das schmeckt ja nicht schlecht. Nur manchmal sehnt sich mein bayerischer Gaumen nach echten Brezn. Dafür gibt es dann die Besucher, die über München nach Portugal einfliegen …

Ich habe auch in Deutschland immer nur saisonale Produkte gekauft – ich muss keine Erdbeeren im Dezember haben, sondern ich genieße sie dann, wenn sie frisch aus dem Garten kommen. Mittlerweile teilweise aus dem eigenen: Senhor Filipe hat sich einen großen Obst- und Gemüsegarten angelegt, und ich habe ebenfalls meine kleine *horta*, wo ich die Gemüsesorten pflanze und ernte, die ich mag: Tomaten, Zucchini, Lauch, Salat, Karotten, Paprika. Hätte ich mir nicht träumen lassen, als ich damals nach Portugal zog. Ich mache es genauso wie viele Portugiesen, die sonst finanziell nicht über die Runden kommen. Selbst wer in der Stadt wohnt, greift auf Familienmitglieder zurück, die ein Stück Land besitzen und es bewirtschaften.

Umso mehr bin ich manchmal erbost, wenn ich mitbekomme – und das geschieht unweigerlich –, wie sich *estrangeiros* über Portugiesen äußern. Bei Touristen ist es zwar auch nicht gerade die feine Art, aber da kann ich es noch eher entschuldigen: Die kommen für ein paar Tage oder wenige Wochen ins Land, wollen etwas erleben, sich amüsieren, Sonne, Strand und Meer genießen. Da macht man sich möglicherweise nicht viele Gedanken um Land und Leute. Obwohl es vielleicht trotzdem durchaus angebracht wäre.

Mir fällt oft auf, dass in ziemlich herablassendem Ton über Portugiesen gesprochen wird. So mancher *residente*, der für ein paar Jahre nach Portugal zum Arbeiten gekommen ist, scheint – so empfinde nicht nur ich es, sondern auch etliche meiner Freunde – die Nase arg hoch zu tragen. Dazu muss man wissen: Viele *expats*, die von ihren Firmen, Botschaften oder Institutionen entsendet werden, leben in Portugal um einiges besser als zu Hause. Auch (oder vielleicht gerade) in den wirtschaftlich schwierigen Zeiten, die momentan in Portugal herrschen. Sie bekommen ihre Gehälter nach deutschen Verträgen, dazu beziehen sie oft noch besondere Boni wegen des Auslandsaufenthalts: Mietzuschüsse, Sprachkurse, die teilweise oder ganze Übernahme der Kosten für die deutsche Schule (und die ist wahrlich nicht billig). Portugiesische Löhne sind im Gegensatz dazu extrem niedrig – also kann man sich problemlos Putzfrau und Haushälterin, Nanny und Gärtner leisten. Und natürlich das entsprechende Haus samt Garten und Pool (oft zu völlig überteuerten Mieten).

Nein, ich bin nicht neidisch. Ganz bestimmt nicht. Schließlich beschäftige ich auch einen Gärtner. Und ich habe eine Putzfrau, zumindest *quinzenal*, also alle zwei Wochen. Aber die »Perle« habe ich mir zu Hause auch immer geleistet – ich hasse nichts mehr als Hausarbeit.

Gewiss möchte ich zum Beispiel nicht, wie viele Ehefrauen, deren Männer wegen des Jobs nach Portugal kommen, »nur Gattin« sein, vorwiegend repräsentative Aufgaben erfüllen, möglicherweise wenigstens mit karitativem Touch. Es mag böse klingen, aber manchmal kommt es mir so vor, als wenn da nur zusammengegluckt und in Vereinsmeierei gemacht wird. Gleichzeitig lässt man gar nicht zu, dass andere in diese Kreise hineinkommen.

Nicht dass ich das wollte. Aber ich habe selbst erlebt, dass ich von einigen herablassend behandelt wurde, weil ich mir meine Brötchen selbst verdiene, weil ich keinen Mann habe, der mich »ernährt«.

Vor allem stören mich der Ton und die Wortwahl, die viele an den Tag legen, wenn sie über Portugiesen sprechen. Übrigens nicht nur *expats*, sondern auch etliche *residentes*, die einfach so vor Jahren nach Portugal auswanderten und hier einen Job oder eine eigene kleine Firma haben – oder ihre Rente verleben. Oft höre ich Sätze wie: »Die kriegen hier ja eh nichts auf die Reihe.« Oder: »Typisch – klappt wieder mal nichts – klar bei denen hier.« Da möchte ich mich manchmal fremdschämen.

Mir ist klar, dass in Portugal vieles im Argen ist, dass hier eine Menge nicht so klappt wie zu Hause. Aber muss das denn auf diese Weise sein? Wie kann man den Anspruch haben und leider auch lautstark vertreten »ich zahle, also macht ihr mal gefälligst«, den man von vielen deutschen Touristen hört? Wie kann man auf die Idee kommen, man müsse seine Gastgeber – und das sind die Portugiesen für mich – erziehen? Ihnen zeigen, wie man es »besser macht«?

In Deutschland herrschen ebenfalls keine paradiesischen Zustände, da ist vieles absolut nicht perfekt. Weder im Arbeitsleben noch im sozialen Bereich. Wenn hier aber alles so schlimm ist – sie sind vor Jahren doch alle freiwillig hergekommen. Sie müssen doch nicht hierbleiben, oder? Warum lassen sie die Portugiesen nicht so leben, wie die es wollen?

Portugal kann so schön sein – ohne die Meckerer, ohne diejenigen, die Land und Leute verbessern wollen. Wer sich mit Portugiesen einlässt – und solche *residentes* sind wohl zum Glück die Mehrheit –, wird mit offenen Armen aufgenommen. Auch wenn er beispielsweise – wie ich – nicht perfekt Portugiesisch spricht.

Ganz und gar nicht perfekt. Aber ich versuche es, ich lerne täglich dazu. Ich lebe nicht hier und erwarte, dass alle Englisch sprechen. Oder gar Deutsch. Ich kann nicht erwarten, dass man sich mir anpasst, man so lebt und handelt, wie ich es gewohnt bin. Sondern es ist genau andersherum: Ich bin hierhergekommen – und muss mich deshalb hier einleben. Wenn ich das nicht kann, wenn mir zu viel »gegen den Strich« geht – dann muss ich die Konsequenzen ziehen. Nicht die Portugiesen.

Freundlichkeit und Entgegenkommen erlebe ich in Portugal fast jeden Tag – und wenn ich davon erzähle, wird mir oft vorgeworfen: »Du siehst das alles durch deine rosarote Portugalbrille!«

Tja – was soll ich machen? Mit dunkler Sonnenbrille oder besser mit Scheuklappen herumlaufen, damit ich nicht mehr sehe, wie die Menschen mich als *estrangeira* herzlich aufnehmen?

Ein Lächeln – das ist überall auf der Welt so, nicht nur in Portugal – ändert alles. Wer sich selbst nicht so wichtig nimmt und auf andere zugeht, ohne Anspruchshaltung, aber vielleicht mit dem *dicionário* in der Hand, kommt weiter. Es zeigt den Willen, mit anderen klarzukommen – und mit genau diesem Lächeln im Gesicht bringt man auch einen vorher vielleicht eher wortkargen Automechaniker zu einem kleinen Tick mehr Hilfsbereitschaft.

In Portugal haben sogar Autos eine Seele. Das muss daran liegen, dass die Portugiesen nicht nur fußballnärrisch sind, sondern durchaus eine Affinität zu Autos haben. Hier wird gebastelt, was das Zeug hält. Improvisation ist Trumpf.

Ich fahre jetzt einen etwas älteren japanischen Jeep. Das Weihnachtswunder – man erinnert sich vielleicht. Diesem Auto ist eigen, dass es sich nur dann starten lässt, wenn man mittels eines kleinen Paneels vorher einen Sicherheitscode eingibt. Schicke Sache.

Das Autochen weigert sich einfach eines Morgens, die nötigen »Ich-bin-jetzt-startklar-und-du-kannst-den-Code-eingeben«-Lämpchen aufleuchten zu lassen. Das ist doppelt unangenehm, weil ich nämlich mit meiner putzenden »Perle« in Carcavelos bei den *finanças* verabredet bin.

Nein, ich habe den Code nicht vergessen. Ein wenig Flucherei und ein Tritt gegen den Reifen – und das Lämpchen leuchtet, der Motor lässt sich starten – und los geht's.

Aber ich habe ein komisches Gefühl im Bauch …

Zurück in Azóia trinke ich erstmals mit Blick auf Leuchtturm und Atlantik eine *bica* auf meiner Terrasse. Danach will ich nochmals nach Cascais zum Einkaufen fahren. Das Autochen verweigert sich erneut. Ich gebe ihm zu verstehen, dass es eine Mistkarre sei. Aber diese Beschimpfung hilft diesmal leider nicht. Nun bin ich zwar blond, aber nur äußerlich und habe deshalb bereits vorher an Senhor Filipe eine SMS geschickt, ob ich im Notfall sein Auto haben könne. Erst mal aber probiere ich es anders.

Obwohl Senhor Filipe schon aus dem Haus kommt, Wagenpapiere und Schlüssel in der Hand: »Willst du wirklich mit dem Jeep fahren? Und wenn unterwegs was ist?« Wo er recht hat, hat er recht …

Ich überlege kurz und begebe mich ins Haus, um erst einmal den Suzuki-Kundendienst anzurufen. Angeblich ist die nächste Werkstatt in Lissabon. Ich frage mich auf Portugiesisch durch und erfahre: Unweit von meinem Dorf Azóia ist ebenfalls ein Händler mit Werkstatt. Ich bekomme von dem Herrn am Telefon sogar die Nummer – und einen Tipp dazu: »Fragen Sie nach Senhor Tiago Tomás, der spricht Englisch.«

Im Prinzip eine gute Idee, allerdings: Bei der angegebenen Telefonnummer nimmt niemand ab. Auch nach mehrmaligen Versuchen nicht. Also beschließe ich: Ich versuche noch mal, das Auto zu starten. Denke mir schon mal ein paar gute Schimpfwörter aus, vielleicht klappt es ja dann besser.

Es klappt problemlos. Alle nötigen Lichtlein leuchten, der Motor springt an, als ob ihn kein Wässerchen je getrübt hätte beziehungsweise als ob noch nie ein Paneel ausgefallen wäre.

Aber so ist es ja immer: Vorführeffekt. Wenn man in der Werkstatt zeigen will, wo es klappert oder was gerade eben noch nicht funktioniert hat, sind alle Macken an den Autos verschwunden.

Auf Anhieb – dank Google Maps – finde ich die Werkstatt. Frage mich nach Senhor Tiago durch, treffe dabei auf einen Herrn vom Verkauf, der ganz stolz sagt: »Ich spreche ebenfalls Englisch!«, und mir schon mal eine Visitenkarte in die Hand drückt. Damit ich weiß, wer er ist, wenn ich denn mal vorbeikomme und ein neues Auto kaufen möchte.

Senhor Tiago taucht aus den Tiefen der Werkstatt auf und bekommt das Problem geschildert. Und die Frage gestellt, ob man dieses dämliche Paneel nicht einfach deaktivieren könne …

Kann man, erklärt Senhor Tiago. Er geht, sagt er, jetzt einen Mechaniker holen.

Beide Herren vergnügen sich mit dem Fahrzeug. Ich stehe daneben und lerne, wie man das Paneel aufschraubt. Ich lerne außerdem, dass alles nur ein Wackelkontakt war und dass man das Ganze ganz leicht deaktivieren und problemlos wieder anschalten kann.

»Sehen Sie, man muss nur diese Schräubchen hier … können Sie leicht selbst machen, wenn wieder mal was ist.«

Ich bin sehr angetan. Solche Sachen zu lernen ist immer gut.

Der Mechaniker verabschiedet sich mit Handschlag.

Senhor Tiago fährt das Auto aus der Halle und sagt den für Portugal absolut untypischen Satz: »Lassen Sie uns besser mal den Motor ausmachen und ein paar Minuten warten. Dann starten wir nochmals. Nicht dass Sie irgendwo stehen bleiben und den Motor nicht mehr anlassen können!«

Genau das tun wir – mein Autochen springt nach ein paar Minuten unter Umgehung sämtlicher Lichtlein, Paneele oder Sicherheitscodes perfekt an.

Ich frage begeistert nach der Rechnung.

Es gibt keine. Senhor Tiago sagt nämlich: »Das ist Service, dafür zahlen Sie nichts. Aber kommen Sie wieder zu uns, wenn Sie ein richtiges Problem mit dem Auto haben!«

Ich bedanke mich artig und fahre vom Hof.

Und wie wäre das in Deutschland abgelaufen? Ich wäre in

die Werkstatt gefahren. Hätte erst mal bei der Reparaturannahme meinen Fall schildern müssen. Ein offizieller Reparaturauftrag wäre ausgefüllt worden, den ich hätte unterschreiben müssen. Auf Nachfragen hätte man mir erklärt: »Wir wissen nicht, was es ist. Könnte sein, dass die Elektronik spinnt – das kann teuer werden.«

Kleine Notiz am Rande:
Außerdem wäre mir gesagt worden: »Ausschalten können und dürfen wir das Paneel nicht!«
Das hatte ich nämlich bei meinem Deutschlandbesuch schon erfragt, als ich beim Händler eine deutsche Betriebsanleitung für 20 Euro (!) gekauft habe. Diese Anleitung musste übrigens – weil sie als »Ersatzteil« gilt – extra beim Händler bestellt und persönlich abgeholt werden. Die wird nicht verschickt, nicht einmal gegen Portokosten. Sogar an eine deutsche Adresse nicht.

Ob ich auf mein Auto hätte warten können, ist zumindest fraglich. Nicht fraglich ist jedoch, dass der kleine Eingriff von etwa zehn Minuten auf gar keinen Fall ohne Rechnung vorgenommen worden wäre. Vor allem nicht beim allerersten Besuch in der Werkstatt.

Wissen Sie jetzt, warum ich Portugal (auch) liebe?

Dank

Ich danke allen Mitwirkenden und all jenen, die mit Rat & Tat, Wissen & Geschichten, Gastfreundlichkeit & Hilfsbereitschaft dazu beigetragen haben, dass dieses Buch entstehen konnte. Vor allem gilt mein *obrigadinha:*

António Manuel (selbst wenn er nicht mehr zu meinem Leben gehört – ohne ihn hätte ich nie den Sprung nach Portugal gewagt);

Bille S. (für viel Lachen und so manchen *sangria branca*);

Carmo Maria (für Entspannung, Rezepte und den ach so notwendigen Weibertratsch);

Doris & Ingolf (nicht nur für die Hilfe bei Zollangelegenheiten und den *Fado no campo*. Sondern für so manchen schönen Tag und Abend an der *lagoa*);

Gaby & Peter (für die Hilfe beim Eingewöhnen in *minha terra nova*);

Jens mit Carla & André (für viele Tipps und Hinweise zum Leben in Portugal. Seiner kochenden Schwiegermutter ein Extra-Danke für die besten *lulas recheadas* der Welt);

Karin vom Berg & Heinz Walter (für »Portugal von innen« und den einen oder anderen *medronho);*

Luís (für fünf schöne Jahre am Ende Europas, am Cabo da Roca)*;*

Nana & Filipe (für Hexenkunst und Übersetzungen);

Petra K. (für das geteilte Fachwissen zum Thema Hund und für die Unterstützung bei so mancher »Amtshandlung«);

Wolfgang (für meine »virtuelle Heimat«, das Portugalforum.de – und so manche Bratwurst am anderen Ende Europas, am Cabo São Vicente).

Nicht zu vergessen …

… dem »Stammtisch der Portugallier« in Cascais und an der Algarve sowie all jenen im Portugalforum.de, die bewusst oder unbewusst an meinen »Abenteuern« mitgewirkt haben;

und natürlich den Vierbeinern: der scheuen weißen Prinzessin Jenny, in memoriam Giò und dem unverwüstlichen *Maximista Tosta Mista* – möge er noch lange sein Unwesen treiben.

Glossar

Portugiesisch Deutsch

A Bola »Der Ball« – eine der drei täglich in Portugal erscheinenden Sportzeitungen, die sich vordringlich mit Fußball beschäftigen

à nossa Trinkspruch, bedeutet wörtlich: »Auf uns!« und entspricht in etwa unserem »Prost«

A Portuguesa Name der Flagge und der Hymne Portugals

à saúde Trinkspruch, bedeutet wörtlich: »Auf die Gesundheit!« und entspricht in etwa unserem »Zum Wohl!«

abraço Umarmung

Adeus Tschüss – »Auf Wiedersehen« unter guten Bekannten und Freunden, also eher leger

aficionado/a Anhänger, Liebhaber (nicht im sexuellen Sinn); im Portugiesischen meist auf Stierkampf bezogen

Aguardente Wörtlich: »Brennendes Wasser« (aus água ardente) – Branntwein, Schnaps

aguardente de cana-de-açúcar Zuckerrohrschnaps – eine Spezialität auf Madeira

Alcabideche Kleiner Ort in der Nähe von Cascais

alcatruz Wörtlich: »Schöpfeimer« (in einem Brunnen), auch Fangbehältnis für Kraken

alentejano/a Bewohner der größten portugiesischen Region Alentejo. Man sagt ihnen nach, dass sie alles langsam und sehr bedächtig tun.

Alentejo Die größte Region Portugals, südlich von Lissabon und nördlich der Algarve

Alentejo litoral Alentejoküste

alfacinhas Wörtlich: »Salatköpfchen« – Spitzname für die Bewohner Lissabons

Alfama Stadtteil in Lissabon, zwischen dem Castelo São Jorge und dem Ufer des Tejo. Die Bezeichnung soll aus dem Arabischen kommen – von Al-hamma (Bad oder Quelle).

Alfândega Marítima Zollbehörde

Algarve Die wohl bekannteste südliche Region Portugals

almoço Mittagessen

Amália eigentlich **Amália Rodrigues** (1920–1999) Die »Königin des Fado«: Sie machte den traurigen Gesang aus Portugal weltweit bekannt. Bei ihrem Tod herrschte dreitägige Staatstrauer.

amanhã Morgen/der nächste Tag

andar Stockwerk

APET Associação Portuguesa de Empresários Tauromáquicos – der portugiesische Stierkampfverband

as melhoras »Gute Besserung«

até amanhã Bis morgen – das kann allerdings auch in drei Tagen, drei Wochen oder nie bedeuten.

até já Bis gleich – kann auch bedeuten: Bis morgen oder wenn wir uns zum nächsten Mal treffen.

até logo Bis später – kann auch bedeuten: Morgen, übermorgen – beim nächsten Treffen.

atum Tunfisch

avó/avô Großmutter, Oma / Großvater, Opa

azeite Olivenöl – Die Portugiesen halten ihres selbstverständlich für das beste der Welt.

azeitonas Oliven – Auf dem Markt und in vielen portugiesischen Supermärkten kann man Oliven »offen« kaufen – und natürlich probieren.

Azóia Das Dorf direkt vor dem Cabo da Roca

azulejo Fayencekachel, typisch für Portugal. Es gibt sie als »Wandbilder«, Straßen- und Hinweisschilder, Hausschmuck oder Geschenkartikel. Oft sind gerade in Lissabon und Porto ganze Hauswände (innen und außen) mit *azulejos* verziert.

bacalhau Stockfisch – getrockneter und gesalzener Kabeljau

bacalhau cozido Gekochter Stockfisch – das typische Weihnachtsessen am Heiligen Abend in Portugal

bacalhau desfiado Stockfisch in kleine Stückchen zerzupft und daher praktisch grätenlos

bagaço Tresterschnaps

Bairro Alto Lissabons »Oberstadt«, das berühmte Kneipenviertel

Baixa Innenstadt/Altstadt, in Lissabon die »Unterstadt« – das Geschäftsviertel

barbeiro Herrenfriseur, er stutzt auch den Bart

batata palha Wörtlich: »Strohkartoffel«. In hauchfeine Streifen geschnittene Kartoffeln, die man z. B. für *bacalhau à Brás* benötigt. Das gibt es in Portugal vorgefertigt und getrocknet in jedem Supermarkt zu kaufen.

beijo/beijinho Kuss/Küsschen

beijoca Schmatzer

beleza Schönheit

bica Kleiner starker Espresso, typisch für Portugal. Im Norden sagt man dazu *cimbalino.*

bifana Schnitzel

Bilhete de Identidade Meist abgekürzt B. I., eigentlich *Bilhete de Identidade de Cidadão Nacional,* der portugiesische Personalausweis

boa noite Guten Abend/Gute Nacht

boa sorte Alles Gute/Viel Glück

boa tarde Guten Tag (sagt man ab dem Mittagessen bis zum Einbruch der Dunkelheit)

boa viagem Gute Reise/Gute Fahrt

Boca do Inferno Wörtlich: »Höllenschlund« – Sehenswürdigkeit in Cascais

bom apetite Guten Appetit

bom dia Guten Morgen (sagt man bis etwa zur Mittagszeit)

Bom Jesus do Monte Wörtlich: »Guter Jesus vom Berg« – Wallfahrtsort in der Nähe von Braga

bom proveito Guten Appetit. Allerdings sagt man das eher zu jemandem, von dem bekannt ist, dass er gerne besonders viel isst. Wörtlich heißt es »gut verwertet«.

bom-fim-de-semana Schönes Wochenende!

botas ribatejanas Stiefel aus dem Ribatejo – ein Muss für jeden echten Mann, der Cowboy (oder besser: *campino*) spielen will- Die Stiefel werden heute noch von Hand hergestellt.

Braga Stadt im Norden Portugals

Brigada Fiscal Steuerfahndung

bruxa Hexe

cabeleireiro/a Friseur/in

Cabo da Roca Westlichster Punkt des europäischen Festlands, ca. 35 Kilometer westlich von Lissabon

Cabo São Vicente Südwestlichster Punkt in Portugal, an der Algarve

café Ein starker kleiner Espresso – in Lissabon nennt man das auch *bica*. In Touristenregionen allerdings bekommt man bei dieser Bestellung oft einen *café americano*, der in etwa unserem Filterkaffee entspricht.

café cheio Großer Espresso: bis zum Tassenrand aufgefüllt

café com cheirinho »Kaffee mit Düftchen« – ein portugiesischer Espresso mit einem Schuss Alkohol

café curto Kleiner, sehr starker Espresso

café garoto In Lissabon eine *bica*, hauptsächlich aus Milch und nur einem Schuss Kaffee. In Nordportugal heißt dasselbe *café pingo*

café pingado Eine *bica* mit einem Schuss Milch. Im Norden heißt das *café cortado*.

Cais do Sodré Bahnhof in Lissabon, für den Vorortverkehr zwischen der Hauptstadt und Cascais

Caldas da Rainha Kleinstadt im Nordwesten von Lissabon

caldeirada Fischeintopf, den man unbedingt probieren sollte. Kartoffeln, Paprika, Tomaten, Zwiebeln und natürlich Knoblauch mit einer großen Menge Fischstücke (keine Reste!), Muscheln und – nach Geschmack – auch Garnelen. Guten Appetit!

caldo verde Eines der portugiesischen Nationalgerichte: Kartoffelsuppe mit Kohlstreifen und Scheiben von chouriço

calma Ruhig, auch im Sinne von: »Nur die Ruhe bewahren!«

câmara municipal Gemeindeverwaltung, Rathaus

campino Berittener Hirte aus dem Ribatejo

Campo Pequeno Stierkampfarena und Veranstaltungshalle in Lissabon

caneca Ein großes Bier (0,4 Liter), gern im Glaskrug serviert

carapau Stöckermakrele. *Carapauzinhos* – also kleine Fische, die man übrigens auch *joaquzinhos* nennt – werden in Mehl gewälzt, frittiert und dann mit Kopf und Schwanz gegessen.

carioca (de limão) Heißes Wasser mit Zitronenschale – also eher ein Tee!

carioca de café Sehr schwacher Kaffee

carne de porco à alentejana Typisch portugiesisches Gericht mit Fleisch und Meeresfrüchten

cartão de residência Ausweis für Residenten

carteiro Briefträger

casa do fado Wörtlich: »Fado-Haus«, ein Lokal, in dem Fado gesungen wird.

caseira/o Hausgemacht, vor allem Nahrungsmittel und Getränke

cavalheiro/a Stierkämpfer/in zu Pferd beim portugiesischen Stierkampf

centro comercial Einkaufszentrum – das können auch nur mal ein paar kleine Geschäfte unter einem Dach sein. Aber auch eine Shopping Mall von amerikanischen Ausmaßen.

certificado de registo Genauer eigentlich: *Certificado de Registo de Cidadão da União Europeia* – die Anmeldebescheinigung für Bürger aus der EU

chinesa Milchkaffee auf Madeira. Die Bezeichnung soll von den früher benutzten chinesischen Porzellantassen stammen, auf deren Grund eine Chinesin aufgemalt war.

chocos Tintenfische

chouriço Wurstsorte in Portugal, die es in vielen Varianten in jeder Region gibt. Am besten schmeckt sie natürlich hausgemacht.

ciganos Wörtlich: »Zigeuner«, ist in Portugal aber nicht unbedingt ein Schimpfwort.

clínica Arztpraxis – keine Klinik! Klinik oder Krankenhaus heißt *hospital*

coloração Tönung, Färbung (z. B. beim Friseur)

com licença »Mit Erlaubnis« – bedeutet so viel wie »gestatten Sie bitte«.

contabilista Steuerberater

conto Alte Währungseinheit – entsprach 1000 Escudos (heute 5 Euro)

cor/tinta Farbe

Correio de Manhã Boulevardzeitung in Portugal

corrida Stierkampf

cortar bzw. não corta Schneiden bzw. nicht schneiden

Coruche Kleinstadt im Ribatejo, nordöstlich von Lissabon

costa da prata Die Küste zwischen Lissabon und Porto (»Silberküste«)

cozido à portuguesa Typisches Eintopfgericht

cunhas Wörtlich: »Keil«, man meint damit aber Beziehungen oder »Klüngel«. Die portugiesische Redewendung *conseguir alguma coisa por intermédio de cunha* heißt so viel wie »eine Sache mittels eines Keils hinbekommen«.

de nada Bitte – als Antwort auf ein Danke

desculpa Entschuldige (Duzform)

desculpe Entschuldigung Sie

dia da liberdade oder nur: **25 de Abril** 25. April – zur Erinnerung an die Nelkenrevolution im Jahr 1974

dia de Portugal e de Camões 10. Juni – zur Erinnerung an den Todestag des Dichters Luís de Camões

Diário de Notícias Tageszeitung in Portugal

dias uteis (Pl.), dia útil Werktag(e)

dicionário Wörterbuch

direita/o Rechts

Dona (plus Vorname) Anrede für eine Frau

dourada Goldbrasse

drogaria In der portugiesischen Variante der Drogerie bekommt man alles: Schrauben, Putzmittel, Haushaltswaren, Tierfutter, Kleinteile aus Eisen, Plastik und Holt, Küchenzubehör – ein Paradies zum Stöbern und Finden.

droguista Drogist/in, also der Verkäufer in einer Drogerie

é a vida Stoßseufzer aller Portugiesen: »Das ist das Leben« – so ist es eben, da kann man nichts machen.

é da minha terra Wörtlich: »das ist aus/von meiner Erde«, also »aus meiner Heimat«. Jeder Portugiese ist stolz darauf, wenn er etwas aus der eigenen Heimatregion anbieten kann – ob Essen oder Getränk, Handwerk oder Kunst.

EDP Energias **de P**ortugal Staatlicher Energie- bzw. Stromversorger in Portugal

empregada doméstica Hausangestellte

enguia Aal

entrada Vorspeise

ermida Kapelle, Wallfahrtskapelle

espadarte Schwertfisch

esquerda/o Links

Estádio da Luz Das Stadion von SL Benfica in Lissabon

estás bom/boa (Gesprochen »tasch boh/boa«) Geht es dir gut?

estou sim Wörtlich: »Ich bin es – ja.« So meldet man sich am Telefon; außerdem die Antwort auf die Frage *estás bom/boa?*

estrangeira/o Ausländerin/Ausländer

Estugarda Stuttgart

fadista Fadosänger/in

Fado no campo Wörtlich: »Fado auf dem Feld«, also unter freiem Himmel

farol Leuchtturm, auch: Frontscheinwerfer am Auto

FC Porto Fußballverein – einer der drei »Großen«. Wappentier des Clubs ist ein Drache, und die *dragões* sind erbitterte Gegner von SL Benfica. Die »Blauen« (nach der entsprechenden Vereinsfarbe) spielen im *Estádio do Dragão* in Porto.

feira Markt, Messe

feriado Feiertag

Festa-do-Mar »Fest des Meeres«, Sommerfestival in Cascais und sicher auch anderen Orten in Portugal

festas dos santos populares Festtage der Volksheiligen Antonius, Johannes sowie Peter und Paul

finanças eigentlich: **Serviços de Finanças** Finanzbehörden, Finanzamt

forcado Beim portugiesischen Stierkampf der »Fußkämpfer«, der den Stier ohne Waffe und zu Fuß gegenübertritt.

foto máquina Foto-Automat

frango com piri-piri Hähnchen Piri-Piri – portugiesisches Nationalgericht. Vorsicht: scharf!

G. N. R. (**G**uarda **N**acional **R**epublicana) Staatspolizei

BF (Brigada Fiscal) Abteilung für Zoll- und Steuerangelegenheiten

BT (Brigada Trânsito) Abteilung für Verkehrsangelegenheiten

galão Milchkaffee, im Glas aus Milch und Kaffee

gambas Garnelen

garoupa Zackenbarsch

gasóleo Diesel

gasolina Benzin

golo Tor – wird lang gezogen »gooooolo« geschrien

Grande Lisboa Der Großraum Lissabon – Teil der Região Lisboa, zu der außerdem die Halbinsel Setúbal gehört. Hier leben gut 2 Millionen Menschen.

guitarra portuguesa Portugiesische Gitarre – eine der Gitarren beim Fado. Ein Instrument mit zwölf Saiten.

hipermercado Riesensupermarkt mit allem, was das Herz begehrt, also keinesfalls ausschließlich Lebensmittel und Haushaltsbedarf, sondern z. B. Sportartikel, Zubehör für Auto, Handwerk und Wohnung.

horta Gemüsegarten

imperial Frisch gezapftes kleines Bier (0,2 Liter)

Implementação da República 5. Oktober – zur Erinnerung an die Errichtung der Republik 1910

imposto Steuer

IVA Imposto sobre o **v**alor **a**crescentado Die portugiesische Mehrwertsteuer (23%)

jantar Abendessen

junta da freguesia Gemeindeverwaltung

lâmpada Glühbirne

lampreia Neunauge

lavar Waschen

leitão Spanferkel – ebenfalls eine portugiesische Spezialität

linguada Seezunge

linha Wörtlich: »Faden, Linie«; auch der Küstenabschnitt zwischen Lissabon und Cascais

lixívia Bleichmittel – das Allheilmittel aller portugiesischen Hausfrauen gegen Schmutz und Schimmel

lobo de alsácia Deutscher Schäferhund

loja do cidadão »Bürgerbüro«

louro/loira Blond

lulas recheadas Gefüllte Tintenfische – ein Hochgenuss

Lusitano Sehr alte portugiesische Pferderasse
macieira Branntwein aus Äpfeln
macumba Eigentlich eine afrobrasilianische Religion; in Portugal nennt man so alle Zaubereien oder Flüche.
mãe Mutter
mais ou menos Mehr oder weniger
marchas populares Aufmärsche und Prozessionen zu Ehren der Volksheiligen
Marginal Uferstraße
medronho Branntwein aus den Früchten des Erdbeerbaums
meia de leite Milchkaffee – halb Kaffee und halb Milch, in einer großen Tasse serviert.
meia dose Halbe Portion – nicht etwa Essen aus der (Konserven)-Dose.
mestre (Handwerks-)Meister
Minho Regenreiche Region in Nordportugal
mini férias Kurzurlaub
mini mercado Kleiner Supermarkt
Ministério de Finanças Finanzministerium
monte Landhaus
mouros Wörtlich: »Mauren«; so nennt man im Norden die Bewohner der Algarve.
muito prazer – Oder nur: **prazer** »sehr erfreut« (beim Vorstellen)
multa Bußgeld, Strafe
não Nein
não faz mal Macht nichts, das ist nicht schlimm
natal Weihnachten – genauer: der 25. Dezember. An diesem Tag ist in Portugal alles geschlossen.
NIB Número de **I**dentificação **B**ancária Kontonummer. Der Name des Kontoinhabers ist bei Überweisungen nicht nötig – die NIB reicht aus.
NIF Numero **I**dentificação **F**iscal Abgekürzt auch **»Número Contribuinte«** Steuernummer, die jeder Portugiese schon als Kind zugeteilt bekommt, sie bleibt ein Leben lang dieselbe. Jeder kann sie auf Nachfrage wie aus der Pistole geschossen auswendig aufsagen.

nortada Nordwind

notícias Nachrichten in TV, Zeitung oder Internet

O Jogo Eine der drei täglich erscheinenden Sportzeitungen in Portugal

o marido/a esposa Ehemann/Ehefrau

obrigada/obrigado Danke – bedeutet wörtlich übersetzt »ich bin verpflichtet«, deshalb die unterschiedliche Endung. »a«, wenn eine Frau, »o«, wenn ein Mann sich bedankt.

Odemira Kleines Städtchen im südlichen Alentejo

oficina Werkstatt

olá Hallo

óleo Öl – alle anderen Ölsorten außer Olivenöl

orçamento Kostenvoranschlag

paciência Geduld, Gelassenheit; auch ein Ausdruck für die allgemeine Einstellung: »Nicht aufregen, man kann's eh nicht ändern!«

padaria Bäckerei

pai Vater

panteão nacional Nationalpantheon in Lissabon in der Kirche *Santa Engrácia*

para matar a saudade Wörtlich: »zum Töten der Sehnsucht« – um das Heimweh zu bekämpfen

pasteis de bacalhau Stockfischpastete, frittierte Bällchen aus Kartoffelteig und *bacalhau desfiado*, also zerzupftem Stockfisch

pasteis de nata Eine der berühmtesten Leckereien Portugals: Die *pastel de nata* (Singular) gibt es zwar überall, »erfunden« wurde sie jedoch angeblich in Belém/Lissabon.

pastelaria Konditorei, Café

pega Griff; beim Stierkampf der Sprung des *forcado* zwischen die Hörner des Stiers

Peneda-Gerês Der einzige Nationalpark in Portugal, im Norden des Landes gelegen

pequeno-almoço Frühstück

percebes oder **perceves** Entenmuscheln – gelten in Portugal als Delikatesse. Einfach nur in Salzwasser gegart. Sie schmecken, so sagt der Portugiese, »wie das Meer«. Unbedingt probieren!

petisco Kleiner Appetithappen

pintar Malen, färben

piri-piri Chilischoten, gemahlen als Pulver oder in feinsten Stücken in Olivenöl, werden als Soßengewürz in Portugal unter anderem zu Hähnchen Piri-Piri verwendet. Vorsicht: scharf! Nur sparsam verwenden.

pode ser Kann sein, möglicherweise

Podengo Hunderasse auf der Iberischen Halbinsel

pois pois Allerweltsfloskel, die jeder Portugiese ständig sagt. Bedeutet unterschiedlich mal: »nun etwa«, »selbstverständlich«, »aber«, »nicht wahr«, »genauso ist es«.

polícia Polizei

polvo Krake – ebenfalls ein »Muss«: *polvo à Lagareiro* zum Probieren: einfach nur gegrillt mit Knoblauch, Olivenöl und *batatas ao murro*. Das sind kleine Pellkartoffeln, die ein bisschen »angetitscht« wurden und mit Schale serviert werden.

Ponte 25 Abril Eine der beiden Brücken über den Tejo in Lissabon. Die andere heißt Ponte Vasco da Gama – sie ist mit knapp 18 Kilometern eine der längsten Hängebrücken der Welt.

por favor Bitte – eher als Forderung, also mit Nachdruck

Por favor fale mais devagar Bitte sprechen Sie langsamer.

por ordem Der Reihe nach

praça de touros Stierkampfarena

produto nacional Nationales, einheimisches Produkt

produtos nacionais (Pl.) Einheimische Produkte

pronto Wörtlich: »bereit, rasch, sofort«

já pronto Etwa: »es ist fertig«, »ich bin fertig«

querida/o Liebste/r, Schatz

quinze dias Wörtlich: »15 Tage« – im Alltagsleben jeder Zeitraum zwischen zwei Wochen und niemals

quinzenal Zweiwöchentlich

raia Rochen

rápido Schnell

Record Eine der drei täglich erscheinenden Sportzeitungen in Portugal

residentes All jene Ausländer, die sich legal und angemeldet in Portugal für längere Zeit niederlassen

Restauração da Independência 1. Dezember – Erinnerung an die Wiedererlangung der Unabhängigkeit von Spanien 1640
Ribatejo Region nordöstlich von Lissabon, »Garten von Lissabon«
Ribeira Brava Ort auf Madeira, an der Südküste
robalo Seebarsch
romaria Wallfahrt, aber auch Kirchweih
rotunda Kreisverkehr
RTP internacional **R**adio**t**elevisão **P**ortuguesa – der portugiesische »Staatssender«. Die internationale Ausgabe ist so etwas wie die portugiesische Variante der Deutschen Welle.
Sagres Stadt an der Algarve und portugiesische Biermarke (die aber nicht hier gebraut wird!)
sala Wohnzimmer
sangria branca Sangria aus Weißwein
santinho/a »Gesundheit«, wenn jemand niest
Santo António Der Stadtheilige von Lissabon (und vielen anderen Gemeinden). Wird am 13. Juni gefeiert.
santos populares Die Volksheiligen Antonius, Peter und Paul sowie Johannes. Sie werden in Portugal in sehr vielen Gemeinden verehrt.
São João Stadtheiliger von Porto (und vielen anderen Orten). Wird am 24. Juni gefeiert.
São Pedro (e São Paulo) Stadtheilige von z. B. Sintra, Évora, Póvoa de Varzim. Die beiden werden am 29. Juni gefeiert.
São Vicente Ort auf Madeira, an der Nordküste
sapateiras Taschenkrebse
sapo Wörtlich: »Frosch«. Das Werbesymbol für den Internetanbieter **S**ervidor de **A**pontadores **P**ortugueses **O**nline (abgekürzt SAPO) ist daher wohl ein grasgrüner Frosch.
sardinhada Gegrillte Sardinen – das Leibgericht eines jeden Portugiesen
sardinhas assadas Gegrillte Sardinen
sargo Brasse
saudade Sehnsucht – aber eigentlich ist dieses Wort unübersetzbar. Einer der berühmtesten Dichter Portugals, Fernando Pessoa (1888–1935), hat es so beschrieben:
Saudades, só portugueses

conseguem senti-las bem.
porque têm essa palavra
para dizer que as têm.
»Saudades – nur Portugiesen können sie richtig fühlen. Weil sie dieses Wort haben, um zu sagen, was sie empfinden.«

secar Trocknen, beim Friseur auch fönen

SEF **S**erviço de **E**strangeiros e **F**ronteiras Wörtlich: »Dienst der Fremden und Grenzen« – die portugiesische Ausländerbehörde

selecção Das Fußball-Nationalteam Portugals – im Gegensatz zu *seleção* – das sind nämlich die Brasilianer.

senha (Platz-)Nummer – im alltäglichen Leben zieht man überall seine *senha*: in der Apotheke, im Supermarkt an der Fleisch-, Fisch- und Käsetheke, in der Arztpraxis, im Finanzamt, bei allen Behörden, in der *drogaria* beim Einkaufen

senhor Herr plus Nachname

senhora Frau plus Vor- und Nachname

senhora Dona Frau plus Vorname (und manchmal Nachname) – sehr ehrerbietige Anrede für Frauen

Serra da Água Höhenzug auf Madeira

Serra da Estrela Gebirgszug im Zentrum Portugals, höchste Erhebung auf dem Festland

sesta Siesta, Mittagsruhe

SFF Gebräuchliche Abkürzung für »**s**e **f**az **f**avor« Bitte – nicht fordernd, sondern eher ersuchend

sim senhor/senhora »Ja mein Herr/meine Dame«. Wird in Portugal als Bekräftigung einer Aussage an einen Satz angehängt.

SL Benfica Der größte Fußballverein der Welt. Die »Roten« residieren im Estádio da Luz in Lissabon, die Anhänger nennen sich *benfiquistas*. Wappentier ist ein Adler – und der Verein leistet sich einen echten Adler, der vor jedem Heimspiel übers Stadion fliegt.

Sô Herr (Kurzform von Senhor) plus Vorname

sobremesa Nachtisch, Dessert

sopa da pedra Suppenspezialität in Portugal. In der Suppe ist Gemüse, chouriço, Bohnen – und am Grund der Schüssel auch ein Stein.

Sporting Lissabon Der zweite große Fußballverein in Portugals Hauptstadt. Vereinsfarbe ist grün; die »Grünen«, auch *leões* (Löwen) genannt, spielen im Estádio José Alvalade. Die Anhänger nennen sich *sportingistas*.

St° André Kleinstadt im Alentejo

sua vez »Sie sind dran« beim Anstellen

Superbock Portugiesische Biermarke

tá bem; eigentlich: **está bem**? In Ordnung, okay.

talho Metzger

tamboril Seeteufel

telemóvel Mobiltelefon, Handy – ohne kann kein Portugiese leben.

torrada Toast mit Salzbutter bestrichen

tourada Stierkampf

Trabalhos Para Casa TPC Hausaufgaben

tremoços Eingelegte Lupinensamen, werden gern zu Bier oder Wein geknabbert.

tripeiros Wörtlich: »Kaldaunenesser« – Spitzname für die Bewohner Portos

tuga Spitzname für Portugiesen. Bitte als *estrangeiro* nicht unbedingt verwenden. Das Wort ist nämlich nicht nur eine Abkürzung von »Portugal«, sondern auch ein Schimpfwort aus den Kolonialkriegen: Die Portugiesen beschimpften die Aufständischen als *turras* (»Terroristen«)und wurden dafür als *tugas* geschmäht.

TV cabo Kabelfernsehen

vamos ver »Wir werden sehen« – eine Redewendung, die alles offen lässt und sehr häufig gebraucht wird. Vor allem als Antwort auf Fragen, bei denen ein Portugiese Nein sagen müsste. Das gilt aber als unhöflich ...

Vilar Formoso Nördliche Grenzstadt zwischen Spanien und Portugal

vinho branco Weißwein

vinho da casa Hauswein – meist Weine aus der Region, die der Wirt oft aus dem Fass abfüllt

vinho pressão Leicht mit Kohlensäure versetzter Wein

vinho tinto Rotwein

vinho verde Wörtlich: »grüner Wein«, junger Wein – den gibt es als Weiß-, Rot- oder Roséwein

Xauxau Tschüss, Ciao

zona turística Touristenzone, -gebiet